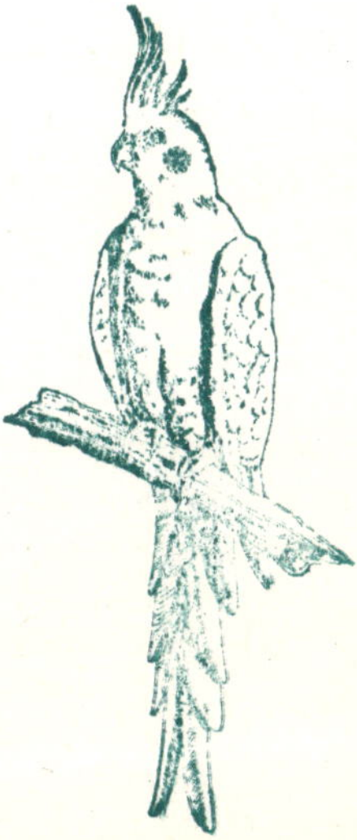

BASTEI
LÜBBE

Die Abenteuer um Edgar Allan Poe erscheinen zeitgleich als Hörbuch-Reihe bei LÜBBE AUDIO.

Über den Autor:

Melchior Hala heißt im bürgerlichen Leben Moritz Wulf Lange. Als Drehbuchautor hat er zahlreiche Hörspiele verfasst, unter anderem sieben Kommissar-Wallander-Krimis des schwedischen Autors Henning Mankell. Als Melchior Hala schreibt er eine Adaption des Hauptwerks von Edgar Allan Poe als Gothic-Drama-Serie für Lübbe Audio. Sie wurde 2006 für den Deutschen Hörbuch-Preis nominiert. Daneben arbeitet er als Übersetzer und Buchautor. Moritz Wulf Lange lebt mit seiner Frau in Berlin.

Melchior Hala

LEBENDIG BEGRABEN

Ein Edgar-Allan-Poe-Roman

BASTEI LÜBBE

BASTEI LÜBBE TASCHENBUCH
Band 15 675

1. Auflage: Mai 2007

Bastei Lübbe Taschenbücher in der Verlagsgruppe Lübbe

Originalausgabe

Textredaktion: Beate Ritgen-Brandenburg
Lektorat: Jan Wielpütz
Titelillustration: getty-images/Ed Holub
Umschlaggestaltung: Tanja Østlyngen
Satz: SatzKonzept, Düsseldorf
Druck und Verarbeitung: Nørhaven Paperback
Printed in Denmark
ISBN: 978-3-404-15675-7

Sie finden uns im Internet unter
www.luebbe.de

Der Preis dieses Bandes versteht sich einschließlich
der gesetzlichen Mehrwertsteuer.

Für Ulrich Pleitgen

Du hast Poe lebendig gemacht.

Inhalt

I. Die Suche 13

II. Das Totenhaus 97

III. Der Leichendoktor 163

Prolog

Leonie Sander rannte durch die Straßen von New Orleans. In ihrer schweißnassen Hand hielt sie immer noch den Brief. Sie hatte verschlafen.

New Orleans, 13. 03. 1849. Liebe Leonie. Bitte komm heute um zwei. Ich weiß keinen Ausweg mehr. Lucy.

Der Brief war am Vormittag unter Leonies Tür durchgeschoben worden. Lucy musste ihn noch in der Nacht geschrieben haben. Während Leonie weiterlief, dachte sie an die kurze gemeinsame Zeit ihrer Freundschaft zurück.

Vor einem Jahr hatten sie sich in New Orleans kennen gelernt. Die lebenslustige, fröhliche Leonie und die stille, freundliche, um ein paar Jahre jüngere Lucy Monaghan waren sich rasch nähergekommen. Jede fand in der anderen, was sie selbst nicht war oder hatte. Sie trafen sich nicht oft, vielleicht alle paar Wochen. Leonie kam aus England. Sie war in kleinen Verhältnissen aufgewachsen und schon immer ein fröhliches, lebenslustiges Mädchen gewesen, dem es in der heimatlichen Küstenstadt bald zu eng geworden war. Vor zwei Jahren hatte sie von einem entfernten Verwandten unerwartet ein Gut und genügend Barmittel geerbt. Plötzlich sah sie sich in die Lage versetzt, ihrer Abenteuerlust uneingeschränkt nachgehen zu können. Nun bereiste sie den Süden des nordamerikanischen Kontinents, kam aber, Lucys wegen, in regelmäßigen Abständen nach New Orleans zurück. Lucy lebte allein in einer kleinen Wohnung. Sie war Vollwaise, hatte allerdings noch einen älteren Bruder, einen Halbbruder, um genau zu sein; er war außerdem ihr Vormund. Leonie hatte ihn nie kennen gelernt. Seltsamerweise hatte Lucy nie über diesen Bruder gesprochen.

Vor etwa einem halben Jahr war Lucy plötzlich verschwunden. Leonie hatte sie gesucht, die völlig Verzweifelte schließlich in einer weit entfernten Stadt gefunden und das zutiefst verwirrte Mädchen zurück nach New Orleans begleitet. Über den Grund ihrer Flucht hatte Lucy nie sprechen wollen. Ein paar Monate lang war alles wieder wie vorher gewesen, außer dass Lucy zuweilen in Gedanken vollkommen abwesend sein konnte. Aber diese Momente waren selten.

Bis zu ihrem letzten Treffen vor einer Woche.

Die beiden Freundinnen hatten eine Kutsche gemietet, um hinaus aus der Stadt ins Grüne zu fahren. Lucy, die zwei Tage vorher noch lebhaft und blendender Stimmung gewesen war, hatte unterwegs kaum ein Wort gesprochen. Ihre Augen waren von roten Äderchen durchzogen gewesen, so als ob sie die ganze Nacht geweint hätte. Leonie hatte es nicht geschafft, auch nur ein Wort aus Lucy herauszubringen. Als sie später an einem Seitenarm des Flusses entlanggingen, war Lucy mit einem Mal ins Gebüsch gegangen und hatte sich erbrochen. Trotzdem hatte sie hartnäckig behauptet, nicht krank zu sein, und darauf bestanden, wie geplant erst am Abend in die Stadt zurückzufahren. Ein- oder zweimal hatte Leonie geglaubt, Lucy würde sich ihr anvertrauen wollen; aber jedes Mal hatte Lucy ihre Worte dann doch heruntergeschluckt. Als sie sich voneinander verabschiedeten, war Lucys Umarmung so innig gewesen, als ob sie sich für eine lange Zeit trennen würden. Dann hatte Lucy darum gebeten, nicht besucht zu werden; sie brauche Zeit, um sich über etwas klar zu werden.

Leonie war jeden Tag versucht gewesen, Lucy aufzusuchen. Aber sie wusste, dass es zwecklos war. Obwohl Lucys Wesen durch Zurückhaltung geprägt war, die man leicht als Schüchternheit missverstehen konnte, hatte sie doch einen ganz eigenen Kopf. Wenn sie einmal einen Entschluss gefasst hatte, von dem sie ganz überzeugt war, setzte sie ihn auch unbedingt um. Leonie hatte sich also in Geduld geübt. Dann war der Brief gekommen.

Leonie keuchte. Wenn sie nur nicht zu spät käme! Die Sonne stand hoch am Himmel und heizte die Luft auf. Wegen der Hitze standen viele Fenster weit offen. Die Straßen waren menschenleer. Leonie versuchte, nicht auf das einsetzende Seitenstechen zu achten. Irgendwo plätscherte Wasser aus einer Röhre in den Rinnstein. Diese unmögliche Hitze war schuld daran, dass sie eingenickt war.

Leonie rannte weiter. Beinah wäre sie über einen Hund gestolpert, der mitten auf dem Gehsteig lag.

Leonie stützte sich für einen Moment an einer Hausmauer ab. Irgendwo summte eine Fliege. Das Geräusch entfernte sich nicht, kam aber auch nicht näher; ganz so, als sei die Fliege irgendwo gefangen. Leonie löste sich keuchend von der Mauer und zwang sich, zehn Schritte langsam zu gehen, bevor sie wieder loslief.

Sie bog in eine Straße ein, die zu einem kleinen Platz führte. Die Menschen, die in diesem Viertel lebten, waren nicht reich. Aber sie hatten noch Hoffnung. Die halbwegs sauberen Straßen zeigten, dass sich die Gleichgültigkeit der Verzweifelten hier noch nicht ausgebreitet hatte.

»Lucy«, flüsterte sie, um sich auf den letzten Metern noch einmal anzuspornen. Warum war sie nur eingeschlafen! Wenn Lucy etwas zugestoßen sein sollte, würde sie sich das niemals verzeihen können. Aber Leonie wusste, dass Vorwürfe jetzt unsinnig waren. Sie erreichte den Platz. Im Schein der Nachmittagssonne lag er leer und friedlich vor ihr.

In einem Haus auf der gegenüberliegenden Seite öffnete sich im vierten Stock langsam ein Fenster. Eine schmale Gestalt stieg auf das Fensterbrett. Leonie hatte kaum noch Atem. Trotzdem schrie sie aus Leibeskräften.

»Lucy! Nein! Neeeeeiiiiiiin!«

Die Gestalt schien zusammenzuzucken. Sie machte eine Bewegung mit den Armen – Leonie sollte nie erfahren, ob es ein Winken war, ein Versuch, das Gleichgewicht zu halten, oder einfach nur eine unbedachte Geste. Die Gestalt schwankte einen langen Moment. Dann fiel sie lautlos hinab.

Leonie schrie noch, als der Körper schon auf dem Pflaster aufgeschlagen war. Die ersten Fliegen umschwirrten den Leichnam, noch bevor ein Arzt eintraf, um den Tod festzustellen und der jungen Frau, die weinend neben dem blutigen Körper zusammengebrochen war, sein stärkstes Beruhigungsmittel zu geben.

I.
Die Suche

1

Langsam zog der Nebel den East River hinauf. Die Hafenanlagen am Ostufer von Manhattan verschwanden zuerst, und mit ihnen die Segelschiffe und Dampfboote an den Kais. Der Nebel zog weiter flussaufwärts und hüllte die alten, verfallenen Lagerhäuser im nördlichen Teil des Hafens ein. Schließlich näherte er sich Blackwell's Island und kroch die Uferböschung der Insel hinauf. Die Mauern des Gefängnisses versanken ebenso im Nebel wie die schäbigen Umrisse des Armenhauses. Einzelne Krähen flatterten auf. Die Nebelschwaden griffen nach den Bäumen und wanderten über Pfade und Wiesen hinauf zur Irrenanstalt an der Nordspitze der Insel. Sie schluckten die Schritte der wenigen Menschen, die auf den Kieswegen zu den Gebäuden eilten, genauso wie die Schreie der Vögel. Auch das kleine Dampfboot, das zweimal täglich die Verbindung zwischen der Insel und der Außenwelt aufrechterhielt, versank an seinem Steg im Nebel. Nur die Wellen gluckerten noch an der Bordwand und schwappten gleichmäßig gegen das Ufer.

Poe hörte von alledem nichts. In dicken Schwaden zog der Nebel an seinem Zellenfenster vorüber. Mit ausdruckslosem Gesicht starrte Poe nach draußen. Hinter seinem Rücken brannte auf einem Tisch eine einzelne Kerze. Nebelgestalten schwebten an seinem Fenster vorüber, lösten sich auf und wurden von neuen Gestalten abgelöst. Er stand nur da, regungslos, und sah ihnen zu. Manchen gab er Namen. Manchmal rief er nach ihnen, kurz bevor sie sich wieder auflösten, bevor sie aus seinem Leben verschwanden, so wie er selber aus seinem Leben verschwunden war.

Man hatte ihn nach einem Unfall in die Irrenanstalt auf Blackwell's Island gebracht; so wenigstens hatte es ihm Dr. Templeton –

der Arzt, der die Anstalt leitete – erzählt. Er selber hatte keine Erinnerung mehr. Es war ihm, als würde er schon immer dieselbe Zelle bewohnen, als sei er in ihr zur Welt gekommen, vom Nebel geboren, als ein Kind des Vergessens. Denn so wenig, wie man seine Herkunft kannte, wusste man seinen Namen.

Die Flamme der Kerze flackerte schwach. Poes Schatten huschte kurz über die unverputzten Wände. Dieser Teil der Anstalt war noch aus Granit erbaut worden. Jeder einzelne Quader war schon bei Tag düster genug. Im Kerzenlicht jedoch wirkten die Steine wie Grabplatten.

Außer der Pritsche und der Waschschüssel befanden sich nur ein einfacher Stuhl und ein Tisch in der Zelle. Auf dem Tisch lagen, sauber zusammengefaltet, Teile verschiedener Zeitungen. Die Vermisstenanzeigen. Und die Todesanzeigen. Poe würde nie aufhören zu suchen. Auch wenn es nach Monaten der Suche, nach Monaten des Studierens unzähliger Personenbeschreibungen in den Zeitungen keine Hoffnung mehr gab. Neben den Zeitungen lag ein schmaler Gedichtband. *E. A. Poe: The Raven And Other Poems.* Er hatte das kleine Buch aus der Anstaltsbibliothek bekommen. *And my soul from out that shadow that lies floating on the floor shall be lifted – nevermore!* Er sprach die Verse des toten Dichters oft leise vor sich hin. Manchmal flüsterte er sie. Und manchmal schrie er sie hinaus. Was ist schon eine verlorene Liebe, sagte er sich. Ich habe mich selbst verloren. Er war nur noch ein Untoter, ohne Erinnerung, und ohne Identität.

Es war einer der Wärter gewesen, der ihm den Namen Edgar Allan Poe gegeben hatte. Irgendeinen Namen musste er ja haben – und warum nicht diesen? Denn auf eine seltsame Art fühlte Poe sich zu den düsteren, mysteriösen Geschichten des Schriftstellers hingezogen. Sie waren das Einzige, was die Leere seines Gehirnes auszufüllen imstande war.

Die Leere jedes einzelnen Tages, den er in seiner Zelle verbrachte.

Wenn draußen in den Bäumen eine Krähe saß, wusste er, was für einen Vogel er sah. Aber er wusste nicht, wo er ihn schon einmal gesehen haben mochte. Auf einem Feld? Über den Dächern einer Stadt? In einem Buch? Er wusste, auf was für einem Baum das Tier saß, aber nicht, wo er so einen Baum schon einmal gesehen hatte. In einem Park? Vor einem Haus? Die Welt war ihm bekannt und trotzdem völlig fremd. Manchmal sah er von weitem einen Menschen die Kieswege von der Anlegestelle zur Anstalt gehen. Jedes Mal fragte er sich, wer das sein mochte. Wo dieser Mensch leben mochte. Und wie er selbst, der jetzt Poe genannt wurde, gelebt hatte. Wenn Zweifel und Verzweiflung zu stark wurden, setzte er sich mit zitternden Händen auf seine Pritsche und starrte auf den Boden zwischen seinen Füßen.

Der Nebel wurde stärker. Die Bäume waren kaum noch zu erkennen.

Seine Vision kam plötzlich.

Links und rechts von ihm traten die Mauern heruntergekommener Häuser aus der Dunkelheit. Eine Sackgasse. Ein unsichtbarer Musikant spielte eine fremde, fröhliche Melodie. Um seine Beine strich eine Katze. Er roch das duftende Haar einer jungen Frau. Die Katze miaute.

Er sah zu ihr hinunter. Sie hatte nur ein Auge.

Ein Schatten verdeckte den Ausgang der Straße. Langsam kam ein Mann auf ihn zu. Der Mann trug einen altertümlichen schwarzen Mantel. Sein Gesicht war unnatürlich bleich. Ein Windstoß fuhr in die Sackgasse und bauschte den Mantel, sodass er wie die Flügel einer riesigen Fledermaus in der Luft flatterte. Der Mann kam immer näher. Auf seinen Schultern saß ein Totenkopf.

Poe schrie auf.

Jede Nacht wurde er von Albträumen geplagt. Aber noch nie hatte er seine Schreckensbilder in wachem Zustand gesehen. Er setzte sich auf die Pritsche und vergrub das Gesicht in den Händen. Was waren das nur für Träume? Wurde er wahnsinnig? War er es nicht schon längst?

Er sprang auf und fegte die Zeitungsseiten mit einer wilden Bewegung vom Tisch. Sie umkreisten ihn, als sie träge durch die Luft segelten. Poe stürzte zur Tür. Mit beiden Fäusten hämmerte er an das schwere Eichenholz. Aber die Schläge verhallten nutzlos im Korridor. Seine Zelle lag am äußersten Ende eines Flügels des Anstaltsgebäudes. Der schmale Korridor, der diese Zelle mit dem Rest des Gebäudes verband, hatte nur einen Zweck: sie vom Rest des Gebäudes abzusondern.

Poe rutschte an der schweren Tür entlang auf den steinernen Boden. Sein Blick ging zu den Gitterstäben am Fenster. Selbst wenn er hinauskäme – was könnte er draußen schon anfangen? Was, wenn er ein entlaufener Sträfling wäre? Oder gar ein Mörder? Nichts könnte er mit der gewonnenen Freiheit anfangen. Die Ungewissheit würde immer über ihm schweben. Poes Körper sackte zur Seite; er ließ es einfach geschehen. Seine Finger tasteten über die glatten Steine. Sie waren kalt. Kalt wie die Steine eines Grabes, das sein namenloses Leben umschloss. Sein Blick huschte über den Fußboden. Er blieb an einem kleinen, weißen Fleck unter der Pritsche hängen. Was mochte das sein?

Ihm fiel wieder die Teetasse ein, die am Vortag auf den Boden gefallen war. Eine Scherbe des schlichten Porzellans musste unter die Pritsche gefallen und dort vom Wärter übersehen worden sein. Der weiße Fleck in der Dunkelheit unter der Pritsche erinnerte Poe an das Weiße in einem Auge. Die Zelle zwinkerte ihm zu. Und plötzlich sah Poe den Ausweg ganz deutlich vor sich liegen. Er brauchte nur zuzugreifen.

2

Am Vormittag des nächsten Tages stand die Novembersonne kalt und kraftlos am Himmel. Dr. Templeton, Leiter der Irrenanstalt auf Blackwell's Island, sah die Briefe durch, die jeden Morgen mit der kleinen Fähre gebracht wurden. Sein Studienkollege Dr. Gumb, Leiter der Pathologie des New York Hospitals, bestätigte den Erhalt von Templetons letzter Sendung. Er versprach, die gewünschten medizinischen Überprüfungen baldmöglichst vorzunehmen.

Der nächste Brief war vom Leiter der New Yorker Universität am Washington Square. Er fragte an, ob die Große Bibliothek für den Vortrag des Doktors in ein paar Wochen genehm sei. Der Titel des Vortrags sollte lauten: *Mörder oder Mensch? Die Heilungschancen von Wahnsinnigen und Kriminellen.*

Mit dem dritten Brief erhielt Templeton die Mitteilung, dass das Schiff mit dem Frachtgut, das er nach New York hatte schicken lassen, noch nicht gesichtet worden sei. Ärgerlich legte er den Brief beiseite.

Im Raum war es feuchtkalt, denn die Öfen heizten nur unzureichend. Dennoch fiel ein kleiner Schweißtropfen von der Stirn des Doktors auf den nächsten Brief. Eine kurzfristige Revision der Anstalt wurde angekündigt. Für einen Moment umklammerte seine rechte Hand den Griff des Brieföffners wie einen Dolch. Dann legte Templeton den Brief auf den Schreibtisch zurück, neben ein Tablett mit Tee und Sandwiches. Damit hatte er nicht rechnen können. Mit einem Mal hatte sich alles geändert. Wenn die Kommission nur aus gutmütigen Laien bestünde, gäbe es kein Problem, gewisse Einrichtungen in der Anstalt zu erklären. Nicht einmal, wenn die Kommission, wie es manchmal vorkam, innerhalb von ein paar Wochen noch ein zweites Mal kommen sollte. Anders wäre es, wenn Mediziner darunter wären. Nicht auszudenken, wenn einer von ihnen Templetons private Unterlagen in die Hände bekäme. Der Doktor lächelte grimmig. Sicher würde es niemand wagen, seinen Schreibtisch anzutasten. Aber konnte er sich dessen sicher sein? Seine Gedanken schweiften ab. Templeton riss sich zusammen.

Es gab da noch ein ganz spezielles Problem.

Nachdenklich trat er ans Fenster und blickte hinaus in die neblige Novemberlandschaft. Die Krähen zogen tiefe Kreise auf ihrer Suche nach Nahrung. Der Herbst war kalt gewesen; in anderen Jahren blieben die Krähen in der Stadt, wo sie bessere Aussicht auf Futter hatten. Von der Kost, die in den Gebäuden auf Blackwell's Island ausgegeben wurde, blieben nur selten ein paar magere Abfälle übrig.

Ein feines Geräusch ließ Dr. Templeton herumfahren. Aus der Zimmerecke hinter dem Ofen war eine Ratte hervorgekrochen. Witternd streckte sie die Schnauze mit den feinen Tasthaaren vor.

Das Sandwich, dachte Dr. Templeton. Sie muss das Sandwich gerochen haben. Ratten waren dasjenige auf der Welt, vor dem ihm am meisten graute. So sehr, dass er sich stets geweigert hatte, über den Grund auch nur nachzudenken. Es war schon immer so gewesen. Ratten waren widerlich. Übertrugen Krankheiten. Ungeziefer.

Reglos folgten seine Augen dem Tier, das sich vorsichtig zwei Schritte vorwagte. Auf Templetons Stirn glänzten zahllose Schweißperlen. Er war nicht in der Lage, sich zu bewegen. Seine Augen starrten weiter unverwandt auf die Ratte. Sie war groß.

Würde sie vor seiner Anwesenheit erschrecken und zurück in ihr Loch flüchten? Oder würde sie sich, im Wissen um das Sandwich im Raum, weiter vorwagen?

Die Ratte lief vorsichtig auf den Schreibtisch zu.

Templeton streckte langsam die Hand aus, bis seine Finger unter der Schreibtischplatte einen Knopf aus Messing berührten. Er drückte auf die Klingel.

Sekunden später öffnete sich die Tür, und ein massiger, schweigsamer Mann trat ins Zimmer. Barney Deibler trug die Kleidung eines Wärters mit dem Stolz desjenigen, der höher aufgestiegen ist, als er zu hoffen berechtigt gewesen war. Die Ratte hielt in ihrer Bewegung inne, drehte den Kopf und witterte. Am breiten Ledergürtel des Wärters baumelte ein Schlagstock aus Ebenholz griffbereit in einem Eisenring. Templeton wies mit den Augen auf die Ratte. An seiner Nasenwurzel lief Schweiß entlang und sammelte sich auf der Oberlippe.

Mit einer fließenden, raschen Bewegung griff der Wärter nach seinem Schlagstock und warf ihn durch die Luft. Der Stock traf die Ratte mitten im Sprung.

Dr. Templetons Anspannung löste sich schlagartig. Mit ein paar raschen Schritten trat er neben das betäubte Tier. Ohne Hast senkte er den rechten Absatz auf den Kopf der Ratte. Er verlagerte sein Gewicht auf das linke Bein und verstärkte nun ganz allmählich den Druck. Mit einem langsamen Knirschen barst der Schädel. Templeton zerquetschte den Kopf ruhig und systematisch unter seinem Schuh, bis nur noch ein Brei übrig war. Nachdem er die Sohle sorgfältig am Rand des Aschekastens abgestreift hatte, ging er ruhig zu seinem Schreibtisch zurück. Er zog ein Taschentuch aus feinem Leinen hervor und tupfte sich den Schweiß vom Gesicht. Dann lächelte er. Für das Problem, das der Brief aufgeworfen hatte, wusste er nun eine höchst befriedigende Lösung.

Der Wärter hatte inzwischen den Kadaver aufgehoben und in den Ofen geworfen. Der Geruch von brennendem Fett und versengten Haaren war das Letzte, was Dr. Templeton von dem Tier wahrnahm. Mit einer Handbewegung hielt er den Wärter zurück, der eben das Zimmer verlassen wollte.

»Holen Sie bitte Nummer 27. Edgar Allan Poe«, sagte er.

Wenn Barney Deibler erstaunt war, ließ er es sich jedenfalls nicht anmerken. Erst vor einigen Wochen hatte er den Auftrag bekommen, sich speziell um den neuen Insassen zu kümmern. Barney war sehr überrascht gewesen. Er wusste nicht, dass er nicht nur wegen seiner körperlichen Kraft und Geschicklichkeit, sondern auch wegen seines ruhigen, unaufdringlichen Wesens ausgewählt worden war. Ebenso waren seine Verschwiegenheit, seine Ergebenheit und nicht zuletzt seine schlechten Kenntnisse der englischen Sprache entscheidende Kriterien gewesen – aber auch das wusste Barney nicht. Er war als halbwüchsiger Einwanderer mit seinen Eltern, einem Deutschen und einer Französin, nach New York gekommen und nie über die Elendsquartiere der Millionenstadt hinausgelangt. Die Möglichkeit, auf Blackwell's Island zu arbeiten, war die erste Verbesserung in seinem Leben, seit er New York betreten hatte.

Wenn Barney sich gelegentlich wunderte, dass er zum ersten Mal, seit er seine Stelle angetreten hatte, von der Ankunft eines neuen Insassen nicht benachrichtigt worden war, so ließ er es sich nicht anmerken. Er ließ sich auch die kleine Kränkung, dass ihm keiner der anderen Angestellten von der Herrichtung der abgelegenen Zelle erzählt hatte, nicht anmerken. Auf den Gedanken, dass Dr. Templeton diese Vorbereitungen höchstpersönlich getroffen haben könnte, wäre Barney niemals gekommen.

3

Poe saß in Hemdsärmeln auf dem Rand seiner Pritsche. Die Zeitungen waren ordentlich auf dem Tisch zusammengelegt, das Buch an der Tischkante ausgerichtet und der Stuhl gerade gerückt. Er hörte die Schritte im Gang erst, als sie vor seiner Tür endeten. Rasch verbarg er seinen linken Arm hinter dem Rücken. Das feine Geräusch, mit dem die Klappe vor dem Guckloch zufiel, zeigte ihm, dass er nicht schnell genug gewesen war. Die Riegel klackten hart, als Barney sie zurückschob.

Barney stellte sich direkt vor Poe auf. Der Griff seines Schlagstocks war genau in Poes Augenhöhe.

»Ihre Hand bitte«, sagte Barney ausdruckslos.

Zitternd öffnete Poe die rechte Hand. Etwas klirrte leise, als es zu Boden fiel. Barney suchte mit den Augen den Fußboden ab. Etwas Kleines, Weißes lag dicht vor seiner linken Schuhspitze. Eine Porzellanscherbe. An ihrer Spitze schimmerte ein roter Fleck.

Barney griff mit einer geübten Bewegung nach Poes linkem Arm und zwang ihn mühelos nach vorne. Ein dünner Blutfaden rann seine Hand entlang. Barney runzelte die Stirn, während er den Schnitt an Poes Handgelenk betrachtete. Dann riss er einen Streifen Leinwand vom Laken ab und wickelte ihn fachmännisch um die Wunde. Mit einer kleinen Nadel, die er aus der Innenseite seines Kragens zog, steckte Barney den Stoff fest.

»Die geben Sie mir nachher zurück«, sagte er. »Machen Sie sich also keine falschen Hoffnungen.«

Dann versuchte er ein schwaches Lächeln.

»Kommen Sie«, sagte er. »Der Doktor will Sie sehen.«

Dr. Templeton schüttelte den Kopf, als er die Wunde untersuchte.

»Ein hässlicher Schnitt«, meinte er, während er einen Lappen in eine Schüssel mit warmem Wasser tauchte. Vorsichtig wusch er die Wunde aus.

»Die Scherbe hatte keine wirklich scharfe Kante, sonst wäre das Fleisch nicht so aufgerissen. Ein glatter Schnitt würde nicht soviel Ärger verursachen – aber diesen hier werde ich nähen müssen. Barney, halten Sie seinen Arm fest.«

Der Wärter fixierte Poes Unterarm scheinbar ohne Kraftanstrengung auf der Schreibtischplatte. Der Doktor hatte bereits einen Seidenfaden in eine kleine silberne Nadel eingefädelt. Mit drei, vier raschen Stichen vernähte er die Wunde. Während Poe schweißüberströmt auf einen Stuhl sank, legte der Doktor einen neuen Verband an. Den Leinenstreifen warf er in den Ofen; dann hob er die Stecknadel hoch.

»Ihre?«, fragte er mit einem Blick zu dem Wärter.

Barney nickte und nahm die Nadel entgegen.

»Ich habe mich das schon öfter gefragt – weshalb tragen Sie eigentlich Stecknadeln in Ihrem Kragen?«, fragte der Doktor. »Manchmal recht nützlich, möchte ich meinen. Aber ungewöhnlich.«

»Das beste Mittel gegen Hände, die einen am Kragen packen wollen«, erwiderte Barney lächelnd, steckte die Nadel sorgfältig auf der Innenseite des Kragens fest und verließ das Zimmer.

Dr. Templeton legte die Fingerspitzen zusammen und betrachtete einige Zeit den Mann, der vor ihm saß. Schließlich hob Poe den Kopf. Templetons Blick streifte kurz den frischen Verband.

»Ich halte es nicht mehr aus«, sagte Poe leise. »Ich will endlich wissen, wer ich bin.«

Dr. Templeton schwieg weiter und betrachtete nachdenklich

die Gesichtszüge seines Patienten. Die Falten um Mund und Nase waren in der letzten Woche noch tiefer geworden. Ebenso die Schatten unter seinen Augen. Die Haut spannte sich schon ein wenig über den Wangenknochen.

Poe senkte den Blick.

»Die Ungewissheit ertrage ich nicht«, murmelte er. »Ich bin vielleicht ein Millionär. Oder ein Mörder. Aber in den Anzeigen wird niemand vermisst; niemand wird gesucht. Es ist, als ob es mich nie gegeben hätte.«

Stumme Tränen liefen ihm die Wangen hinunter. Dr. Templeton sah diskret auf einen Punkt an der Wand hinter Poes Schulter. So gab er ihm das Gefühl, ihm seine Aufmerksamkeit zu schenken, ohne ihm durch Augenkontakt zu nahe zu kommen.

»Ihrem Akzent nach sind Sie nicht in den Nordstaaten aufgewachsen«, sagte Dr. Templeton schließlich. »Sie dürfen nicht erwarten, in den New Yorker Zeitungen eine Meldung zu finden.«

Poe schien seinen Einwand nicht gehört zu haben.

»Was hat es denn noch für einen Sinn, weiterzuleben? Tot oder lebendig – für mich ist das kein Unterschied.«

»Sie haben noch immer keinerlei Erinnerung?«, fragte der Doktor nach einer Pause.

Poe schüttelte müde den Kopf.

»Nein. Nur ...«

Er stockte.

»Nur die Albträume«, murmelte er. »Sie kommen immer wieder.«

Dr. Templeton strich sich über das Kinn.

»Es sind nur Träume«, erwiderte er. Aber er klang selber nicht sehr überzeugt. In Poes Gesicht mischten sich Angst und hilflose Wut, als er aufblickte.

»Sie verstehen das nicht«, sagte er; seine Stimme zitterte. »In meinen Träumen steche ich Katzen die Augen aus ... ich töte

Menschen und mauere sie ein ... ich quäle sie ... und ich werde gequält ...«

Dr. Templeton wollte ihn unterbrechen, aber Poe hob die Stimme.

»Was ist, wenn meine Träume aus der Vergangenheit kommen? Wenn sie Wirklichkeit sind? Was dann?« Die letzten Worte schrie Poe beinahe.

»Und dieser eine Traum ...« Poe stöhnte auf. »Er kommt immer wieder. Immer wieder. Um mich herum sind Ziegelwände. Ich höre eine seltsame, ganz fremde Melodie. Dann ist da ein Mädchen. Ich kann den Duft ihrer Haare riechen. Aber ihr Gesicht ist nicht zu sehen. Und diese Maske. Sie taucht aus dem Nichts auf. Eine Totenkopf-Maske. Dann ist das Mädchen weg. Nur noch der Totenkopf ist da. Und dann wache ich auf.«

Dr. Templeton nickte. Er hatte dies alles schon öfter von seinem Patienten gehört.

»Und die Totenkopf-Maske hat noch immer nicht ihr wahres Gesicht gezeigt?«, fragte er, während er sich in seinem Sessel hinter dem Schreibtisch zurücklehnte.

Poe schüttelte stumm den Kopf.

»Ich bezweifle, dass sie das jemals tun wird«, antwortete er. »Der Traum ändert sich nie. Aber das habe ich Ihnen ja schon oft erzählt.«

Dr. Templeton nickte.

»Ich werde Sie entlassen«, sagte er abrupt.

Poe wurde bleich.

»Aber warum denn?«, stammelte er. »Was soll ich denn ... ich habe doch kein Gedächtnis ...«

Der Doktor ging auf den Einwand nicht ein.

»Sie müssen meine Lage verstehen, Poe«, sagte er. »Sie sind nach einem Unfall hier eingeliefert worden.«

Unwillkürlich berührte Poe die kleine, kaum sichtbare Narbe hinter seinem Ohr.

»Ohne Identität und Gedächtnis«, sprach der Doktor weiter. »In durchschnittlich guter Reisekleidung und mit einer reichlichen Summe Bargeld in der Tasche. Wir wissen nicht, wer Sie sind. Aber Sie sind für andere nicht gefährlich. Sie können sich ganz normal unterhalten. Sie verstehen die Zeitungsartikel. Sie sind in der Lage, alltägliche Informationen normal zu verarbeiten. Sie werden sich schon zurechtfinden.«

Er machte eine Pause. Poe wollte etwas sagen, aber der Doktor hob abwehrend die Hand.

»Es gibt keinen Grund, Sie noch länger hierzubehalten«, sagte er schlicht. »Ich werde Ihnen Ihre Sachen bringen lassen.«

Er überlegte einen Moment.

»Ich habe ein paar Aufträge in der Stadt zu erledigen«, sagte er dann. »Barney kann das machen. Er wird im Hotel *Zur schwarzen Katze* bleiben. Es liegt direkt am Hafen. Nicht zu groß und keine von den üblichen … hm … Absteigen. Warum nehmen Sie sich dort nicht auch ein Zimmer? Bleiben Sie dort, vielleicht für …« Er überlegte kurz. »Nun, sagen wir – warum nicht für ein, zwei Wochen? Gewöhnen Sie sich an die Eindrücke da draußen.«

Poe zitterte immer noch, als Barney eine Viertelstunde später mit einer kleinen Reisetasche das Zimmer betrat.

4

Poe ging den sandigen Weg durch den Nebel zur Anlegestelle. Was sollte er nun anfangen? Was würde ihn am anderen Ufer, in der Stadt, erwarten?

Die Krähen hüpften ein paar Schritte beiseite, wenn er sich näherte, und suchten dann weiter nach Würmern. Durch die grauen Wolken kam nur wenig Sonne. Poe ging vornübergebeugt und zog die Schultern hoch. Er konnte schon das Rauschen der Wellen vom East River am Ufer der Insel hören. Die feuchtkalte Novemberluft roch nach Salz. Er umklammerte den Griff seiner Reisetasche fester und zwang sich, weiterzugehen. Dann kamen die Umrisse des kleinen Dampfbootes in Sicht.

Am Steg wartete eine kleine Gruppe von Menschen, die offensichtlich nicht miteinander bekannt waren. Zwei Männer, die, ihrer Kleidung nach zu urteilen, Bedienstete des Armenhauses waren, drehten sich Zigaretten. Neben einer Wäscherin stand eine alte Frau und schluchzte unentwegt in ihr Taschentuch, vielleicht hatte sie ihren Sohn im Gefängnis besucht. Ein Mann, der offensichtlich aus dem Armenhaus kam, hielt sich ein wenig abseits.

Poe bezahlte die Fahrt und ging unter Deck. Die anderen Passagiere fanden sich bald zusammen, stellten sich einander vor, schwatzten und tauschten spöttische Bemerkungen aus. Einer von ihnen hatte eine Zeitung aufgeschlagen. Poe konnte die Schlagzeile lesen; sie handelte davon, dass das Grab eines reichen Kaufmanns geöffnet und die Leiche gestohlen worden war. Offenbar sollte von den Hinterbliebenen ein Lösegeld erpresst werden. Einzelne Fetzen des Gespräches drangen an Poes Ohr.

»... aufhängen sollte man sie ...«

»Wenigstens muss keiner leiden. Wo das Opfer doch schon tot ist ...«

»Und die Angehörigen?«

Poe versuchte wegzuhören. Aber unerbittlich drangen die Stimmen an sein Ohr.

»Diese Grabräuber werden auch immer dreister. Letzte Woche haben sie wieder vier Gräber ausgeräumt. Alle frisch, stellen Sie sich das mal vor! Ich sage Ihnen ...«

»... mit den Leichen machen?«

Poe suchte sich einen abgelegenen Platz und drehte den Kopf weg. Was hätte er in so einer Runde auch sagen können?

»... an Studenten und Ärzte ... Experimente ...«

»... und diese Morde ... schrecklich ... da ... schon wieder einer ...«

Die anderen bedachten ihn mit misstrauischen Blicken. Aber niemand sprach ihn an. Nach kurzer Überfahrt zur Südspitze von Manhattan machte die Fähre an den Hafenanlagen neben einem gut gebauten Schnellsegler fest. Die goldenen Buchstaben am Heck verrieten, dass es sich um die *Independence* aus New Orleans handelte. Poe hatte Glück: Das Hotel, zu dem ihm der Doktor geraten hatte, lag gleich gegenüber der Anlegestelle.

Trotz des kalten Wetters und der einsetzenden Dunkelheit waren die Hafenanlagen voll mit Menschen. Matrosen, Reisende, Fischer, Müßiggänger, Arbeiter und Kaufleute gingen ihren Tätigkeiten nach. Mit gesenktem Kopf, den Blick zu Boden gerichtet, bahnte sich Poe seinen Weg über den Kai. Aus einer Hafenschänke waberten Lärm und der Geruch nach billigem Schnaps. Poe blieb stehen. Seine Hand begann unkontrolliert zu zittern. Nach ein paar Sekunden war alles vorbei. Rasch ging er weiter.

Bei genauerem Hinsehen schien das Haus keineswegs ein Hotel

zu sein. Es ähnelte eher einer heruntergekommenen Absteige. Rechts von der Tür führte eine steinerne Treppe zu einer Kellerkaschemme. Offenbar hatte sie noch nicht geöffnet, denn kein Laut drang durch die dünne Brettertür nach draußen. Poe packte seine Tasche fester und betrat das Haus. Die Türglocke schickte einen hohen, traurigen Ton durch das Gebäude.

Sobald die Eingangstür hinter ihm ins Schloss gefallen war, bemerkte er als Erstes die Stille. Nirgendwo waren Küchengeräusche zu hören, auch keine Schritte, wie sie sonst von Gästen auf den Korridoren oder in ihren Zimmern verursacht werden. Poe sah sich um. Er stand in einer niedrigen Eingangshalle. Schwere Balken durchzogen die Decke, und der Boden bestand aus nachlässig gescheuerten Dielen. An den Wänden hing eine Tapete, die einmal sehr wertvoll gewesen sein musste; jetzt war sie mit einer jahrzehntealten Schicht aus Schmutz und Staub bedeckt. Eine steile Treppe verschwand nach oben ins Dunkel. In ihrem Schatten lag eine kleine, schwere Tür, vermutlich die Kellertür.

Poe wartete. Aber niemand kam.

»Hallo?«, rief er. »Ist hier jemand?«

Das Haus blieb still.

Poe ging hinüber zum staubigen Empfangstresen. Nichts lag darauf, weder ein Gästebuch noch eine Glocke, mit der man jemanden hätte herbeirufen können. Als er seine Reisetasche neben seine Füße auf den Boden fallen ließ, erschrak er vor dem lauten Geräusch, das sie verursachte.

Irgendwo wurde eine Tür geöffnet.

»Hallo?«, rief er noch einmal.

Diesmal war er sich sicher: Da waren Schritte. Schwere Schritte, wie von jemandem, der eine Last trägt oder der ohne jede Eile geht, mit schweren Stiefeln an den Füßen. Die Schritte kamen die Kellertreppe hinauf. Die Tür unter der Treppe knarrte in den Angeln.

Aus ihrem Schatten trat ein kleiner, untersetzter Mann auf Poe zu. An den Füßen trug er schwere, genagelte Stiefel; der Bierbauch wurde von einem schmutzigen Unterhemd verdeckt. Wachsame Augen musterten Poe. Hinter einem dichten schwarzen Bart waren die Gesichtszüge des Mannes nur schwer auszumachen. Er öffnete den Mund zu einem Lächeln. Mehrere Zähne fehlten.

»Sie wünschen?«

Seine Stimme klang rau, aber nicht unfreundlich, mit einem Akzent, wie er vor allem im tiefsten Süden der Vereinigten Staaten gesprochen wird.

»Kann ich ein Zimmer bekommen?«

»Aber sicher.« Der Mann ging hinter den Tresen und holte ein in Leder gebundenes Buch hervor. Staub wirbelte auf, als er das Buch auf den Tisch fallen ließ.

»Für wie lange?«, fragte er, als er das Buch öffnete und auf dem Tresen drehte.

»Ich weiß noch nicht genau.« Poe zögerte. Sollte er hierbleiben? Andererseits: warum eigentlich nicht? Wenigstens würde er hier keine weiteren Gäste treffen, die ihm neugierige Fragen stellen konnten.

»Ich bleibe für zwei Wochen«, sagte er entschlossen. Der Wirt hielt ihm eine Feder hin. Poe ergriff sie ohne zu zögern. In einem Schwung schrieb er seinen neuen Namen auf das Papier: Edgar Allan Poe.

Der Namenszug ging ihm gut von der Hand. In der Anstalt hatte er nie eine Feder in der Hand gehalten. Die gleichmäßigen Lettern verrieten, dass ihm das Schreiben einmal recht geläufig gewesen sein musste.

Geldstücke und Zimmerschlüssel wurden über den Tresen geschoben. Der Wirt nickte Poe noch einmal zu und schlurfte dann ohne weiteren Gruß zur Kellertür. Poe blieb alleine zurück. Er steckte den Zimmerschlüssel ein, nahm seine Reisetasche auf und ging die wurmstichige Treppe hinauf.

Sein Zimmer lag im ersten Stock und war klein, aber mit allem Notwendigen eingerichtet. Neben einem eisernen Bettgestell standen ein kleiner Waschtisch mit einem Kerzenhalter und ein schmaler Kleiderschrank. Einen Ofen gab es nicht; dennoch war das Zimmer nicht kalt. An der einen Wand hing ein Ölbild. Poe bemerkte erstaunt, dass alle Möbel in einem Abstand von zwei bis drei Zentimetern zur Wand standen und außerdem, wie an Bord von Segelschiffen, ausnahmslos am Boden festgeschraubt waren. Die Luft roch muffig. Poe öffnete das Fenster. Draußen war es bereits dunkel. Aus den Fenstern der Schänken und Kontore fiel trübes Licht auf die Hafenanlagen. Der Nebel wurde immer dichter. Während frische, kalte Luft in das Zimmer strömte, betrachtete Poe das Gemälde. Es zeigte eine Straßenszene aus New Orleans; die Menschen auf dem Bild waren allesamt maskiert. Ein kleines Schildchen aus billigem Blech war unten auf dem Rahmen befestigt. Darauf standen die Worte *Mardi Gras – der Karneval in New Orleans*.

Poe wollte gerade das Fenster wieder schließen, als er die Melodie hörte. Er hielt inne.

Dann überkam ihn seine Vision. Stärker als je zuvor.

Er hörte Stimmengewirr. Am Eingang der Sackgasse zogen Menschenmengen vorbei. Unter ihnen waren gehörnte Teufel, Vampire, Könige mit leichenblassen Gesichtern. Dunkelhäutige Piraten, in flitternde Farben gekleidete Frauen und Hexen mit glühenden Augen. Es waren Karnevalsmasken, die in einem aufgepeitschten Reigen die Straße entlangzogen. Aus der Menge erklang die seltsame Melodie, die er bereits kannte und die er soeben noch am offenen Fenster gehört hatte. Eine junge Frau stand direkt vor ihm. Sie lachte. Ihr Gesicht wurde durch lange braune Haare verdeckt. In einem nahen Fenster flackerte eine Kerze. Eine schwarze Katze strich vorbei. Sie hob miauend den Kopf und sah ihn mit einem gelb funkelnden Auge an. Das andere Auge fehlte.

Aus der Menge löste sich eine einzelne, in einen schwarzen Mantel gekleidete Gestalt. Ein Windstoß bauschte den Mantel. Die Gestalt schien wie eine übergroße Fledermaus langsam auf ihn zuzufliegen. Ihr Gesicht war bleich. Der Wind wirbelte durch die Gasse und löschte die Kerze. Die dunkle Gestalt kam immer näher. Das Gesicht war nur ein leeres, erstarrtes Grinsen. Hinter dem Kopf flatterten zwei rote Seidenbänder. Eine Totenkopf-Maske war vor das Gesicht gebunden. Noch immer lachte das Mädchen. Die Katze miaute in der Dunkelheit. Ein schwarzer Arm fuhr durch die Luft. Etwas Silbernes blitzte auf.

Dann verschwand alles hinter den grauen Schleiern des Nebels.

Poe fror am offenen Fenster. Langsam floss der Nebel ins Zimmer. Nur die Melodie war noch zu hören.

Sie schien vom Deck der *Independence* zu kommen.

Poe lief, nur mit einem Hemd bekleidet, nach unten und drängte sich durch die Menschen. Auf dem Vorschiff der *Independence* saß ein Matrose auf einer Taurolle und spielte. Die Töne klangen wehmütig durch die kalte Luft. Poe trat an den äußersten Rand des Kais und rief zum Vorschiff hinauf: »Was für ein Lied ist das?«

Der Matrose unterbrach sein Spiel. Erstaunt sah er sich nach dem Rufer um. Er spielte während der arbeitsfreien Zeit ab und zu zum eigenen Vergnügen. Noch nie hatte ihn jemand gefragt, was er da eigentlich spielte. Er schob ein Stück Kautabak von der linken in die rechte Backentasche.

»Weiß ich nicht«, antwortete er zurückhaltend. Mit dem Verrückten, der in Hemdsärmeln durch den Nebel lief, mochte er nichts zu tun haben.

»Wo haben Sie es denn gelernt?«, fragte Poe bittend. Der Matrose zögerte. Aber die Frage klang harmlos; er konnte sie wohl beantworten.

»In New Orleans«, sagte er und spuckte den Kautabak aus. »Ein

Mädchen hat sie vor sich hin gesungen. Sie war sehr vornehm. Aber gar nicht eingebildet. Hat sogar mit mir geredet. Sie hat die Melodie selbst geschrieben. Mehr weiß ich nicht.«

Nach diesen Worten nahm der Matrose sein Spiel wieder auf. Das Gespräch war zu Ende.

Die Erinnerung an seine Vision ließ Poe nicht los, als er durch den Nebel zum Hotel zurückging. Warum New Orleans? Hatte er die Melodie dort schon einmal gehört? In seinem früheren Leben? War dies ein Wink seiner Erinnerung? Ein Wink des Schicksals? An der Tür wandte er sich noch einmal um. Die Schiffslaterne leuchtete durch die Nebelschwaden zu ihm herüber. Seine Entscheidung war gefallen. Er rief nach dem Wirt, ließ sich Papier und Feder geben und schrieb rasch ein paar Zeilen nieder. Dann holte er seine Reisetasche und verließ das Hotel. Wenige Minuten später stand er in der Kajüte von Mister Hardy, Kapitän der *Independence*, und buchte eine Passage nach New Orleans.

5

Die Nachricht erreichte Dr. Templeton völlig unerwartet.

Früh am Morgen hatte er Barney in sein Arbeitszimmer bestellt; er hatte in New York City ein paar kleinere Aufträge für ihn. Unter anderem sollte Barney die Einladungskarten zu dem Vortrag, den Templeton in ein paar Wochen halten würde, von der Druckerei abholen. In der Hauptsache jedoch würde es Barneys Aufgabe sein, in der *Schwarzen Katze* zu wohnen und auf Poe ein Auge zu haben.

Barney brachte die Post mit, die mit der frühen Fähre herübergekommen war. Während er sich setzte, sah Dr. Templeton die Umschläge durch. Beim letzten stutzte er. Hinten auf dem Umschlag war an Stelle einer Absendeadresse nur ein einziges Wort gekritzelt: *Poe*.

Templeton riss den Umschlag auf. In wenigen, hastig auf das Papier geworfenen Worten teilte Poe ihm seine Abreise nach New Orleans mit. Der Doktor wurde bleich.

»Schlechte Nachrichten?«, fragte Barney überrascht, als Templeton sekundenlang reglos mit dem Brief in der Hand sitzen blieb.

»Es ist gut, Barney.« Dr. Templeton winkte ungeduldig mit der Hand. »Sie können gehen.«

Barney war zum ersten Mal, seit er seine Stelle bei Dr. Templeton angetreten hatte, verwirrt.

»Ihre kleine Reise ist vorläufig nicht mehr notwendig«, erklärte Templeton. »Gehen Sie nun.«

Barney gehorchte, verwundert, aber ohne weitere Fragen zu stellen.

Dr. Templeton trat ans Fenster und sah in den Nebel hinaus. Durch das Glas konnte er ganz leise die Rufe der Krähen hören.

Edgar Allan Poe. Hätte er ihn doch nicht entlassen sollen? Aber hätte es eine Alternative gegeben? Er dachte noch einmal gründlich nach, ohne zu einem anderen Schluss zu kommen. Es hatte keine Alternative zu der Entlassung gegeben. Die Revision konnte jeden Tag stattfinden. Vielleicht würden sie auch zweimal im Abstand von wenigen Tagen kommen.

Aber die Situation drohte jetzt außer Kontrolle zu geraten.

Er musste handeln. Und zwar schnell.

Fragte sich nur, was die beste Lösung war. Die Fracht, die er erwartete, würde in den nächsten Tagen eintreffen. Sofern es keine Schwierigkeiten gegeben hatte. Von dem Schiff war seit zwei Tagen nichts zu erfahren gewesen. Das Hafenbüro konnte keine Auskunft geben, außer der, dass die nächste Zwischenstation auf der Route bisher noch nicht erreicht worden sei. Aber das war im Moment zweitrangig.

Lange stand Templeton so am Fenster und durchdachte verschiedene Möglichkeiten. Schließlich entschied er sich. Poe war labil. Leicht beeinflussbar. Er würde mit ihm reden müssen. Vielleicht war doch noch etwas zu retten.

Wenn nicht – dann blieb ihm immer noch eine andere Möglichkeit. Eigentlich war es viel zu früh dafür. Aber die Situation würde ihm möglicherweise keine andere Wahl mehr lassen.

Dr. Templeton setzte sich an den Schreibtisch und füllte ein Telegrammformular aus und trug eine Adresse in New Orleans ein. Im Stillen hoffte er, dass er es nicht würde abschicken müssen. Dann schrieb er einen langen, sorgfältig formulierten Brief.

Sein Plan wies einige Unwägbarkeiten auf. Aber das Risiko musste er eingehen.

Es klopfte.

»Ja bitte?«

Barney steckte zögernd den Kopf herein.

»Die Herren des Revisionskomitees sind angekommen«, sagte er.

Dr. Templeton nickte.

»Führen Sie sie herein!«

6

Am Abend desselben Tages betrat ein Botenjunge das Deck der *Independence.* Es war bereits dunkel, und der Novembernebel war noch dichter als am Vorabend.

»Ich möchte Mister Poe sprechen«, erklärte er der Deckswache. Der Matrose nickte und ließ den Boten stehen, während er zu den Passagierkabinen ging. Der Nebel verschluckte ihn schon nach wenigen Schritten. Irgendwo miaute eine Katze. Den Botenjungen fröstelte es. Kurz darauf brachte der Matrose Poe an Deck.

»Ein Brief für Sie, Sir«, sagte der Botenjunge und hielt Poe einen Umschlag hin. Verwundert nahm Poe ihn entgegen. Der Junge zögerte. Eigentlich hatte er Anspruch auf ein kleines Trinkgeld, aber Poe machte keine Miene, nach seiner Geldbörse zu suchen. Ärgerlich huschte der Botenjunge von Bord und verschwand im Nebel. Poe drehte den Brief in den Händen. Der Umschlag war aus sehr feinem Papier. Ein Absender fehlte. Poe lief beinah in seine Kabine zurück. Hastig riss er den Umschlag auf.

Der Brief war von Dr. Templeton.

Mein lieber Poe,

ich hoffe, Sie fassen keine übereilten Entschlüsse! Bitte überlegen Sie es sich sehr genau, ob Sie wirklich nur auf Grund einer Vision Ihre Reise nach New Orleans antreten wollen. Die von Ihnen in Ihrem kurzen Brief geschilderten Erlebnisse sind ohne Zweifel sehr eindrücklich, jedoch möchte ich zu bedenken geben, dass es sich auch um die Phantasie eines, Sie verzeihen, äußerst angeregten, um nicht zu sagen überreizten, Gehirns handeln kann. Auch wenn jener Matrose dieselbe Melodie, die Sie aus Ihren Albträumen kennen, gespielt hat: Für ein solches Zusammentreffen kann es verschiedene Ursachen geben, die zu erklären an dieser Stelle zu weit führen würde. Ich bitte Sie als Ihr Arzt jedoch dringend, Ihren Entschluss noch einmal zu überdenken.

Poe runzelte die Stirn. Seine Finger krallten sich unbewusst in das Papier. Wollte Templeton ihm die Reise ausreden? Gerade jetzt, wo er wenigstens nach einen Strohhalm greifen konnte? Jetzt, wo wenigstens ein winziger Funken Hoffnung bestand, eine Spur zu haben? Eine Spur, die ihn selbst vielleicht zu seiner wahren Identität führen könnte?

Poe sah auf den zerknitterten Brief in seiner Hand. Schuldbewusst glättete er das Papier, bevor er weiterlas.

Für den Fall, dass Sie bei Ihrem Entschluss bleiben sollten, möchte ich Ihnen anbieten, in meinem Haus in New Orleans Quartier zu nehmen. Es handelt sich um eine große Villa mit mehreren Gästezimmern, sodass Ihre Anwesenheit überhaupt keine Probleme bereiten würde. Beiliegend sende ich Ihnen ein entsprechendes Schreiben an meinen Verwalter, das Sie ihm bitte vorlegen. Er wird sich zweifellos in jeder Hinsicht um Sie kümmern.

Stets der Ihre,

Dr. Templeton.

Poe zog aus dem Umschlag ein kleineres Kuvert. Es war versiegelt und an den Verwalter von Bakerswell Manor adressiert. Poe wog das Kuvert in der Hand. Die Möglichkeit, in New Orleans als Gast im Haus seines Arztes wohnen zu können, war verlockend.

Sorgfältig steckte Poe den Brief und das Kuvert ein.

An diesem Abend konnte Poe lange nicht einschlafen. Kapitän Hardy hatte angekündigt, dass die *Independence* am nächsten Tag die Anker lichten würde. Der Wind habe im Laufe des Tages aufgefrischt; ein Abflauen sei für die kommenden Tage nicht zu erwarten. Man dürfe hoffen, ungewöhnlich schnell voranzukommen.

Poe lächelte. Endlich war die Zeit der Untätigkeit vorbei. Er hatte eine Spur. Vom Land her klang schwach eine Kirchenglocke über das Wasser. Mitternacht war vorüber.

Plötzlich hörte Poe an Deck das Poltern schwerer Schritte. Sie schienen näher zu kommen. Er öffnete seine Kabinentür einen Spalt; der schmale Flur war dunkel und leer. Poe zögerte einen Moment; dann zündete er eine Kerze an und zog die Tür hinter sich zu. Die Schritte polterten den Niedergang hinab. Poe hörte, wie etwas Schweres an eine Tür stieß. Es klang beinah, als würde eine Kiste den Gang entlang unter Deck getragen. Er folgte dem Geräusch. Die Kerze flackerte unruhig in seiner Hand. In seinem Nacken spürte er einen eisigen Hauch. Irgendwo musste eine undichte Stelle im Holz sein. Das Poltern wurde lauter. Ganz deutlich ließen sich die Schritte von mehreren Männern unterscheiden. Poe kam an die Tür zu einem Gang. Dahinter hörte er Schritte. Er öffnete.

Zwei Augen schauten ihn an. Wo ein Kopf hätte sein sollen, befand sich nichts als eine unförmige weiße Masse. Beinah hätte Poe die Kerze fallen lassen. Die Gestalt drehte sich schweigend um und ging ohne Eile fort, den Gang hinunter. Nun sah Poe, was es mit der weißen Masse auf sich hatte. Die Gestalt war ein Mensch; ein Mensch, dessen Kopf vollständig von einer Kapuze aus weißer Seide verhüllt war. Poe blickte ihm nach. Dann hörte er hinter sich schwere Schritte.

»Poe?«

Kapitän Hardy musterte Poe verdutzt.

»Verzeihung, Kapitän ...« Poe kam sich mit seiner Neugier auf einmal ziemlich lächerlich vor. »Ich … ich habe … ein Geräusch gehört …«

Hardy nickte.

»Wir haben noch einen Passagier bekommen«, erklärte er.

»Noch einen Passagier?«, wunderte sich Poe. »Um diese Zeit?«

Hardy zögerte.

»Also gut«, sagte er schließlich. »Es ist ein Gentleman, der unbedingt nach New Orleans muss. Er hat seine Passage erst heute Abend gebucht.«

Hardy kratzte sich am Hinterkopf.

»Es ist nun so – sein Gesicht ist entstellt. Er bewegt sich nicht gerne unter Menschen. Selbst mit seiner Maske erregt er Aufmerksamkeit. Deswegen suchte er mich erst nach Einbruch der Dunkelheit auf. Und deshalb kommt er auch erst jetzt an Bord.«

Zwei Matrosen trugen einen Koffer den Gang entlang. Hardy hüstelte.

»Er hat die beste Kabine gebucht. Möchte in Ruhe gelassen werden. Sie verstehen?«

Poe nickte und ging langsam zu seiner eigenen Kabine zurück. Aber der Anblick der Maske ließ ihn nicht los. Erst gegen Morgen fand er ein wenig Schlaf.

7

Poe wachte erst auf, als die Sonne schon hoch am Himmel stand. Das Schiff befand sich bereits auf offener See. Die Eindrücke der vorigen Nacht waren vergessen. Poe zog eine dicke wollene Jacke über und ging auf das Vorschiff. Die Küste war nur noch ein Strich am Horizont. In tiefen Zügen atmete er die reine, kalte, wohltuende Seeluft ein. In diesem Moment gab es für ihn weder Vergangenheit noch Zukunft. Nur die freie, sorglose Gegenwart.

Die Wellen brachen sich am Bug und rauschten am Schiffsrumpf entlang. Gelegentlich trieb ein Stück Holz im Wasser vorbei, ein Ast etwa oder der aufgequollene Rest einer Schiffsplanke. Die *Independence* lief ruhig vor dem Wind. Das einzige Geräusch war das Knarren des Tauwerks in der Takelage.

Blackwell's Island war weit, weit fort. Auch das Hotel zur Schwarzen Katze und die Nebel am Kai von New York schienen jetzt nur noch einem bösen Traum entsprungen zu sein. Seltsamerweise verlangte es Poe in diesem Moment auch nicht danach, in New Orleans anzukommen. Das Schiff hätte bis in alle Ewigkeit weitersegeln können, er wäre zufrieden gewesen.

Die Schiffsglocke läutete. Der besondere Moment war vorbei.

Im Speisesaal winkte der Kapitän Poe zu sich an den Tisch und stellte ihm die Schiffsoffiziere vor. Durch aufmerksames Zuhören und geschicktes Fragen gelang es Poe, das allgemeine Interesse von seiner eigenen Person abzulenken. Niemand dachte daran, ihm unbequeme Fragen nach seiner Herkunft zu stellen. In unbeobachteten Momenten blickte er verstohlen umher. Der Passagier mit der Maske war nirgends zu sehen.

»Auf Ihr Wohl, Mister Poe!«

Kapitän Hardy hatte das Glas gehoben; die Offiziere schlossen sich ihm an. Poe griff hastig nach seinem eigenen Glas, hob es den Männern entgegen und nahm einen kräftigen Schluck. Der rote Wein schwappte im Glas, als er es etwas zu grob absetzte. Poe sah zum Kapitän hinüber.

»Sagen Sie, Kapitän Hardy ...«

»Ja?«

Poe senkte die Stimme.

»Wo ist denn der Herr, der letzte Nacht an Bord gekommen ist?«

Der Kapitän sprach eine Nuance leiser, als er es mit seiner befehlsgewohnten Stimme gewöhnlich tat.

»Er speist in seiner Kabine. Der Steward bringt ihm das Essen.«

Hardy hatte Poes verwirrten Blick bemerkt.

»Er möchte nicht in Gesellschaft speisen«, ergänzte er. »Denn zum Essen muss er seine Maske natürlich ablegen.«

Poe nickte. Natürlich. Die Erklärung war mehr als einleuchtend. Er verdrängte den Gedanken an den Mann mit der Maske und sprach umso mehr dem Wein zu. Nach der kargen Kost in der Anstalt schien ihm das Schiffsessen ein Hochgenuss zu sein. Mehrmals ließ Poe sich den Becher füllen. Der Alkohol schien ihm nichts auszumachen. Ja, er bemerkte sogar, dass der Zweite Offizier mit dem Steward einen anerkennenden Blick tauschte.

Nach dem Essen trug der Steward Kaffee auf. Danach wurden Zigarren gereicht. Die Offiziere versanken in ein Gespräch über Windrichtungen, Strömungsverhältnisse und die Seewetterlage. Poe plauderte mit Kapitän Hardy. Dabei erfuhr er, dass der Kapitän trotz seines Alters – er mochte die fünfzig bereits überschritten haben – nicht verheiratet war. Außer einer Schwester hatte er keine Familie. Sie war mit einem Maler, einem Cornelius Wyatt, verheiratet. Poe bemerkte, dass Kapitän Hardy, obwohl er mit der

Malerei und dem Beruf des Malers offensichtlich nichts anfangen konnte, nicht abfällig von seinem Schwager sprach.

Nachdem die Tafel aufgehoben worden war, ging Poe wieder an Deck. Der Wein hatte ihn in Hochstimmung versetzt. Das Schiff lag mit geblähten Segeln ruhig im Wasser und machte gute Fahrt. Poe lauschte auf das Rauschen des Wassers am Rumpf. Die Wolken und Wellen änderten ständig ihre Form. Das Wasser und der Geruch der salzigen Luft waren so ganz anders als alles, was er aus der Anstalt kannte. Die Wasserspritzer trockneten im Wind auf seinen Lippen und hinterließen den salzigen Geschmack des Meeres. Poe schloss die Augen und lächelte. Es war der Geschmack der Freiheit.

8

Die *Independence* machte gute Fahrt. Die ersten Tage verliefen angenehm und ohne besondere Ereignisse. Doch am dritten Tag begann eine kaum fassbare Unruhe sich über das Schiff zu legen. Poe hätte nicht sagen können, warum. Es hatte weder einen Streit unter den Matrosen noch scharfe Worte von den Offizieren gegeben. Doch eine gewisse Anspannung war überall spürbar. Nach dem Essen ging Poe an Deck. An der Reling sah er Kapitän Hardy stehen; er hielt ein Fernglas in der Hand und blickte aufs Meer hinaus. Poe gesellte sich zu ihm.

Kapitän Hardy schwieg. Mehrere Minuten lang betrachtete er aufmerksam den Horizont. Poe folgte seinem Blick. Die Wolken zogen in seltsamen Formen über den Himmel, wie Poe sie noch nie gesehen hatte.

»Sehen Sie diese Formation?« Kapitän Hardy deutete zum Horizont. »Es wird Sturm geben. Wenn wir Pech haben, geraten wir mitten hinein.«

Poe konnte keine besondere Bedrohung in den Wolken erkennen.

»Wäre das so schlimm?«

Hardy fuhr sich mit der Hand über den Nacken.

»Die *Independence* ist ein gutes Schiff«, meinte er. »Aber wir haben nur wenig Ballast und keine Ladung an Bord. Das Schiff liegt leicht im Wasser. Ein Sturm kann ihr da ganz schön zusetzen.«

Der Steuermann rief irgendetwas herüber. »Sie entschuldigen mich«, sagte der Kapitän. Er ging zum Achterdeck; Poe sah ihn ein längeres Gespräch mit seinem Steuermann beginnen. Dann gab Hardy den Matrosen Anweisung, die Luken zu verschalken. Poe blieb an Deck. Das Wetter veränderte sich nicht; nur dass die Wolken allmählich ihre Form änderten. So fuhr die *Independence* bis zum Nachmittag, die Seeleute in angespannter Erwartung und der Ausguck doppelt vorsichtig. Eine angespannte Ruhe lag über dem Schiff. Der Wind hatte immer mehr nachgelassen und war nun fast gänzlich eingeschlafen. Die Wellen teilten sich träge vor dem Bug der *Independence*. Keine Gischt spritze; die See lag glatt und ruhig. Die Sonne stand scheinbar unbeweglich am Himmel. Die Toppsegel begannen zu flattern. Kapitän Hardy gesellte sich zu Poe, der an der Reling stand und auf das ruhige Meer hinaussah.

»Der Sturm wird uns in den nächsten Stunden erwischen«, meinte der Kapitän. »Und es wird hart werden. Gehen Sie rechtzeitig unter Deck. Wenn mich nicht alles täuscht, wird hier oben bald die Hölle losbrechen.«

Bevor Poe antworten konnte, wurden sie durch einen langgezogenen Schrei des Ausgucks unterbrochen.

»Schiff an Backbord!«

Poe sah unwillkürlich nach oben, in die Richtung, aus der der Schrei gekommen war. Das rettete ihm das Leben. Ein schwerer Block sauste aus der Takelage herab. Poe zuckte zusammen. Der Block schlug nur einige Zentimeter neben ihm auf das Deck.

Poe zitterte an allen Gliedern. Kapitän Hardy eilte fluchend herbei. Auf seiner Stirn pochte eine Zornesader.

»Schweinerei«, knurrte er und beugte sich zu dem Block. Er hob ihn auf und untersuchte das Tauende.

»Scheint durchgescheuert zu sein«, brummte er schließlich. »Sie haben aber auch ein unglaubliches Glück gehabt.«

Aber seine Stirn lag in Falten. Poe sah ihn fragend an. Der Kapitän schob seine Mütze nach hinten.

»Tja ...« Er zögerte seine Worte hinaus. »Es ist nur – so kurz überm Block kann das Tau eigentlich gar nicht durchscheuern.«

Bevor Poe antworten konnte, gellte der Ruf des Ausgucks wieder über das Deck.

»Ein Wrack! Das ist ein Wrack!«

Der Ruf verbreitete sich sofort über das ganze Schiff. Der Block war vergessen. Auch Poe und Hardy stürzten zur Backbord-Reling. Kapitän Hardy betrachtete das Wrack einige Zeit durch sein Fernglas.

»Die Masten sind gebrochen. Scheint den Sturm abgekriegt zu haben«, brummte er und reichte das Glas an Poe weiter, während er sich umwandte und seine Befehle gab.

»Beidrehen! Beiboot klar machen! Vier Mann rüber zum Wrack!«

Die Befehle wurde präzise ausgeführt. Wenige Minuten später lag das Beiboot im Wasser. Die Matrosen kletterten über die Jakobsleiter an Bord. Kapitän Hardy rief nach dem Bootsmann.

»Barefoot!«

»Jawohl, Kapitän?«

»Sie setzen mit über! Sehen Sie nach, ob noch jemand an Bord ist! Wenn möglich, bringen Sie die Schiffspapiere mit.«

»Jawohl, Kapitän. Aber ich kann nicht lesen. Wie soll ich die richtigen Papiere erkennen?«

»Kapitän –« Das war Poe. »Könnte ich vielleicht mit hinüberfahren?«

Hardys Miene hellte sich auf.

»Gut – fahren Sie.«

Ohne Umstände kletterte Poe als Letzter die Strickleiter hinab. Die Ruderer zogen die Riemen kräftig durch. Eine einzelne Wolke schob sich vor die Sonne. Wie ein schwarzer Schatten wuchs der Rumpf des Wracks vor ihnen aus dem Wasser. Wenig später stieß das Beiboot an die Bordwand des anderen Schiffes. Am Bug stand in verschnörkelten Lettern der Name: *Demeter II*. Der entmastete Rumpf schaukelte sacht in der Dünung. Außenbords hing eine Strickleiter, so als ob die Besatzung noch Zeit gehabt hätte, in die Boote zu gehen.

In der Zeit, die sie gebraucht hatten, um bis zu dem Wrack zu rudern, war eine seltsame Veränderung mit dem Meer vorgegangen. Die spiegelglatte Oberfläche war nun leicht gekräuselt. Dennoch hatte der Wind nicht aufgefrischt. Und obwohl die Sonne hinter der Wolke wieder hervorgekommen war, schien es kälter als zuvor zu sein.

Der Bootsmann runzelte die Stirn.

»Wir haben keine Zeit zu verlieren«, wies er die Männer an. »Je eher wir wieder hier weg sind, desto besser!«

Ein Mann blieb im Boot, die anderen gingen an Bord der *Demeter II.* An Deck herrschte ein wüstes Durcheinander. Von den Masten waren nur noch gespaltene Stümpfe geblieben. Überall lag gesplittertes Holz, dazwischen hing zerrissene Leinwand. Ein Gewirr aus Tauen und Stricken überzog das Deck. Das Schanzkleid war an mehreren Stellen eingedrückt worden, die Luken von Sturzseen oder von herabfallenden Rahen eingeschlagen. Aus dem Innern des Schiffes stieg ein gleichmäßiges, leises Gluckern auf. Barefoot fuhr sich mit der Hand über das stoppelige Kinn.

»Der Kahn läuft voll«, sagte er. »Wir müssen uns beeilen. Der Strudel würde unser Beiboot mit runterreißen.«

Die Matrosen wurden bei diesen Worten unruhig.

»Also los. Zwei Mann nach unten. Lowden – du gehst ins Vorschiff. Ich bleibe an Deck. Sie ...«, er wandte sich zu Poe, »... können sich nützlich machen und achtern nachsehen. Vielleicht finden Sie in der Kapitänskajüte das Logbuch. Und die Schiffspapiere.«

Poe bahnte sich seinen Weg durch die Trümmer nach achtern. Ein besonders großer Trümmerhaufen versperrte ihm den Weg. Zwischen Tauwerk und gesplittertem Holz steckte eine längliche, mit Teer wasserdicht gestrichene Kiste. Ein Ende ragte durch die zerbrochene Bordwand. Etwas an der Form dieser Kiste war merkwürdig. Poe sah genauer hin. Es war ein Sarg.

Barefoot hatte Poes Zögern bemerkt.

»Was gefunden?«, rief er.

»Einen Sarg«, antwortete Poe. »Die Kiste hier ist ein Sarg.«

Barefoot stieß einen Fluch aus. Denn dem Glauben der Matrosen nach brachte ein Leichnam an Bord Unglück.

Poe hatte auf dem Achterdeck die Tür erreicht, die zu den Offiziersräumen führte. In diesem Moment veränderte sich das leise, gurgelnde Geräusch im Schiffsinnern. Es wurde lauter; etwas knarrte und knackte. Dann ging ein Zittern durch das Wrack. Die Matrosen stürzten aus den Luken. Sie brauchten keinen Befehl. Das Geräusch war deutlich genug. Sie sprangen ins Boot.

Barefoot wandte sich zu Poe um.

»Los doch!«, brüllte der Bootsführer. »Worauf warten Sie noch? Wir müssen weg! Das Schiff kann jeden Moment absaufen!«

Aber Poe zögerte. Seine Hand lag schon auf der Türklinke.

»Was, wenn noch Menschen an Bord sind?«, rief er zurück. »Ich sehe kurz nach. Eine Minute!«

»Kommen Sie zurück!«, schrie Barefoot. »Das ist Wahnsinn! Hier ist keiner mehr!«

Aber Poe hörte ihn nicht mehr. Er rannte eine steile, dämmerige Treppe hinab zur Kapitänskajüte. Warum er das tat, wusste er selber nicht. Vielleicht war es der halb über Bord gewuchtete Sarg gewesen, diese nicht zu Ende geführte Tätigkeit, die ihm das Gefühl eingegeben hatte, es könnten noch Menschen an Bord sein. Poe konnte sich auch später nie darüber Rechenschaft ablegen. Er langte am Fuß der Treppe an und stand nun in einem schmalen Gang. Seine Augen konnten in dem Halbdunkel kaum etwas erkennen. Eine Tür schwankte leise im Rhythmus der Dünung. Poe stutzte. Hatte er nicht eben etwas gehört? Oder war das eine Sinnestäuschung gewesen? Dann war er sich sicher: Dort vor ihm hatte sich irgendetwas bewegt. Angestrengt starrte er in das Halbdunkel.

Aus der Kajüte kam langsam eine Gestalt auf ihn zu.

Sie war bleich und vollkommen weiß. Poe drückte sich an die

Wand. Schweißperlen bildeten sich auf seiner Stirn. Dann begann die Erscheinung zu sprechen.

»Wo ... wo bin ich?«

Eine Frau. Es war eine Frau an Bord.

Gerade als er sie erreichte, begann das Schiff, sich langsam auf die Seite zu legen. Poe griff nach ihrer Hand und zerrte sie hinter sich her.

»Kommen Sie! Schnell! Das Schiff sinkt!«

Sie stolperte ohne Widerstand hinter ihm her, durch das dämmerige Licht und die Treppe hinauf. Poe stürzte zur Reling. Vor der untergehenden Sonne war das Ruderboot nur ein schwarzer Fleck auf den Wellen. Es hatte schon eine beträchtliche Strecke zwischen sich und das sinkende Schiff gelegt, um dem erwarteten Strudel zu entkommen. Der Bootsmann hatte, um seine Leute zu retten, den Befehl zum Ablegen gegeben.

»Ins Wasser! Springen Sie!«, rief Poe. Doch das Wrack kam ihm zuvor. Wie in Zeitlupe legte es sich vollends auf die Seite. Gleichzeitig mit der untergehenden Sonne versank das Schiff im Meer. Poe erhaschte einen letzten Blick auf die Frau. Der Ausdruck in ihrem Gesicht war jetzt vollkommen klar. Dann schlugen die Wellen über ihnen zusammen.

9

Der Steward stand mit einem Tablett in der Hand vor der besten Kabine der *Independence*. Er zögerte. Ihm war nicht besonders wohl, wenn er hier servieren musste, ohne dass er sein Unbehagen hätte erklären können. Dann gab er sich einen Ruck und klopfte laut und deutlich.

»Ich bringe Ihr Essen«, rief er durch die geschlossene Kabinentür.

»Einen Moment, bitte.«

Der Steward hielt das Tablett mit beiden Händen und wartete.

In der Kabine wischte sich der geheimnisvolle Passagier zufrieden einen Rest von Rasierschaum aus dem Gesicht. Der Spiegel, der neben dem Kajütenfenster hing, zeigte ihm ein makelloses, nunmehr sauber rasiertes Gesicht.

Er lächelte. Dann streifte er rasch die seidene Maske über den Kopf.

»Herein.«

Die Tür schwang auf, und der Steward brachte ein Tablett mit kaltem Geflügelfleisch und Brot nebst einer Karaffe Wein. Er beeilte sich, die Speisen auf dem kleinen Tisch in der Kabine abzusetzen. Seine Augen schweiften in der Kabine umher.

»Richten Sie bitte dem Kapitän meinen Dank und Gruß aus«, sagte der Unbekannte. Die Stimme, die durch den dünnen Seidenstoff nur unmerklich gedämpft wurde, verriet wenig über das Alter des Mannes.

»Jawohl«, antwortete der Steward. »Ich werde es bestellen.«

Sein Blick fiel auf das Rasierzeug. Unwillkürlich gingen ihm verschiedene Vorstellungen durch den Kopf, wie das Gesicht des Passagiers unter seiner Maske wohl aussehen mochte. Scheu nickte er dem Maskierten zu.

»Ach, auf ein Wort, bitte –«

Der Steward blieb stehen und fing rasch eine zugeworfene Münze auf.

»Würden Sie bitte gelegentlich den Bootsmann zu mir schicken? Mr. Barefoot?«

»Ich richte es ihm aus. Sobald er von dem Wrack zurückkommt.«

»Von was für einem Wrack sprechen Sie?«, fragte der Mann. Er war sichtlich irritiert.

Der Steward nickte, während er sprach.

»Der Ausguck hat ein Wrack gemeldet. Kapitän Hardy hat beidrehen lassen und vier Mann hinübergeschickt. Mister Poe ist auch dabei. Sie sollen nachsehen, ob noch Überlebende auf dem Wrack sind.«

Der Maskierte zögerte einen Moment.

»Mister Poe?«, fragte er dann, scheinbar so, als hätte er den Namen noch nie gehört.

»Ein Passagier«, erklärte der Steward.

Der Maskierte nickte.

»Danke. Sie können gehen.«

Sobald die Tür ins Schloss gefallen war, schob der Maskierte den Riegel vor. Er zog die seidene Kapuzenmaske ab und warf sie achtlos auf die Koje. Aus seiner Reisetasche holte er ein kleines, aber starkes Fernrohr. Dann zog er einen Hocker ans Fenster. Er fand das Wrack in dem Moment, als die Matrosen hastig in das Beiboot stiegen. Rasch schwenkte er das Rohr zum Bug des Schiffes. Der Name ließ ihn erstarren. *Demeter II*. Hektisch richtete er das Glas wieder auf das Beiboot, das eben in wilder Flucht ablegte. Langsam begann das Wrack, sich auf die Seite zu legen. Dann sah er zwischen Tauwerk und zersplittertem Holz den Sarg.

Er stieß einen wüsten Fluch aus.

Das Beiboot gewann rasch an Distanz zu dem sinkenden Schiff.

Ein Windstoß fuhr über das Wasser und drückte die *Independence* ein wenig zur Seite. Die untergehende Sonne fiel nun genau in das Fenster und machte es ihm unmöglich, noch etwas zu erkennen.

Seine Finger klammerten sich um das nutzlos gewordene Fernrohr. Die Knöchel traten weiß hervor. Aber er konnte nichts tun.

Heftiger als nötig schob er das Rohr zusammen und legte es beiseite. Dann begann er, sorgfältig das Rasiermesser zu reinigen.

Der Mann lächelte für einen kurzen Moment und fuhr zärtlich mit dem Finger über die scharfe Klinge.

Aber seine Augen blieben kalt wie Eis.

10

Der Strudel riss Poe unter die Wasseroberfläche. Er versuchte, von dem sinkenden Schiff fortzuschwimmen. Doch seine vollgesogene Kleidung zog ihn nach unten. Schon wurde die Luft knapp. Verzweifelt strebte er dem diffusen Licht über ihm entgegen. Nach ein paar weiteren Schwimmzügen glaubte er, seine Lungen müssten platzen. Gerade als er dachte, er würde bewusstlos, durchbrach er die Oberfläche. Er hustete und keuchte, während er gierig den Sauerstoff in die Lungen sog.

Poe entledigte sich mühsam seiner Jacke und der Schuhe. Dann schwamm er in ruhigen Zügen. Die Dünung war stärker geworden, und die Wellen nahmen ihm die Sicht. Einzelne kleine Holztrümmer schwammen umher. Er suchte ein Stück, das groß genug wäre, um sich daran festzuhalten. Von der Frau war nichts zu sehen. In einiger Entfernung trieb etwas im Wasser, das wie eine Kiste aussah. Er wartete, bis ihn eine Welle in die Höhe hob. Die Kiste war vielleicht noch zwanzig Meter entfernt. Aber es war keine Kiste. Es war der Sarg.

Eine Hand erschien über den Wellen und winkte ihm zu.

»Hallo! Hier herüber!«

An dem Seil, das immer noch um den Sarg gewunden war, hatte sich die Frau festgeklammert. Poe schwamm auf den Sarg zu und hielt sich an dem Seil fest. Jetzt, wo er beinah bewegungslos an dem Sarg hing, begann er die Kälte des Wassers zu spüren.

Zum ersten Mal hatte er nun die Gelegenheit, das Gesicht der Frau zu betrachten. Obwohl ihre langen, schwarzen Haare nass am Kopf anlagen, wirkten ihre Gesichtszüge ebenmäßig. Die vor Kälte aufeinandergepressten Lippen wirkten dünner, als sie normalerweise waren. Die Wangenknochen standen ein kleines bisschen höher als gewöhnlich bei einer Europäerin oder Amerikanerin, dennoch war sie weit davon entfernt, asiatisch auszusehen. Die Nase war klein; bei einem Kind hätte Poe sicher von einer ›frechen Nase‹ gesprochen. Ihre braunen Augen erwiderten Poes Blick offen und mit einer ebensolchen Neugier.

Über ihnen schrie ein Seevogel.

Sie schwiegen, Lippen und Hände vor Kälte blau angelaufen, und hielten nach dem Boot Ausschau. Die Sonne war hinter dem Horizont versunken. Es wurde rasch dunkel. Auf der *Independence* flammten Lichter auf.

Sie ließen sich im Wasser treiben.

Vom Boot aus hatte man alles mit angesehen. Jetzt, wo die Gefahr vorbei war, ruderten die Matrosen das Beiboot rasch zurück zur Unglücksstelle. Der Bootsmann befahl, vorn und achtern Laternen aufzustecken.

Wenig später hatten die Matrosen Poe und die Frau an Bord gezogen. Beide sanken nass und frierend auf die Bodenbretter. Von der *Demeter II* war nichts mehr zu sehen. Zum Glück war das Schiff langsam vollgelaufen. Wäre es plötzlich versunken, hätte der Strudel alles um sich herum unweigerlich in die Tiefe gerissen.

»Ich habe zuerst geglaubt, Sie wären ertrunken«, war das Erste, was Poe zu der Frau sagte.

»Ich kann ziemlich lange die Luft anhalten«, meinte sie. »Sonst wäre ich wohl ertrunken, ja.«

Der Sarg dümpelte neben dem Boot in den Wellen. Einer der Matrosen griff zum Bootshaken, um ihn fortzustoßen. Da sprang die Frau so heftig auf, dass das kleine Beiboot gefährlich ins Schwanken geriet.

»Nicht!«, rief sie. »Tun Sie das nicht!«

»Setzen Sie sich hin! Was fällt Ihnen ein?« Barefoot war ernstlich böse. »Sie hätten das Boot beinah zum Kentern gebracht.«

Sie sah den Bootsmann einen langen Moment an. Dann neigte sie den Kopf.

»Bitte ziehen Sie den Sarg im Wasser mit«, bat sie.

Die Matrosen tauschten besorgte Blicke. Ein Sarg brachte Unglück. Das wusste jeder. Die Frau sah den Zweifel und die Ablehnung in den Gesichtern der Männer. Es waren raue Gesellen, deren einzige Wertschätzung – außer der Heuer und dem Rum – demjenigen galt, der auf See sein Handwerk verstand. Anderen Argumenten waren sie nicht zugänglich.

»Bitte! Die Tote verdient ein christliches Begräbnis in amerikanischer Heimaterde.« Sie versuchte an das Heimatgefühl der Männer zu appellieren. Doch die einzige Heimat der Matrosen war das Meer; das Schiff war ihr Heim. Das Land bedeutete nur Hafen, Heuer und Huren. Aber sie gab nicht auf.

»Ich bin sicher, der Kapitän würde es gutheißen, wenn Sie den Sarg mitnehmen«, schmeichelte sie. Niemand überhörte die unterschwellige Drohung. Immerhin hatten die Matrosen es hier mit einer Dame zu tun, die der gesellschaftlichen Schicht des Kapitäns möglicherweise näher stand als ihrer eigenen. Und sie konnten nicht wissen, wie der Kapitän reagieren würde, wenn man die Bitte der Geretteten einfach in den Wind schlug. Wortlos warf der Bootsmann dem Matrosen im Heck eine Leine zu. Mit sichtbarem Widerwillen, aber ohne ein Wort des Widerspruchs befestigte der die Leine am Sarg, um ihn wie ein kleines Boot in Schlepp zu nehmen.

Auf der *Independence* hatte man alles mit angesehen. Die Matrosen standen bereits mit Laternen an der Reling. Das Wasser war unruhig geworden, und das Schiff rollte in den Wellen. Man ließ die Frau als Erste an Bord gehen. Poe kletterte unmittelbar hinter ihr die Leiter hoch. Kapitän Hardy reichte der Frau die Hand und half ihr an Deck.

»Willkommen an Bord. Ich bin Kapitän Hardy.«

Sie schien sich einen Moment besinnen zu müssen.

»Mein Name ist ...« Sie zögerte einen kurzen Moment. »Goron«, fuhr sie rasch fort. »Miss Leonie Goron.«

Kapitän Hardy rief nach Wolldecken. Dann ließ er Taljen klar machen, um den Sarg an Deck zu hieven. Die Mannschaft murrte. Aber der Kapitän brachte seine Leute mit einer Handbewegung zum Schweigen. Miss Goron sah ihn dankbar an.

»Es war gut, dass Sie den Sarg nicht dem Meer überlassen haben«, sagte der Kapitän laut und bestimmt. »Wenn ein Toter über das Meer geschickt wird, um begraben zu werden, soll man diesen Wunsch respektieren.«

Am dunklen Himmel trieb ein zunehmend auffrischender Wind einzelne Wolkenfetzen vor sich her.

»Der Schiffszimmermann soll eine grobe Kiste fertigmachen«, befahl der Kapitän. »Packt den Sarg hinein und schraubt Bolzen ins Holz. Bindet die Kiste im Laderaum fest. Sie soll sich nicht losreißen.«

Die Mannschaft wagte nicht, gegen den direkten Befehl des Kapitäns aufzubegehren. Aber Poe spürte, dass die Männer nur widerwillig gehorchten. Ein Matrose ging, um den Befehl dem Schiffszimmermann zu überbringen.

Der Kapitän führte Poe und Miss Goron nach achtern in seine geräumige Kajüte. Über den Tisch lag ein weißleinenes Tuch gebreitet; darüber schwang eine Petroleumlampe an einer Kette leise hin und her. In der Nähe des Bullauges war ein kleiner Arbeitstisch festgeschraubt; er war bedeckt mit einem Durcheinander aus Seekarten und nautischen Geräten. Im Hintergrund stand ein Wandschirm neben einer großen, schön geschnitzten Seekiste. Die Koje war hinter einem Vorhang verborgen.

Für Poe lagen Seemannskleider bereit. Zu seinem und des

Kapitäns Erstaunen bat auch Miss Goron um Hemd und Hose.

»Sie verzeihen – aber ich glaube nicht, dass grobes Matrosenzeug das Richtige für eine Dame ist«, sagte der Kapitän verlegen.

»Ich möchte nicht in Wolldecken eingepackt herumsitzen und warten, bis mein Kleid trocken ist«, erwiderte sie freundlich, aber bestimmt. »Morgen früh wird ja alles wieder trocken sein. Aber die Vorstellung, ohne Kleider hier bewegungslos sitzen zu müssen, ist mir ein Gräuel.«

Hardy öffnete den Mund zum Protest, aber Miss Goron kam ihm zuvor.

»Ich habe sehr wohl bemerkt, dass das Wetter umschlägt«, sagte sie. »Wir werden Sturm haben, nicht wahr? Ich möchte mich frei bewegen können. Ach ja, und wenn Sie mir bitte meinen Gürtel bringen lassen würden ...«

Dabei sah sie Hardy auf eine Weise an, dass der ihr nicht böse sein konnte. Wer war diese Frau, die eben noch im kalten Ozean um ihr Leben gekämpft hatte und jetzt in seiner Kajüte saß und ganz zwanglos mit ihm plauderte? Widerwillig, wenn auch nicht ohne Bewunderung für Miss Goron, befolgte Kapitän Hardy ihren Wunsch. Während Poe und Miss Goron sich nacheinander hinter dem Wandschirm umzogen, stellte er zwei Flaschen Portwein auf den Tisch. Dazu ließ er heiße Kartoffelsuppe auftragen.

»Mit reichlich Speck«, sagte er zufrieden, als Poe und Miss Goron sich setzten.

Beide langten ordentlich zu. Der Steward war bereits nach draußen geschickt worden; Hardy ließ es sich nicht nehmen, selber zweimal die Teller nachzufüllen. Nachdem beide in ausreichendem Maße gesättigt waren und sich aufgewärmt hatten, bat Hardy Miss Goron, zu erzählen.

»Viel zu sagen gibt es da gar nicht, fürchte ich«, entschuldigte sie sich mit einem Lächeln. »Das Schiff heißt ...«, sie zögerte, verbesserte sich dann: »... hieß *Demeter II*. Ich bin in New Orleans an Bord gegangen.«

»Leben Sie in New Orleans?«, erkundigte sich der Kapitän.

Leonie schüttelte den Kopf. »Ich bin Engländerin«, erwiderte sie. »Ich bereise die Vereinigten Staaten.«

»Ganz ohne Begleitung?« In Kapitän Hardys Stimme schwangen weder Vorwurf noch Verwunderung mit, nur eine leichte Neugier.

»Warum nicht?«, fragte Leonie, bevor sie weitererzählte. »Unser Ziel war New York. Vor zwei Tagen sind wir in einen Sturm geraten. Ich bin unter Deck geblieben. Die ganze Zeit war oben ein fürchterliches Gepolter. Mir war ziemlich schlecht. Irgendwann muss ich wohl bewusstlos geworden sein.« Sie lächelte entschuldigend. »Vielleicht bin ich auch nur eingeschlafen. Dann stand auf einmal dieser Herr hier vor mir.«

Sie deutete auf Poe.

»Ich finde, es wird Zeit, dass Sie mir nun auch Ihren Namen verraten«, meinte sie.

»Mein Name ist Edgar Allan Poe«, sagte er und hob das Weinglas in ihre Richtung. Er hatte sie während ihrer Erzählung unbemerkt gemustert. Sie schien zu wissen, was sie wollte. Und welchen Platz sie im Leben hatte.

Er beneidete sie.

Miss Goron beendete nun rasch ihre Erzählung.

»Den Rest der Geschichte kennen Sie, Kapitän Hardy. Aber sagen Sie mir doch bitte, was ist das Ziel Ihrer Reise?«

»New Orleans.« Der Kapitän bemerkte, wie Miss Gorons Gesicht einen bestürzten Ausdruck annahm. »Natürlich können wir Sie vorher in einem Hafen an Land setzten«, fuhr er beruhigend fort. »Machen Sie sich keine Sorgen. Vielleicht werden Sie nicht sofort ein Schiff nach New York finden; aber spätestens in ein paar Wochen ...«

Miss Goron überlegte. Hardy ergriff wieder das Wort.

»Sie können in aller Ruhe darüber nachdenken. Für Ihre Zeit hier an Bord lasse ich Ihnen die Kabine des Ersten Offiziers freiräumen. Wir sind nicht auf Damenbesuch eingerichtet; ich hoffe, Sie werden sich nicht allzu unwohl fühlen.«

Miss Goron lächelte.

»Bestimmt nicht«, sagte sie und wandte sich an Poe.

»Ich weiß gar nichts von Ihnen«, meinte sie. »Möchten Sie mir nicht ein wenig von sich erzählen? Wohin fahren Sie?«

»Ich reise nach New Orleans«, antwortete Poe kurz angebunden. Kapitän Hardy sah ihn an. Poe merkte sofort, dass er unhöflich gewesen war, und hatte alle Mühe, seine Verlegenheit zu verbergen. Aber was sollte er schon erzählen? Dass man ihn aus einer Irrenanstalt entlassen hatte? Dass er auf Grund einer Vision nach New Orleans fuhr?

Es klirrte leise. Poe sprang auf. Sein Gesicht glühte.

»Verzeihung ...«, stammelte er. »Ich ... wie ungeschickt von mir!«

Sein Weinglas war umgefallen und rollte zwischen den Tellern umher. Ein tiefroter Fleck breitete sich rasch über die ganze Tischdecke aus. Die Lampe über dem Tisch fing an, heftig zu schaukeln. Das Gesicht des Kapitäns verdüsterte sich.

»Das ist der Anfang des Sturms«, sagte er. »Sie beide gehen jetzt besser in Ihre Kabinen. Ich muss an Deck.«

Poe und Leonie Goron lagen noch lange wach. Der Sturm heulte die ganze Nacht. Mühsam suchte sich die *Independence* ihren Weg durch die Wellenberge und -täler. Das Schiff stampfte und rollte; an Deck tönte das hastige Getrappel der Matrosen in ihren korkbesohlten Schuhen und das Brüllen der Offiziere. Draußen an der Bordwand rauschte das Wasser. Die Wanten ächzten, und das Holz der Masten knarrte und knackte. Die Zeit schien sich endlos auszudehnen. Irgendwann glitt Poe hinüber in einen unruhigen Schlaf.

Dann stiegen die Traumbilder auf.

Diesmal waren es verworrene, zerrissene Bilder von einem Fischerboot auf See, von einer zerklüfteten Felsenküste. Am Steuer des Bootes stand ein Skelett. Plötzlich war es von einem schwarzen Umhang umhüllt und schwang einen Dolch. Dann öffnete sich das Meer zu einem gewaltigen Strudel und verschlang das Boot. Poe schrie.

Und wachte auf.

Ihm war, als ob das Echo eines Schreis noch in seinen Ohren klänge. Draußen tobte noch immer der Sturm. Hatte er selber im Schlaf geschrien? Oder jemand an Deck? Sein Herz pochte. Sein Rücken war schweißnass.

Das Schiff schlingerte und stampfte. Draußen schlugen die Wellen der aufgewühlten See mit unverminderter Wucht gegen die Bordwand.

11

Am nächsten Tag war der Sturm wieder abgeflaut. An Deck der *Independence* sah es wüst aus. Loses Tauwerk und zerbrochene Spieren lagen herum. Die Strecktaue, an denen die Matrosen während des Sturmes Halt gefunden hatten, waren noch nicht wieder gelöst und überzogen, den Resten eines vom Wind zerrissenen Spinnennetzes gleich, das Deck. Ein Teil der Mannschaft besserte die Sturmschäden aus, während die anderen Matrosen ihre gewohnte Arbeit verrichteten. Erst gegen Abend waren die Aufräumarbeiten beendet.

Poe ging an Deck umher und schöpfte frische Luft. Obwohl der Wind immer weiter abflaute, glaubte Poe unter der Mannschaft eine leise Unruhe zu spüren. Aber er fand keine Erklärung. Und die Anzeichen waren zu vage, als dass er einen der Matrosen direkt hätte fragen können. Miss Goron war nirgends zu sehen.

Kapitän Hardy stand auf dem Achterdeck, die Stirn in tiefe Falten gelegt. Als er Poe bemerkte, bat er ihn mit einem Wink zu sich.

»Kann ich Sie um Ihre Hilfe bitten?«, fragte er.

Poe nickte.

»Selbstverständlich.«

»Zwei Mann sind letzte Nacht über Bord gespült worden«, sagte der Kapitän.

Poe dachte an den Schrei in der Nacht. Er war also keine Einbildung gewesen.

»Die anderen sind todmüde und völlig erschöpft«, erklärte Hardy. »Ich wäre Ihnen sehr dankbar, wenn Sie eine Nachtwache übernehmen könnten. Sie würden die erste Wache bekommen; danach können Sie dann durchschlafen.«

»Wenn ich von Nutzen sein kann, gerne«, sagte Poe. »Sie müssen mir nur erklären, was ich tun soll. Die Arbeit der Seeleute ist mir fremd.«

Poe wurde für einen kurzen Moment schmerzlich daran erinnert, dass er nichts über sein altes Leben wusste. Was mochte er wohl früher für einen Beruf ausgeübt haben? In den ersten Tagen seiner Freiheit hatten sich bisher keine besonderen Fähigkeiten gezeigt. Und eine offensichtlich gute Allgemeinbildung, neben Manieren und der Fähigkeit, sich ausdrücken zu können, ließen auf nichts Bestimmtes schließen.

»Sie brauchen nur die See im Auge behalten«, erklärte Hardy und unterbrach damit Poes Gedanken. »Falls Sie ungewöhnlich hohe Wellen sehen oder etwas im Wasser treibt, rufen Sie. Eine reine Vorsichtsmaßnahme. Der Wind wird nachlassen; es kann eigentlich nichts passieren. Ich lasse Ihnen noch eine Matrosenjacke bringen. Gegen die Abendkälte.«

Wenige Stunden später stand Poe an der Reling und starrte in die Dunkelheit. Die Zeit verging nur langsam. Die Nacht war kühl und finster. Es hätte Vollmond sein müssen, aber nachtschwarze Wolken verdeckten den Himmel. Auf dem Schiff war kaum etwas zu erkennen. Fröstelnd zog Poe die dicke Matrosenjacke enger um seinen Körper und klappte den wollenen Kragen hoch.

Seine Gedanken begannen ziellos umherzuschweifen. Schließlich kehrten sie zu dem Sarg zurück, der zusammen mit Miss Goron an Bord gekommen war. *Wer mochte wohl darin liegen? Warum musste ein Toter erst über den Ozean fahren, um begraben zu werden?*

Langsame Schritte kamen von irgendwoher näher. Poe hörte sie nicht. *Warum hatte Miss Goron so darauf gedrungen, den Sarg mitzunehmen?*

»Verzeihung ...«

Erschrocken wirbelte er herum. Gerade hinter ihm stand ein

Matrose, in einer ebensolchen Jacke wie der seinen. Poe hatte ihn nicht kommen hören. Im Dunkeln war von dem Gesicht des Mannes selbst aus der Nähe nichts zu erkennen.

»Verzeiht. Ich habe Euch gerufen«, sagte der Matrose. Er sprach mit einem leichten russischen Akzent. Ein Einwanderer, dachte Poe. Jemand, der sein altes Leben hinter sich gelassen hat. Aber die Sprache ist wie eine Brücke.

»Ihr habt nicht geantwortet«, sagte der Matrose in Poes unhörbare Gedanken hinein. »Der Kapitän schickt mich. Er wünscht Euch zu sprechen. Ich soll so lange Euren Posten übernehmen.«

Poe nickte und ging nach achtern. Was mochte Kapitän Hardy von ihm wollen? Aus der Kajüte drang ein schwacher Lichtschein. Zögernd klopfte er an die Tür.

»Herein.«

Poe trat ein und schloss leise die Tür. Mit einer Handbewegung bat Hardy ihn, Platz zu nehmen. Er kam ohne Umschweife zur Sache.

»Ich möchte Sie um Rat fragen.«

»Worum geht es?«, fragte Poe.

»Es geht um diesen Sarg.« Hardy atmete schwer aus. »Die Mannschaft wird unruhig.«

Poe konnte sein Erstaunen kaum verbergen.

»Das verstehe ich nicht.«

»Die Leute sagen, er bringt Unglück.«

»Aber das ist doch Aberglaube«, unterbrach Poe.

»Wir haben zwei Mann im Sturm verloren«, zählte Kapitän Hardy ungerührt auf. »Bis New Orleans werden wir unter diesen Umständen noch mindestens eine Woche brauchen. Das Wasser wird knapp werden. Im Laderaum haben sich einige Fässer losgerissen und sind zerschlagen.«

Poe fuhr sich mit der Hand langsam über das Kinn.

»Und das schreibt die Mannschaft dem Sarg zu?«, fragte er. Die Vorstellung, dass Männer, die einem Sturm trotzen konnten, in tiefem Aberglauben gefangen waren, schien ihm lächerlich. Aber Kapitän Hardy blieb ernst.

»Ich fürchte, genau das tut sie«, erwiderte er. »Verstehen Sie mich recht – ich glaube nicht daran. Aber meine Leute tun es. Und wenn noch ein weiteres Unglück geschieht . . .«

Er brachte seinen Gedanken nicht zu Ende. Es war auch nicht nötig. Für einen Moment sprach keiner von ihnen ein Wort.

»Und wie kann ich Ihnen raten, Kapitän?«, fragte Poe schließlich.

Hardy kratzte sich am Kopf. Doch bevor er antworten konnte, drang vom Vorschiff ein grässlicher Schrei durch die Nacht. Poe wurde blass.

»Was . . . was war das?«, flüsterte er.

Wortlos zog der Kapitän eine Schublade auf und holte einen Revolver heraus.

»Kommen Sie mit!«, sagte er. Zum ersten Mal schwang in seiner Stimme etwas mit, das Poe vorher noch nie bei ihm wahrgenommen hatte: Angst.

An Deck regte sich nichts. Die *Independence* lag still wie zuvor. Hardy zündete eine Laterne an. Zusammen gingen sie von achtern zum Bug. Das Schiff lag still wie zuvor. Dann hatten sie das Vorschiff erreicht. Das Licht der Laterne fiel auf den Boden . . . es strich über ordentlich aufgeschossene Taue hinweg . . . traf die Reling . . .

»Wo zum Teufel ist die Wache?«, fluchte der Kapitän.

Das Vorschiff war verlassen.

»Kann er über Bord gefallen sein?«, fragte Poe zögernd.

»Bei ruhiger See?« Der Kapitän schüttelte den Kopf. Dann brüllte er seine Befehle über das Deck.

»Bootsmann! Mannschaft antreten lassen! Ausguck! An Deck!«

Sofort gellte der schrille, an- und abschwellende Ton der Bootsmannspfeife durch die Nacht. Zwei Minuten später standen die Matrosen angetreten an Deck. Der Kapitän musterte einen nach dem anderen. Bevor er schließlich sprach, trat er ein paar Schritte zurück.

»Poljakoff hatte Wache. Er ist nicht auf seinem Posten. Hat jemand den Mann gesehen?«

Schweigen. Kopfschütteln. Hardy zögerte einen Moment.

»Durchsucht das Schiff!« Seine Stimme glich einem Bellen. »Barefoot – Sie teilen die Männer ein!«

Während der Bootsmann kleine Gruppen zusammenstellte und die Matrosen sich über die *Independence* verteilten, trat Poe neben den Kapitän.

»Glauben Sie wirklich, dass sie ihn finden? Dieser Schrei ...«

Hardy schüttelte den Kopf. Seine Stimme klang müde.

»Nein. Ich glaube nicht, dass sie den Mann finden. Aber wir dürfen nichts ausschließen.« Er schüttelte den Kopf, als wollte er die schlimmsten Gedanken verscheuchen. »Vielleicht liegt er besoffen unten im Laderaum. Alles schon vorgekommen.«

Er sagte das nur, um die Wahrheit noch ein wenig hinauszuzögern. Sie beide wussten, dass keiner an Bord den Matrosen jemals wieder lebend zu Gesicht bekommen würde. Wenn man ihn überhaupt fände. Mit gesenktem Kopf, die Stirn in Sorgenfalten gelegt, ging Hardy zum Steuermann. Poe folgte ihm mit den Augen. Da öffnete sich die Tür zum Niedergang. Miss Goron betrat das Deck. Zielstrebig ging sie auf Poe zu.

»Ich hörte den Lärm und die Schritte«, begrüßte sie ihn. »Wollen Sie mir nicht erzählen, was das zu bedeuten hat?«

Poe trat mit ihr an die Reling.

»Einer der Matrosen ist verschwunden«, antwortete er.

Leonie Goron blieb ganz ruhig und verzog nur ein wenig den Mund.

»Einfach so?«

»Niemand kann sich erklären, was geschehen ist. Ich hatte mich bereit erklärt, die erste Wache zu übernehmen. Der Kapitän ließ mich durch einen Matrosen zu sich rufen. Der Mann übernahm meinen Posten. Ich sprach gerade mit Kapitän Hardy – da hörten wir den Schrei.«

Leonie Goron nickte und sah hinaus auf das dunkle Wasser. Im Schiffsbauch waren gedämpft die Schritte der Männer zu hören. Die *Independence* setzte ihre Fahrt ruhig fort, als ob nichts geschehen sei.

»Sagen Sie mal ... was tragen Sie da eigentlich für eine Jacke?«, fragte sie plötzlich. »Das ist doch eine Matrosenjacke?«

»Der Kapitän hat sie mir geben lassen.« Poe runzelte die Stirn. »Zum Warmhalten. Während meiner Wache. Warum?«

Miss Goron legte den Kopf zur Seite.

»Und wenn man Sie verwechselt hat?«, sagte sie so leise, dass Poe es gerade noch hören konnte.

»Verwechselt? Wie meinen Sie das?«

»Ich meine, dass man bei der Dunkelheit nicht erkennen konnte, ob Sie selber an der Reling standen.« Sie machte eine Pause. »Oder ein anderer.«

Poe brauchte einen Moment, ehe ihm die Bedeutung ihrer Worte vollends klar geworden war.

»Sie meinen ... wollen Sie sagen, man hat den Matrosen ... über Bord geworfen? Und man hat ihn mit mir verwechselt?«

Poes Gesicht verzerrte sich vor ungläubigem Entsetzen.

»Aber das ... das ist doch absurd«, flüsterte er. »Wer sollte so etwas tun?«

Miss Goron trat zwei Schritte zurück und schwieg.

»Ich stelle nur Fragen«, sagte sie. »Dic Antworten müssen Sie selber finden.«

12

Nachdenklich ging Poe zurück in seine Kabine. Leonie Goron und ihre Überlegungen gingen ihm nicht aus dem Kopf. Sie ist intelligent, dachte er. Und schön. Aber wer sollte mich umbringen wollen? Warum sollte jemand den Matrosen umbringen? Poe hatte nie Feindseligkeiten zwischen den Männern an Bord bemerkt. Und würde ein kleiner Streit schon ausreichen, jemanden über Bord zu werfen?

Er legte sich in seine Koje und versuchte zu schlafen. Aber er blieb wach. Das Schiff rollte in der unruhigen See. Ein gleichmäßiges Geräusch drang an sein Ohr, zunächst ganz leise. Poe drehte sich unruhig auf die andere Seite und zog die Decke über die Schultern. Das Geräusch blieb. Es schien ganz allmählich lauter zu werden.

Schließlich gab Poe auf. Er kleidete sich wieder an und ging nach oben. Der Mond war hinter den Wolken hervorgetreten. In der Takelage heulte und sang der Wind; dies war das Geräusch, das ihn wachgehalten hatte. Im Licht des Mondes stand unter dem nachtschwarzen Himmel eine Gruppe von Männern dicht gedrängt auf dem Vorschiff. Sie waren nur als ein Kreis von schwarzen Schatten zu erkennen.

Unwillkürlich verlangsamte Poe seine Schritte und achtete darauf, leise aufzutreten.

Die Matrosen lösten sich voneinander. Zwei öffneten die Ladeluke; sie waren darauf bedacht, ja keinen unnötigen Lärm zu machen. Zwei andere brachten den Ladebaum über der Luke in Position. Dann ließen sie ein kräftiges Tau hinab.

Poe blieb im Schatten und hielt still. Nur einmal sah er über die

Schulter zum Achterdeck. Die Wache dort stand unbeteiligt an der Reling und blickte ins Wasser. Die Matrosen, die jetzt schweigend etwas aus dem Laderaum hochhievten, schienen dem Mann gleichgültig zu sein. Eine Wolke schob sich langsam vor den Mond.

Über dem Laderaum schwebte jetzt eine dunkle Masse in der Luft. Poe konnte nicht erkennen, was es war. Es musste schwer sein, denn die Männer hielten das Tau mit aller Kraft.

Dann zog die Wolke weiter. Und Poe erkannte, was die Matrosen aus dem Laderaum geholt hatten.

Es war der Sarg.

Die Männer schwenkten den Ladebaum von der Luke fort und setzten den Sarg vorsichtig auf dem Deck ab. Schweigend trugen sie ihn zur Reling. Poe traute seinen Augen nicht. Es war kein Zweifel mehr möglich.

Sie wollten den Sarg über Bord werfen.

»Halt!«

Ohne zu überlegen stürzte er vor, die Hände nach vorne gestreckt, gerade als ob er in einer sinnlosen Geste nach dem Sarg greifen wollte. Die Männer hielten verblüfft inne.

»Was macht ihr da?« Poe gab seiner Stimme den Anschein von Entschlossenheit, aber es gelang ihm nur unvollkommen. Durch die Gruppe lief ein unwilliges Murren. Die Männer betrachteten Poes Handeln als Einmischung eines Außenseiters in ihre eigenen Angelegenheiten. So etwas waren sie nicht gewillt zu dulden. Andererseits konnten sie einem Passagier nicht einfach ein Rundholz über den Schädel schlagen, wie sie es vielleicht bei einem aufdringlichen Zecher in irgendeiner Hafenkneipe getan hätten.

»Schafft den Sarg zurück in den Laderaum«, sagte Poe.

Das unwillige Murren wurde lauter. Einer der Matrosen, offenbar der Anführer, machte ein Zeichen. Die anderen stellten den Sarg auf die Decksplanken und verschränkten abwartend die Arme.

»Das geht Sie nichts an«, sagte der Anführer unwillig. »Das ist unsere Sache.«

»Der Kapitän hat bestimmt, dass der Sarg an Bord bleibt«, entgegnete Poe.

Der Anführer wandte den Kopf zur Seite und spuckte über Bord.

»Ein Toter an Bord bringt Unglück«, sagte er. Dabei sah er an Poe vorbei. »Erst haben wir im Sturm zwei Mann verloren. Dann ist die Wache verschwunden. Bei ruhiger See. Das geht nicht mit rechten Dingen zu. Der Sarg muss weg.«

Zustimmendes Gemurmel lief durch die Gruppe.

»Nein.« Poe wusste selber, wie lächerlich hilflos er wirkte. Aber er konnte nicht zulassen, dass der Leichnam von Miss Gorons Freundin einfach über Bord geworfen wurde. Die Matrosen rührten sich nicht.

»Verschwinden Sie jetzt«, sagte der Wortführer. Seine Stimme klang leise, aber bösartig. »Männer – Sarg hoch!«, kommandierte er entschlossen.

Die Matrosen nahmen den Sarg auf und schoben ihn auf die Reling. Verzweifelt sah Poe ihnen zu. Dann schrie er los.

Es war kein Anbrüllen. Auch kein Wimmern. Er rief auch nicht um Hilfe. Es war ein Wut- und Klageschrei, nur halb berechnet.

Da trampelten auch schon schnelle Schritte über das Deck. Der Sarg polterte zu Boden, als die Matrosen losließen und in die Dunkelheit flüchteten.

»Um Gottes willen, Mann, was ist los?« Hardy hatte Poe am Arm gepackt und schüttelte ihn. Poe verstummte. Die Laternen des Kapitäns und des Steuermanns beleuchteten ein leeres Deck und blieben schließlich am Sarg hängen. Der Kapitän erfasste die Lage sofort und nickte.

»Es ist gut, Steuermann«, sagte er. »Sie können gehen.«

»Soll ich versuchen, die Namen der Meuterer festzustellen?«, fragte der Steuermann. Hardy schüttelte den Kopf.

»Zwecklos. Die Männer würden sich in dieser Angelegenheit gegenseitig decken«, sagte er. Seine Stimme klang müde. »Sie glauben sich im Recht. Zumindest gemessen an altem Matrosenbrauch und Glauben. Außerdem wäre eine Bestrafung sinnlos.«

»Warum?«, fragte Poe.

»Das hier«, er deutete auf den Sarg, »bedeutet versuchte Meuterei. Zuwiderhandlung gegen meinen ausdrücklichen Befehl. Ich müsste zumindest die Rädelsführer in Ketten legen lassen. Aber wir haben schon drei Mann verloren. Wir können auf keinen weiteren Mann mehr verzichten.«

Der Steuermann ließ sich nichts anmerken. Er grüßte vorschriftsmäßig und trat ab.

Poe atmete tief durch. Hardy nahm seine Kapitänsmütze ab und fuhr sich mit dem Handrücken über die Stirn. Sie setzten sich auf den Sarg und starrten, jeder in seine Gedanken versunken, ins Dunkel. Schließlich brach Poe das Schweigen.

»Werden die es noch mal versuchen?«, fragte er.

»Nein. Die wissen zwar, dass wir sie brauchen. Aber die wissen auch, dass ich sie im nächsten Hafen aburteilen lassen könnte. Es war eine Verzweiflungstat, die zu einem Kräftemessen zwischen ihnen und mir geworden ist. Die Matrosen sind dabei gerade so davongekommen. Die Sache ist einfach aus dem Ruder gelaufen. Aber die Männer werden jetzt Ruhe geben.«

Rasche Schritte unterbrachen ihr Gespräch. Es war Miss Goron, die an Deck gekommen war.

»Was ist denn los?«, fragte sie. Ihrer Stimme war keine Angst anzumerken; nur Verwunderung. »Ich habe Schritte und Schreien gehört.« Sie stutzte. »Aber das ist ja Lucys Sarg!«

»Ein paar Matrosen haben versucht, ihn über Bord zu werfen«, sagte Hardy. Der Kapitän erhob sich und setzte seine Mütze auf. »Ich werde den Sarg wieder nach unten bringen lassen«, meinte er. »Und machen Sie sich keine Sorgen. Man wird ihn jetzt nicht mehr anrühren.«

Mit diesem Worten ging Hardy schwerfällig wie nach einer großen Anstrengung nach achtern. Leonie sah Poe mit einem seltsamen Blick an. Er stand hastig auf, als ob er es plötzlich ungehörig fände, in ihrer Gegenwart auf dem Sarg zu sitzen. Sie traten nebeneinander an die Reling. In wenigen Worten berichtete er ihr alles. Leonie dankte ihm mit warmen Worten.

»Ich wollte Sie schon lange etwas fragen«, sagte Poe zögerlich.

»Aber bitte.«

»Warum sind Sie so besorgt um den Sarg?«

Leonie antwortete nicht. Eine einzelne Träne lief langsam ihre Wange hinab.

»Entschuldigen Sie bitte.« Poe war sichtlich verlegen. »Ich wollte nicht ... ich wusste nicht ...«

»Machen Sie sich keine Vorwürfe«, sagte Leonie leise. »Sie können es ja nicht wissen.«

Sie stockte einen Moment. Doch dann erzählte sie.

»In dem Sarg liegt meine beste Freundin. Lucy Monaghan. Sie lebte in New Orleans. Eines Tages hat sie mir einen Brief geschrieben; sie müsse mich unbedingt sehen. Ich ... ich habe mich auf dem Weg zu unserem Treffen verspätet.«

Leonie schluckte. Poe fixierte mit den Augen einen Punkt irgendwo hinter ihr.

»Als ich schließlich ankam, stand sie gerade im Fenster. Im vierten Stock«, fuhr sie schließlich fort. »Sie ... sie ist vor meinen Augen auf das Straßenpflaster gestürzt.«

Poe schwieg eine lange Zeit. Dann fragte er vorsichtig: »Wissen Sie, warum?«

Leonie schüttelte den Kopf.

»Nein. Ich weiß nur, dass ... nun, einige Monate zuvor muss irgendetwas passiert sein. In New Orleans war gerade Karneval. Lucy ist immer ein sehr zurückgezogener, stiller Mensch gewesen. Aber eines Abends war sie völlig ... wie soll ich sagen ... euphorisch, so, wie ich sie lange nicht erlebt hatte. Ich fragte, ob etwas geschehen sei, aber sie lächelte nur. Ein ganz tiefes Lächeln, mit einem seltenen Glanz in den Augen. Zwei Tage später war sie völlig verwandelt. Sie sah aus, als hätte sie gar nicht geschlafen. Ihre Augen waren rotgeweint. Für mich war klar, dass irgendetwas Furchtbares geschehen sein musste. Aber sie wollte nicht darüber reden.«

Poe dachte nach.

»Wusste Lucys Familie etwas darüber?«, fragte er schließlich.

Leonie schüttelte den Kopf.

»Ihre Eltern sind tot. Lucy hat weder über ihren Vater noch über ihre Mutter je gesprochen. Ich weiß nur von einem Bruder. Es ist ihr Halbbruder, um genau zu sein. Er verwaltet das gemeinsame Erbe. Aber sie hatte keinen Kontakt zu ihm. Zumindest habe ich ihn nie gesehen. Und sie hat auch nie von ihm gesprochen.«

Eine merkwürdige Geschichte, dachte Poe. Dann kam ihm das Wrack in den Sinn.

»Warum liegt Lucy in einem Sarg, der auf ein Schiff nach New York verladen wurde?«, fragte er.

Zum ersten Mal, seit sie ihr Gespräch begonnen hatten, lächelte Leonie.

»Um das herauszufinden, bin ich mit der *Demeter II* mitgereist. Jemand hat veranlasst, dass der Leichnam einbalsamiert und nach New York geschickt wird.«

»Lucys Bruder?«, fragte Poe.

»Vielleicht«, erwiderte Leonie. »Ein Dr. Waldman hat sich um den Leichnam gekümmert; ein alter Herr, der für ein paar Monate in New Orleans zu Besuch war. Er hat ein schlimmes Auge und praktiziert eigentlich nicht mehr, sagte er mir. Er hat auch dafür gesorgt, dass der Sarg auf die *Demeter II* verladen wurde.«

»Aber er hat nicht gesagt, in wessen Auftrag er gehandelt hat?«, erkundigte Poe sich.

Leonie schüttelte den Kopf.

»Waldman war zum Schweigen verpflichtet. Ich hoffte, in New York die Person zu treffen, die den Sarg vom Schiff abholt. Vielleicht könnte sie mir etwas über das Geheimnis in Lucys Leben erzählen.«

»Dann war nun die ganze Reise umsonst«, meinte Poe.

Sie zuckte mit den Schultern.

»Ich weiß, dass Waldman abgereist ist. Ich werde einfach warten, wer sich in New Orleans um den Sarg kümmert«, sagte sie.

»Es ist schon merkwürdig«, fügte sie nach einer Weile scheinbar zusammenhanglos hinzu. »Lucy war meine beste Freundin. Nun ist sie tot. Und ich habe nicht einmal ein Andenken an sie.«

Poe starrte in die Wellen. Sie ist auch auf der Suche, dachte er bei sich. Auch in ihrem Leben gibt es einen weißen Fleck. Der Tod ihrer Freundin. Leonie Goron schwieg.

»Entschuldigen Sie bitte«, sagte sie plötzlich. »Ich wollte Sie nicht mit meinen persönlichen Geschichten behelligen. Gute Nacht.«

Noch bevor Poe ein Wort sagen konnte, war sie fortgegangen.

13

Der verschwundene Matrose wurde nie gefunden. Sein Schicksal blieb für immer ungeklärt. Im Logbuch fand sich schließlich der Eintrag: »Auf Wache bei ruhiger See über Bord gegangen. Trunkenheit nicht auszuschließen.« Die persönlichen Gegenstände des Verschwundenen wurden, wie es der Brauch war, unter der Mannschaft versteigert und das erzielte Geld vom Kapitän bis zur Übergabe an die Hafenbehörde verwahrt. Danach dachte niemand mehr an den Mann. Auf See starben immer Matrosen, im Sturm oder durch Unglücksfälle während der Arbeit. Der Tod war Teil des täglichen Lebens auf See.

Poe schlief unruhig und schlecht. Mehrmals schreckte er in den folgenden Nächten hoch. In seinen Ohren klang noch immer jener grässliche Schrei. Wenn die Erinnerung zu stark wurde, ließ er sich vom Steward ein Glas heißen Whisky mit Zucker bringen. Aber auch das half nur wenig. Trotzdem schien ihm das Getränk gutzutun; er fühlte sich danach leichter.

Im Golf von Mexiko hatten sie guten Wind. Tagsüber schien die Sonne und heizte das Innere des Schiffes auf. Die Nächte waren angenehm warm. Steuerbords sah man am Horizont schon seit ein paar Tagen die Küstenlinie.

»Morgen sind wir in New Orleans«, sagte Hardy eines Abends zu Poe, als er ihn zu später Stunde an Deck traf. Die Luft war mild und die Nacht sternenklar. Poe sog den Geruch von frisch gemähtem Gras ein, der schwach vom Land herüberwehte. Er sehnte sich danach, das Schiff zu verlassen. In New York war es ihm noch wie ein Symbol der Freiheit erschienen; jetzt fühlte er sich darauf gefangen. Hardy sah zum Land hinüber, wo ganz schwach die Lichter der Stadt auszumachen waren.

»Was werden Sie in New Orleans anfangen, Poe?«, fragte er.

Poe betrachtete einen Moment lang die Lichter. Er war immer der Überzeugung gewesen, er müsse nach New Orleans. Die Stadt war ihm wie ein Ort erschienen, wo er eine Spur in seine Vergangenheit finden würde. Aber er hatte sich keinen Plan zurechtgelegt. Wie er seine Suche anfangen wollte, wusste er nicht.

»Ich habe einen Brief von Dr. Templeton bei mir«, sagte er schließlich. »Ein Arzt aus New York. Er hat mich eingeladen, in seinem Haus am Stadtrand zu wohnen.«

Vom Achterdeck her hörten sie Schritte.

»Ah, Miss Goron«, sagte der Kapitän.

»Guten Abend, Kapitän Hardy.« Sie lächelte. »Ich wollte noch ein wenig frische Luft schöpfen. Drinnen ist es bei diesem Wetter so stickig.«

Sie stellte sich zu ihnen an die Reling und betrachtete das ruhige Meer. Man plauderte ein wenig. Dann verabschiedete sich der Kapitän; er müsse noch die Schiffspapiere auf den letzten Stand bringen.

Miss Goron und Poe blieben an der Reling und schauten weiter dem Spiel der Wellen zu.

»Morgen sind wir in New Orleans«, brach Leonie schließlich das Schweigen. »Was haben Sie für Pläne?«

Poe antwortete nicht. Wieder sah er hinüber zu den Lichtern der Stadt. Schließlich fasste er einen Entschluss.

»Ich werde Ihnen meine Geschichte erzählen«, sagte er. »Vielleicht werden Sie mich für wahnsinnig halten. Vielleicht bin ich das auch. Aber Sie waren mir gegenüber sehr offenherzig. Ich will versuchen, das, soweit ich kann, auch Ihnen gegenüber zu sein.«

»Sie brauchen mir nichts zu erzählen, das Sie nicht erzählen wollen«, unterbrach Leonie ihn rasch. »Aber eins weiß ich sicher. Ich werde Sie nicht für verrückt halten.«

Poe schwieg. Dann nickte er, dankbar für ihre Worte. Und dann erzählte er seine Geschichte. Leonie hörte schweigend zu. Sie unterbrach ihn kein einziges Mal. Auch als er seine Erzählung beendet hatte, sagte sie nichts.

»Was denken Sie?«, fragte Poe unsicher.

»Verzeihen Sie.« Leonie lächelte. »Ich war in Gedanken. Ihre Geschichte ist höchst ungewöhnlich. Was ich davon halte ... Zunächst: Ich denke, Sie sind nicht verrückt. Ich halte es auch für richtig, dass Sie nach New Orleans reisen.«

»Obwohl mir mein Arzt davon abgeraten hat?«, fragte Poe.

Leonie nickte.

»Sehen Sie, ich habe vor einigen Jahren als Krankenschwester gearbeitet. Nur für eine kurze Zeit, ich wollte etwas Praktisches tun.« Sie lächelte. »Ich war damals etwas – wie soll ich sagen – romantisch veranlagt. Mir ging es darum, etwas mit den Händen zu tun, das Ergebnis der eigenen Arbeit zu sehen, wissen Sie?«

Poe blickte sie verständnislos an.

»Nun, wie dem auch sei«, fuhr sie hastig fort. »Ich hatte Glück und konnte bei sehr guten Ärzten arbeiten. So viel habe ich immerhin gelernt, dass für Menschen mit Gedächtnisverlust eine Anregung in jedem Falle förderlich ist. Ärzte, die hinter dem Fortschritt zurückgeblieben sind, benutzen Stromschläge als Anregung. Moderne Ärzte setzen den Patienten verschiedenen Sinneseindrücken aus, um das Unterbewusstsein anzuregen. Möglichst starken Sinneseindrücken.«

Poe schwieg lange.

»Demnach hätte Dr. Templeton mir also genau das Falsche geraten?«, fragte er. Es fiel ihm sehr schwer, das zu glauben.

Leonie zögerte ein wenig mit der Antwort.

»Lassen Sie es mich so ausdrücken: Es widerspricht zumindest dem, was ich als gängige Lehrmeinung kennen gelernt habe.«

»Und was denken Sie darüber?«, erkundigte sich Poe mit lebhaftem Interesse.

Leonie nahm sich Zeit, bevor sie antwortete.

»Ich weiß es nicht«, sagte sie schließlich und schüttelte den Kopf. Sie spürte, dass ihre Antwort Poe enttäuschte. »Letztendlich kann ich diese Fragen nicht so beurteilen, wie es ein Arzt kann. Es kommt mir einfach nur merkwürdig vor. Das ist alles.«

Poe nickte. Eine Frage lag ihm noch auf der Zunge.

»Glauben Sie, dass ich mein Gedächtnis wiederfinden werde?«, fragte er.

»Ich wünsche es Ihnen«, erwiderte sie. Aus ihrer Stimme sprach große Aufrichtigkeit.

14

Am nächsten Tag lief die *Independence* mit der Nachmittagsflut in New Orleans ein. Das Verschwinden des Matrosen wurde im Hafenbüro gemeldet und das Geld aus seinem Besitz zusammen mit der ausstehenden Heuer den Behörden übergeben. Den Sarg beließ man in der groben Kiste, in die der Schiffszimmermann ihn verpackt hatte, und schaffte ihn in ein Lagerhaus. Da die Frachtpapiere mit der *Demeter II* gesunken waren, mussten die Behörden sich nun bemühen, den Eigentümer in der Stadt ausfindig zu machen.

Poe und Leonie hatten darum gebeten, den Hafenmeister sprechen zu dürfen. Nach einiger Wartezeit wurden sie in einem kleinen Büro, das seit Jahren nicht mehr gereinigt worden zu sein schien, empfangen. Die Stühle, auf denen sie Platz nahmen, gehörten von Rechts wegen auf den Müll. In einem Regal lagen Papiere und Werkzeuge durcheinander. Der Hafenmeister war ein bulliger, schlecht rasierter Mann, dessen Kleidung von Fett und Fischschuppen glänzte. Er hatte die Füße auf den Tisch gelegt und rauchte eine stinkende, billige Zigarre. Sein rechtes Bein war steif; an der Wand lehnte ein Krückstock.

»Thomas Morgan«, stellte er sich durch den Rauch seiner Zigarre hindurch vor, ohne auch nur die Hand zum Gruß zu heben. »Sie sind also auf diesem Schiff gewesen, das gesunken ist, Lady? Nur Sie und dieser vermaledeite Sarg sind übrig geblieben, hab ich gehört.«

Leonie nickte.

»Haben Sie 'ne Ahnung, wohin dieser Sarg gehört?«, brummte Morgan. »Wir können ihn ja nicht einfach hier in New Orleans auf dem Friedhof eingraben.«

»Ich weiß zufällig, dass ein Doktor Waldman die Tote in dem Sarg für den Transport vorbereitet hat«, meinte sie. »Er war hier auf der Durchreise.«

Der Hafenmeister zog an seiner Zigarre. Leonie hustete.

»Entschuldigen Sie, könnten Sie wohl ein Fenster öffnen?«

»Bedaure. Mein schlimmes Bein verträgt keine Zugluft. Waldman, hm? Warten Sie ... Jetzt hab ich's! Ein alter Mann mit einem komischen Auge – blind oder so. Richtig?«

Leonie nickte und unterdrückte einen erneuten Hustenanfall. Der Hafenmeister sah durch die Rauchschwaden zur Decke.

»Ich erinnere mich, wie er den Sarg hier hat abgeben lassen. War noch selber hier in meinem Büro. Aber Waldman war nicht von hier.«

Er nahm die Füße vom Tisch und humpelte zum Regal. Zielsicher griff er nach einer fleckigen Mappe. Ein paar Blätter fielen zu Boden, ohne dass er sich darum kümmerte.

»Ah, ja, hier ist es ja. Ein Sarg, mit der *Demeter II*, Bestimmungshafen New York. Hm ... Der Name des Empfängers steht nur in den Frachtpapieren an Bord. Und Waldman hat keine Absendeadresse hinterlassen.«

Der Hafenmeister legte die Mappe zurück und schob die beiden Blätter auf dem Boden mit dem Fuß unter das Regal.

»Tja, tut mir leid. Wir müssen warten, bis jemand den Sarg für sich beansprucht.« Die Spitze der Zigarre glühte. »Wird 'ne Weile dauern, schätze ich. Die Nachricht vom Untergang der *Demeter II* hat vielleicht vor ein paar Tagen New York erreicht. Dann muss der Besitzer der Leiche erst mal darauf kommen, dass der Sarg heil zurück nach New Orleans gekommen ist.«

Leonie schüttelte sich in einem Hustenanfall, bis ihr ein paar Tränen über das Gesicht liefen. Morgan warf den Rest seiner Zigarre auf den Boden und spuckte hinterher. Es zischte kurz. Die Zigarre war aus. Morgan kratzte sich am Kopf.

»Was interessieren Sie sich eigentlich so dafür?«

»Die Tote war meine Freundin«, antwortete Leonie.

Sei es, dass der Hafenmeister Leonies Tränen missdeutete, sei es, dass er sich zu einer Spur Mitgefühl aufraffen konnte – jedenfalls humpelte er zum Fenster und öffnete es.

»Das tut mir leid«, brummte er. Es klang nicht einmal geheuchelt. »Kennen Sie denn keine Verwandten?«

Leonie schüttelte den Kopf. »Aber ich wüsste gerne, wer nach dem Sarg fragt«, meinte sie. »Bisher habe ich die New Yorker Verwandten meiner Freundin leider noch nicht kennen gelernt.«

Thomas Morgan nickte.

»Wissen Sie schon, wo Sie in New Orleans bleiben werden?«

»Noch nicht.«

»Nun, dann können Sie jederzeit vorbeikommen und nachfragen«, meinte er. »Der Sarg bleibt jedenfalls im Lagerhaus auf Eis, bis ihn jemand haben will.«

»Und dann?« Zum ersten Mal mischte sich Poe in das Gespräch.

»Wem auch immer der Sarg gehört, er muss entscheiden, ob er mit dem nächsten Schiff nach New York geschickt werden soll – oder ob die Leiche nicht besser hier begraben wird.«

Der Hafenmeister griff in eine Schublade und nahm eine frische Zigarre heraus. Mit einer kurzen Bewegung riss er ein Streichholz an seinen Bartstoppeln an. Eilig erhoben sich Poe und Leonie und gingen zur Tür.

»Ich frage alle ein, zwei Tage nach«, meinte Leonie hastig. »Und vielen Dank.«

Morgan nickte. »Keine Ursache.«

Dann humpelte er hinter dem Schreibtisch hervor, um endlich wieder das Fenster zu schließen.

Es war schon später Nachmittag. Poe und Leonie machten sich zu Fuß auf den Weg in die Innenstadt, vorbei an den Spelunken und Spielhöllen des Hafens bis in weniger raue Stadtviertel hinein.

»Was werden Sie jetzt anfangen?«, fragte Poe. »Haben Sie eine Wohnung in der Stadt?«

Leonie schüttelte den Kopf. »Ich war immer nur auf der Durchreise hier.«

»Dann müssen Sie wohl zum Konsulat?«

»Warum sollte ich?«

Poe suchte verlegen nach den passenden Worten.

»Verzeihen Sie ... ich dachte ... weil Sie doch kein Geld haben ...«

Leonies Lächeln war eine Mischung aus Belustigung und Spott.

»Ich trage das Geld in meinem Gürtel bei mir«, erklärte sie ihrem Begleiter. »Haben Sie sich nicht gewundert, dass ich an Bord gleich danach fragte? Auf Reisen ist das am sichersten.«

»Sie sind viel gereist?«, erkundigte er sich. »Dann haben Sie sicher Vermögen?«

»Sehen Sie – meine Eltern sind schon lange tot«, erzählte Leonie. »Vor einem Jahr starb ein entfernter Verwandter von mir. Er hat mir ein Landhaus und Geld hinterlassen. Ich wollte schon immer die alten Kolonien sehen; so bin ich denn eben nach Amerika gereist.«

»Dann haben Sie Lucy erst hier kennen gelernt?«, erkundigte sich Poe.

»Ja. Hier in New Orleans, um genau zu sein.«

Sie suchten eine der kleinen Garküchen auf, die an jeder Ecke zu finden waren, und aßen etwas. Die Gewürze waren für Poe sehr ungewohnt, aber das Essen schmeckte ihm gut. Dann suchte Leonie nach einem Geschäft, wo sie das Notwendigste kaufen konnte. Sie traf rasch ihre Auswahl und ließ alles in eine handliche

Reisetasche packen. Poe, der selber kaum Gepäck hatte, erbot sich, die Tasche zu tragen. Die Sonne stand schon tief am Himmel, als sie durch die Gassen schlenderten. Die Straße, durch die sie gerade gingen, war schmal und dunkel. Die Gebäude wirkten schäbig und ungepflegt. Leonie musterte die Häuserfronten.

»Ich werde mir wohl wieder eine Pension suchen«, meinte sie.

»Hier? In dieser Gegend?«, fragte Poe überrascht.

Leonie sah ihn erstaunt an.

»Aber warum denn nicht?«

»Die Häuser hier sind doch alle ziemlich heruntergekommen«, meinte Poe.

»Ich kenne das Viertel recht gut«, sagte sie. »Es ist längst nicht so gefährlich, wie es aussieht. Und die Zimmer sind hier billiger.«

»Aber ist das die richtige Umgebung für Sie?«

Poe hatte, als er dies sagte, so ernsthaft besorgt ausgesehen, dass Leonie ein kleines Lachen nicht unterdrücken konnte.

»Manchmal riecht es etwas streng, wenn die Fischkutter zurückkommen«, sagte sie heiter, »oder wenn Ostwind ist. Die Leichenhalle ist nur zwei Straßen weiter. Aber daran gewöhnt man sich.«

Poe dachte rasch nach. Vielleicht würde er ihr helfen können. Dann bräuchten sie sich noch nicht zu trennen.

»Ich habe eine Einladung in das Haus von Dr. Templeton«, platzte er heraus.

»Meines Arztes aus New York«, erklärte er, als Leonie ihn fragend ansah. »Warum kommen Sie nicht einfach mit?«

Leonie zögerte. Der Doktor schien ein seltsamer Mensch zu sein. Aber immerhin war er Poes Arzt. Vielleicht war es ja ganz gut, wenn sie ihn kennen lernen würde.

»Wird Dr. Templeton denn nicht überrascht sein, wenn Sie einfach einen Gast mitbringen?«, fragte sie.

»Er selber ist gar nicht da«, erklärte Poe. »Er bot mir nur an, während meines Aufenthaltes in seiner Villa abzusteigen. In seinem Haus gibt es mehrere Gästezimmer. Sie würden also gar nicht stören.«

Leonie überlegte kurz. Dann nickte sie.

»Dann danke ich Ihnen für die Einladung.«

Poe wurde beinah fröhlich.

»He! Droschke!«, rief er und winkte einer vorbeifahrenden Kutsche zu. Der Einspänner hielt neben ihnen.

»Die Villa des Doktors liegt am Stadtrand«, erklärte er, während er Leonie beim Einsteigen half. Dann nannte er dem Kutscher die Adresse.

Die Droschke brachte sie rasch durch verwinkelte Gassen und Straßen. Poe schaute aus dem Fenster, um sein Lächeln zu verbergen. Leonie Gorons Begleitung stimmte ihn froh. Auch sie ist auf der Suche, dachte er immer wieder. Sein Leben ohne eigene Identität schien ihm mit einem Mal leichter geworden zu sein. Leonie nahm ihm seine Schweigsamkeit nicht übel. Sie betrachtete die Stadtviertel, durch die sie fuhren, und dachte an die Tage, die sie hier mit Lucy verbracht hatte.

Nach längerer Fahrt bemerkte Poe, dass links und rechts der Straße nur noch wenige Häuser standen. Ein eigenartiger Geruch lag in der Luft, den er sich nicht ganz erklären konnte. Es war ein Geruch wie von Wasser und Fäulnis.

Die Kutsche folgte einer gewundenen Straße, die von verkrüppelten Bäumen gesäumt war, und hielt kurz darauf vor einem großen, schmiedeeisernen Tor. Hinter dem Zaun, der das Grundstück umschloss, erstreckte sich ein weitläufiger Park. Zwischen den Bäumen schimmerten die Mauern eines Hauses hindurch. Poe und Leonie stiegen aus. Der Kutscher lud ihr Gepäck vom Dach, wendete und schnalzte mit der Peitsche. Die untergehende Sonne überzog den Himmel mit einem Licht so rot wie Blut.

15

Poe und Leonie nahmen ihr Gepäck auf und schritten durch das eiserne Tor. Der Sandweg, der zwischen den Bäumen hindurch zur Villa führte, war sauber geharkt. Trotz der hereinbrechenden Dämmerung war die Luft noch warm. Weit hinter dem Haus zog ein Vogel seine Kreise.

»Was ist das da für ein Haus?«, fragte Leonie und deutete zwischen die Bäume.

»Wo denn?«

»Dahinten, sehen Sie?«

Sie zeigte auf ein kleines Haus hinter einer Gruppe von Zypressen. Poe kniff die Augen zusammen. Es war ein merkwürdiges Gebäude, zu gedrungen für ein Teehaus, aber viel zu solide für einen Schuppen.

»Ich weiß es nicht«, meinte er kopfschüttelnd.

Sie gingen weiter. Irgendwo begannen Frösche zu quaken.

»Es riecht nach Sumpf«, meinte Leonie und zog die Nase kraus.

Poe deutete auf den Vogel.

»Vielleicht sucht er nach den Fröschen. Ich vermute, dass das Grundstück an einen Sumpf grenzt.«

Nach der nächsten Wegbiegung lag die Villa vor ihnen. Das Gebäude entsprach so gar nicht dem luftigen, leichten Haus, das Poe hier im Süden erwartet hatte. Mit seinen Mauern aus grauem Stein, den hohen Fenstern und dem schiefergedeckten Dach hätte es eher nach Neuengland als an den Golf von Mexiko gepasst. An der linken vorderen Ecke war ein schlanker Turm in das Mauerwerk eingebaut; darin mochte sich vielleicht eine Wendeltreppe befinden. Drei breite, steinerne Stufen führten zur Eingangstür. An einem der hohen Türflügel hing ein Messingklopfer.

Leonie strich mit der Hand sachte über die Tür.

»Ebenholz«, sagte sie erstaunt. »Diese Tür muss sehr alt sein.«

Poe hob den Türklopfer. Ohne zu wissen warum, zögerte er für den Bruchteil einer Sekunde. Dann ließ er das Messing auf die Gegenplatte im Holz fallen. Das Geräusch dröhnte durch das Haus wie der Klang einer Glocke.

Auf der anderen Seite der Tür näherten sich feste, aber langsame Schritte. Dann wurden die schweren Türflügel geöffnet. Sie drehten sich vollkommen geräuschlos in den Scharnieren.

Vor ihnen stand ein großer, kräftiger Mann in der Livree eines Dieners. Das weiße Haar und der sorgfältig gestutzte, eisengraue Bart verrieten das fortgeschrittene Alter. Sein Gesicht drückte weder Erstaunen noch Verwunderung aus.

»Willkommen«, sagte er mit gemessener Höflichkeit und bat sie mit einer Handbewegung einzutreten.

Poe und Leonie fanden sich in einer hohen Eingangshalle wieder. Hinter ihnen fiel die schwere Tür aus Ebenholz ins Schloss. Das Geräusch klang noch lange in der Halle nach. Der Boden bestand aus Marmor, doch ein kostbarer Teppich bedeckte den größten Teil des Steins. An den Wänden, die von mehreren Türen unterbrochen waren, hingen Ölgemälde. Ganz im Hintergrund stand eine große schwarze Uhr aus Ebenholz.

Poe blickte nach oben; die Decke war vielleicht zehn Meter hoch und wölbte sich wie eine kleine Kuppel. Auf der Höhe des ersten Stocks lief eine Galerie rings um die Wände. Eine hölzerne, schön geschnitzte Treppe verband die Galerie mit der Eingangshalle.

»Sie wünschen?«, fragte der Diener.

»Mein Name ist Poe. Edgar Allan Poe.« Er wühlte in seinen

Taschen. Schließlich fand er das Kuvert mit dem Siegel des Doktors. »Ich habe hier ein Schreiben von Dr. Templeton.«

Fragend sah Poe den Alten an.

»Es ist allerdings an den Verwalter seines Hauses gerichtet …«

Der alte Mann deutete eine Verbeugung an.

»Gestatten Sie mir, mich vorzustellen. Mein Name ist Drake. Ich bin der Verwalter.«

Wortlos händigte Poe ihm den Brief aus. Drake verbeugte sich formvollendet, öffnete den Umschlag und las das Schreiben aufmerksam durch.

»Willkommen, Mister Poe«, sagte er mit warmer Stimme. Dann widmete er Leonie einen kurzen, fragenden Blick.

»Dies Schreiben legt den Schluss nahe, dass Sie allein reisen. Aber wer mit Ihnen reist, ist im Namen des Doktors natürlich willkommen. Doch würden Sie die Freundlichkeit haben, mir die Dame vorzustellen?«

Leonie trat einen Schritt vor.

»Goron«, sagte sie. »Miss Leonie Goron.«

»Miss Goron. Sehr erfreut.«

Drake verbeugte sich wieder.

»Willkommen auf Bakerswell Manor. Darf ich Sie in den Salon zu einer Erfrischung bitten?«

Dankbar folgten sie dem Verwalter; ihr Gepäck ließen sie in der Eingangshalle stehen.

Die beiden Flügel der Salontür standen weit offen. Die Einrichtung war geschmackvoll. Bücherregale bedeckten den größten Teil der Wände; im Hintergrund des Raumes stand ein Cembalo. Ein Kamin sorgte für ausreichende Wärme und eine angenehme Atmosphäre. Vor dem Feuer stand ein metallenes, kunstvoll gearbeitetes Gitter, um zu verhindern, dass Funken aus dem Kamin sprangen und Brandlöcher in dem kostbaren Teppich hinterließen. Über dem Kamin hing ein doppelläufiges Gewehr mit fein ausgeführten Beschlägen. Poes Blick streifte einen Dolch mit silbern anmutender Klinge. Er schien sehr alt zu sein. Hatte er diese Waffe nicht schon irgendwo gesehen? War ihm dieser Dolch nicht schon einmal begegnet? In seinen schrecklichsten Visionen? Dem Verwalter war Poes Interesse nicht entgangen.

»Ein alter Dolch, wie ihn Sklavenhändler benutzt haben«, erklärte er. »New Orleans war einer ihrer wichtigsten Häfen an der Südküste. Dieser Dolchtyp wurde hier in der Gegend auch von Voodoo-Priestern benutzt.«

Poe fragte nicht weiter. Sein Blick wanderte vom Kamin zu einem niedrigen Tisch aus Mahagoni. Darauf lag, mit den Seiten nach unten, ein aufgeschlagenes Buch, ohne Prägung auf dem Rücken. Der Verwalter, der Poes Blick immer zu folgen schien, klappte es zusammen und legte es fort. In der Wand bemerkte Poe eine kleine Nische, fast ganz verdeckt von zwei Vorhanghälften. Sie waren aus schwerem Samt und wurden in der Mitte durch eine zierliche silberne Kette zusammengehalten. Daneben stand ein geschmiedeter, fast mannshoher Kandelaber aus Eisen auf dem Boden.

Drake bat sie, am Kaminfeuer Platz zu nehmen. Er stellte zwei kleine Gläser aus Bleikristall vor sie hin und schenkte aus einer ebensolchen Karaffe eine tiefrote, duftende Flüssigkeit ein.

»Portwein?«, fragte Leonie, die den süßen, schweren Geruch erkannt hatte.

Drake lächelte.

»Der beste, den Sie bekommen können«, antwortete er. Poe und Leonie sahen sich über ihre Gläser hinweg in die Augen, bevor sie tranken.

»Dr. Templeton hat eine bemerkenswerte Villa«, wandte Poe sich an den Verwalter.

Drake neigte zustimmend den Kopf.

»Sie ist seit mehreren Generationen im Besitz seiner Familie.«

Sobald sie ihre Gläser geleert hatten, stellte Drake sie fort und deutete eine Verbeugung an.

»Wenn Sie mir nun bitte folgen wollen«, sagte er. »Ich führe Sie zu ihren Zimmern.«

Als sie den Salon verließen, zog Drake hinter ihnen die Flügeltüren zu. Leonie fiel eine kleine, schmale Tür ins Auge, die vorher durch den linken Flügel halb verdeckt gewesen war.

»Was ist das für ein Raum?«, fragte sie neugierig.

»Das Empfangszimmer«, erwiderte Drake und öffnete die Tür. Leonie sah hinein. Der Raum war klein und hatte zu ihrem Erstaunen keine Fenster. Die Wände waren mit Seidentapeten bedeckt, der Boden bestand aus kostbarem Parkett. Von der hohen Decke hing ein schön gearbeiteter Leuchter herab. Leonie wunderte sich, wie man ihn wohl entzünden mochte, denn ohne die Hilfe einer Leiter oder eines langen Anzünders war er ganz unmöglich zu erreichen. Ein bequemer Sessel stand neben einem zierlichen Tisch, der für eine Obstschale oder ein Kaffeetablett gedacht sein mochte. Sonst war der Raum leer. Leonie bemerkte, dass Sessel und Tisch deutlich von der Wand abgerückt waren. Ihr entging, dass man beide Möbel unsichtbar mit dem Fußboden verschraubt hatte. In die Wand war eine weitere schmale Tür eingearbeitet. Sie war vollkommen glatt.

»Wo führt diese Tür denn hin?«, fragte sie.

Drake zögerte unmerklich.

»In den Salon«, erklärte er dann. »In diesem Zimmer können Besucher warten, wenn der Doktor im Salon arbeitet.«

Leonie nickte. Sie konnte sich nicht daran erinnern, dort eine Tür gesehen zu haben. Aber sie sagte nichts, sondern folgte dem Verwalter durch das Haus.

Bakerswell Manor war verwinkelt und bestand selbst im Inneren aus dicken Mauern. Drake führte sie in den rückwärtigen Teil des Hauses. Dort stiegen sie eine Treppe hinauf und folgten einem schmalen Korridor. Der Korridor endete zu Poes Verwunderung oben auf der Galerie. Drake führte sie zu zwei nebeneinanderliegenden Räumen.

»Hier – bitte«, sagte er. »Ich bin sicher, Sie werden alles zu Ihrer Bequemlichkeit finden. Ihr Gepäck ist schon auf den Zimmern.«

Poe zögerte einen Moment. Aber der Verwalter schien seine Gedanken zu ahnen.

»Der Frühstückstisch wird morgen für Sie gedeckt sein«, sagte er. »Wenn Sie in die Stadt zu fahren wünschen, können Sie den Einspänner nehmen. Die Stallungen befinden sich hinter dem Haupthaus.«

Als er sich mit einer letzten Verbeugung verabschiedete, verursachten seine Schritte keinerlei Geräusch.

Poe und Leonie sahen sich an. Beide zögerten. Schließlich sprachen sie gleichzeitig.

»Gute Nacht.«

In diesem Moment schlug die Uhr in der Eingangshalle eine Stunde vor Mitternacht. Selbst hier oben waren die Schläge noch deutlich zu hören. Sie hatten einen ganz eigenartigen, tiefen Klang. Poe und Leonie blieben vor ihren Türen stehen, bis der elfte Schlag verklungen war.

Sie sahen noch einmal über die Schulter zueinander hin. »Gute Nacht, Leonie«, sagte Poe.

Sie nahm es ihm nicht übel, dass er sie mit ihrem Vornamen angesprochen hatte. Leonie lächelte und nickte ihm zu. Dann schloss jeder die Tür seines Zimmers.

Als Poe sich umdrehte, fiel sein Blick zuerst auf die schweren, rotsamtenen Vorhänge, die von der Decke bis zum Boden reichten. Sie waren zurückgezogen und umrahmten eine schmale gläserne Doppeltür, die auf einen kleinen Balkon hinausführte. Das Glas wurde auf halber Höhe von einer weißen Holzleiste geteilt. Der Vollmond warf den Schatten der Tür als dunkles Kreuz auf den Teppich.

Rasch zündete Poe die Lampe an. Das Licht wirkte freundlich und warm. Poe musterte sein Zimmer nun genauer. Die Einrichtung war sparsam, aber zweckmäßig. Vor einem kleinen Kamin stand ein Tisch mit zwei Stühlen. Das Bett, ein schmaler Kleiderschrank und ein Waschtisch vervollständigten die Einrichtung. Alle Möbel waren von einer schlichten, einfachen Schönheit und schienen sehr alt zu sein.

Poe stellte die Lampe auf den Tisch und trat hinaus auf den Balkon. Die Bäume auf dem großen Grundstück waren nur noch als Schatten zu erkennen. Irgendwo schrie eine Eule. Der faulige Geruch, den sie bei ihrer Ankunft wahrgenommen hatten, hing immer noch in der Luft. In der Nähe wieherte ein Pferd. Natürlich, dachte Poe, die Ställe. Morgen würde er sich auf die Suche nach seiner Vergangenheit machen.

Und dann, gerade als er wieder in das Zimmer zurücktreten wollte, sah er die Totenkopfmaske aus seiner Vision.

Sie blickte aus dem Garten zu ihm hinauf.

Poe zuckte zurück. Dann überwand er sich, trat rasch vor und sah noch einmal nach unten.

Niemand war dort. Nur weit hinten zwischen den Bäumen glaubte Poe, für einen Moment ein Licht aufflackern zu sehen.

Die Erkenntnis kam ganz plötzlich.

Poe wusste jetzt, welchem Zweck das kleine Gebäude zwischen den Bäumen diente. Er schauderte.

Hastig schloss er die Balkontür und zog die Vorhänge zu. Bevor er sich zu Bett legte, prüfte er den Riegel seiner Tür. Dann zog er die seidene Bettdecke über die Schultern und fiel in einen traumlosen Schlaf. Nur einmal schreckte er hoch; er glaubte, das Knarren von Rädern gehört zu haben. Draußen wieherte cin Pferd. Dann schrie ein Nachtvogel. Poe setzte sich auf und lauschte. Aber alles war wieder still. Er drehte sich auf die andere Seite und schlief weiter bis zum nächsten Morgen.

16

Am nächsten Morgen war von der düsteren Stimmung des vorigen Abends nichts mehr zu spüren. Poe und Leonie trafen sich im Speisezimmer. Es lag nach Südosten, und der ganze Raum wirkte in der Morgensonne warm und freundlich. Der Verwalter hatte den Tisch reichhaltig gedeckt und eine Karte an die silberne Kaffeekanne gelehnt: *Ich muss für eine Weile abwesend sein. Wenn ich bis zum Abend nicht zurück bin, komme ich erst bei Sonnenaufgang. Warten Sie nicht auf mich. D.*

Poe legte die Karte achtlos beiseite und schenkte erst Leonie, dann sich selber Kaffee ein. Sie lächelte ihn über ihre Tasse hinweg an.

»Gut geschlafen?«, fragte sie.

»Ja, doch.« Er zögerte. Die Vision von letzter Nacht fiel ihm wieder ein. Leonie sah ihn abwartend an.

»Hast du gestern Abend noch etwas gehört?«, fragte er. Poe versuchte, die Frage möglichst beiläufig klingen zu lassen.

»Nur die Nachtvögel«, antwortete sie leichthin, während sie eine Brotscheibe bestrich. Dabei beobachtete sie ihn genau. Ihr war klar, dass er die Frage nicht ohne Grund gestellt hatte. Aber Poe schwieg. Er wollte sie nicht mit seinen Albträumen verschrecken. Leonie beschloss, nicht weiter in ihn zu dringen.

»Kommst du mit in die Stadt?«, fragte sie. »Ich möchte zum Hafenbüro. Vielleicht wissen sie dort ja schon, ob sich jemand um Lucys Sarg gekümmert hat.«

Poe nickte. »Und ich werde in der Stadt spazierengehen. Wenn ich wirklich in meinem alten Leben hier gewesen bin, erkenne ich vielleicht irgendetwas wieder.«

Sie ließen das Geschirr stehen und gingen zu den Stallungen. Das Grundstück erstreckte sich noch weit hinter dem Haus. Die Stallungen lagen ein ganzes Stück abseits vom Hauptgebäude. Wieso habe ich letzte Nacht ein Pferd hören können, fragte sich Poe im Stillen. Das Knarren der Räder kam ihm wieder in den Sinn. Leonie drehte sich nach ihm um, sagte aber nichts. Neugierig ging Poe einmal um den Stall herum. Das Gebäude hatte eine große Doppeltür, aber keine Fenster. Nur hoch oben unter dem Dach waren einige schmale Schlitze, die eher für Luft als für Licht zu sorgen schienen.

Der Riegel an der Tür ließ sich mühelos zurückschieben. Poe öffnete den ersten Türflügel. Langsam gewöhnten sich seine Augen an das Dämmerlicht. Zuerst sah er die zwei leeren Boxen. Der Rest des Stalls bestand nur aus einer leeren Fläche festgestampfter Erde. Radspuren zeigten, dass hier normalerweise die Kutsche untergestellt wurde. An den Wänden stapelten sich Heuballen. In einer Ecke standen einige Werkzeuge. Neben einem hölzernen Eimer lagen Putzlumpen.

»Drake muss die Kutsche genommen haben«, meinte Leonie enttäuscht. »Wie dumm von uns. Das hätten wir uns auch gleich denken können! Er wird ja wohl kaum zu Fuß fortgegangen sein.«

Aber Poe antwortete nicht. Ganz hinten an der Wand, im Dämmerlicht gerade noch zu erkennen, stand eine längliche Kiste. Sie war offen.

Aus dem Holz ragten vier Bolzen.

Poe packte Leonies Arm.

»Was ist ...« Sie verstummte.

Es war die Kiste, in der Lucys Sarg verstaut worden war. Unwillkürlich senkten sie die Stimmen, als ob sie fürchteten, bei etwas Verbotenem überrascht zu werden.

»Wie kommt das hierher?«, stieß Poe hervor.

»Wo ist der Sarg?«, meinte Leonie im selben Moment.

War es wirklich die Kiste von der *Independence*? Poe kniete sich auf den Boden und betrachtete sie genauer. Auf dem Boden lagen ein paar feine, weiße Körnchen, so fein, dass sie entfernt an Staub erinnerten. Ansonsten fand er keinen Anhaltspunkt, was die Kiste enthalten haben mochte. Er befeuchtete seine Fingerspitze mit der Zunge, nahm vorsichtig ein paar Körnchen auf und ging nach draußen ins Sonnenlicht. Eingehend betrachtete er die weißen Körner. Dann streckte er vorsichtig die Zunge aus, sodass eine kleinstmögliche Menge der Körner daran hängen blieb.

Es war Salz.

Ungewöhnlich feines Salz.

»Im Hafenbüro haben sie gesagt, der Besitzer des Sargs sei unbekannt«, sagte Leonie. »Wie kann Drake so schnell Bescheid bekommen haben?«

Poe sah einem Vogel zu, der dicht über dem Gras durch die Luft flog.

»Falls es überhaupt dieselbe Kiste ist«, gab er zu bedenken. »Es sieht so aus, als ob einfach nur Salz darin gewesen wäre.«

»Salz wird nicht in solchen Kisten transportiert«, widersprach Leonie. »Und es ist zu fein. Nicht einmal Tafelsalz wird so fein gemahlen.«

Poe wollte etwas einwenden, aber Leonie kam ihm zuvor.

»Die Bolzen«, bemerkte sie. »Wie viele Kisten gibt es, in die man Bolzen zum Festbinden schraubt?«

»Ich weiß es nicht«, erwiderte Poe. Ein Windstoß fuhr durch die Bäume. Die Blätter raschelten leise. Dann war es wieder still.

»Aber Drake kann den Sarg gar nicht geholt haben«, meinte er schließlich. »Er hatte gar keine Zeit dazu. Außerdem: mit welcher Kutsche? Er hat gestern Abend nur von einem Einspänner gesprochen. Damit kann man so eine Kiste nicht transportieren.«

»Dann muss irgendjemand die Kiste in der Nacht hierher gebracht haben«, meinte Leonie. Nachdenklich sah sie zu Boden.

»Du hast da etwas auf deinem Schuh«, sagte sie plötzlich.

Poe starrte auf seinen rechten Schuh. An der Spitze klebte eine dünne, schleimige Masse. Er war sicher, dass sie vorhin noch nicht dort gewesen war. Er musste im Halbdunkel des Stalls in irgendetwas getreten sein.

»Warte! Ich habe drinnen Putzlumpen gesehen«, sagte er. Die Stalltür knarrte leise in den Angeln. Leonie sah einem Vogel zu, der aus dem Gras aufflog.

Noch ehe sie sich's versah, stürzte ein Raubvogel wie aus dem Nichts vom Himmel. Beide Vögel rasten dicht über dem Gras dahin. Federn stoben. Ein kleines Gebüsch bot dem Verfolgten Zuflucht. Ärgerlich stolzierte der Raubvogel vor dem Gesträuch auf und ab, unfähig, seiner Beute unter die Zweige zu folgen.

Poe war noch nicht wieder da.

Leonie ging hastig nach drinnen. Im Dämmerlicht sah sie Poe unbeweglich bei den Werkzeugen stehen. In seiner Hand hielt er einen Putzlumpen.

»Was hast du?«, fragte Leonie ängstlich.

Langsam drehte Poe sich um. Er ging wortlos auf sie zu. Seine Bewegungen wirkten so automatisch, als ob er nicht er selber war. Leonie wich zurück. Dann standen sie wieder im Sonnenlicht.

Poes Gesicht war bleich wie Wachs. Er hob die Hand, in der er den Stofflappen hielt. Was wie ein alter Lumpen ausgesehen hatte, war stark verschmutzte weiße Seide. Eine Seidenkapuze mit zwei Augenlöchern.

Leonie starrte abwechselnd auf Poe und die Maske.

»Der letzte Passagier der *Independence*«, flüsterte Poe. Seine Stimme war heiser. Noch immer sah Leonie ihn verständnislos an. Poe ließ die Maske zu Boden fallen.

»Du bist erst später an Bord gekommen und kannst nichts davon wissen«, erzählte er. »In der Nacht, bevor wir in See gestochen sind, ist noch ein Passagier auf die *Independence* gekommen.«

Leonie wollte ihn unterbrechen, aber Poe hob die Hand.

»Während der gesamten Überfahrt hat er sich nicht sehen lassen. Die Mahlzeiten wurden ihm in seiner Kabine serviert. Der Kapitän sagte mir, der Mann habe ein entstelltes Gesicht. Ich habe ihn gesehen, als er an Bord kam. Er trug eine seidene Maske. So wie diese hier.«

II.

Das Totenhaus

17

Dr. Templeton schloss sorgfältig die Tür hinter sich. Dann entzündete er das Licht. Im Schein der modernen Gaslampen lag ein kleiner, aber vollständig ausgestatteter Operationsraum. An einem Haken hing ein weißer, frisch gewaschener Kittel. In großen Regalen standen Flaschen verschiedenster Größe. Ein Schrank mit verglasten Türen enthielt Medikamente, Verbandsmaterial und Kästen mit ärztlichen Bestecken. Ein Waschbecken mit fließendem Wasser war ebenso vorhanden wie ein neuartiger kleiner Kessel, um Skalpelle und Zangen zu sterilisieren. Auf einem Stehpult lag ein aufgeschlagenes Buch. Es enthielt handschriftliche Notizen und verschiedene, mit großer Präzision ausgeführte Skizzen des menschlichen Gehirns. An der rückwärtigen Wand stand ein fest mit dem Boden verschraubter Eichenstuhl mit einer Kopfstütze. Gepolsterte Gurte liefen um Beine und Armlehnen, ebenso um die Rückenlehne und die Kopfstütze. In der Mitte des Raumes stand ein Operationstisch. Er war aus glatten Steinen aufgemauert, sorgfältig gekachelt und mit Blutrinnen versehen. Ebenso wie am Stuhl waren auch am Tisch Ledergurten angebracht. In einer großen Nische stand eine schmale Bahre auf Rädern. Sie war genauso hoch wie der Tisch. Man konnte einen Körper ganz bequem vom Tisch auf die Bahre befördern. Eine große Eisenklappe in der Wand verbarg einen Schacht, durch den Leichenmaterial entsorgt werden konnte.

Dieser Operationsraum war Dr. Templetons ganzer Stolz. Er war nach seinen eigenen Entwürfen gebaut. Er hatte größten Wert darauf gelegt, alles so einzurichten, dass er notfalls auch ohne jede Hilfe arbeiten konnte.

Aber diesmal war der Doktor nicht gekommen, um zu operieren. Konzentriert blätterte er am Stehpult die Unterlagen durch und machte sich auf einem Blatt Papier Notizen. Die Arbeit, die er vor langer Zeit begonnen hatte, schritt gut voran. Bei dem Gedanken, sie bald abschließen zu können, glitt ein Lächeln über sein Gesicht. Er hatte nicht damit gerechnet, so bald wieder in New Orleans zu sein. Nun, manchmal spielt das Leben anders, als man sich vorstellt, dachte er. In gewisser Weise haben die jüngsten Ereignisse auch ihre gute Seite. Er würde nun früher als vorgesehen mit seiner Arbeit fortfahren. Einen oder zwei letzte Versuche würde er noch machen müssen. Dann wären alle Vorbereitungen abgeschlossen. Und dann ...

Dr. Templeton gestattete sich einen Moment des Träumens. Dann würde er ein neues Leben anfangen können. Vielleicht würde er sogar nach Europa gehen. Einen vollständigen Neubeginn wagen.

Er wandte sich wieder seinen Papieren zu. Sorgfältig schrieb er alle notwendigen Schritte nieder, die noch zu tun blieben. Schließlich notierte er die letzten Ergänzungen eines bis ins Detail gründlich ausgearbeiteten Operationsplans. Zufrieden ließ er die Tinte trocknen.

Jetzt fehlte nur noch eines.

Der Patient.

Es wurde Zeit, sich auf die Suche zu begeben. Der Patient würde kräftig sein müssen. Gegebenenfalls waren während der Operation Kontrollmaßnahmen nötig; sie würden eine gesunde Konstitution erfordern.

Er ging zum Tisch und betrachtete prüfend die Gurte. Das Material hatte sich ausgezeichnet bewährt. Keine der Nähte drohte aufzuplatzen oder zeigte auch nur Ermüdungserscheinungen. Er hob eine weiche, gepolsterte Lederkugel vom Kopfende des Tisches auf und untersuchte sie sorgfältig. Mehrere dünne, mit Schnallen versehene Gurte hingen daran. Auch hier waren alle Nähte in tadellosem Zustand. Mit den Fingern strich er über die Beißspuren im Leder und schüttelte missbilligend den Kopf. Die Zähne hatten sich doch recht tief eingegraben und raue Spuren hinterlassen. Dr. Templeton schätzte es nicht, wenn sich das Arbeitsgerät nicht in tadellosem Zustand befand. Aber es würde zu viel Aufwand bedeuten, den Knebel noch zu ersetzen.

Ein Klopfen riss ihn aus seinen Gedanken. Er hatte ausdrücklich angeordnet, nur im größten Notfall gestört zu werden. Ärgerlich verzog er den Mund.

»Herein!«

18

Ein leichter Wind wehte durch die Bäume und ließ die Zypressen rauschen. Vom Sumpf her hörten sie das Quaken der Frösche. Leonie fand als Erste die Sprache wieder.

»Du meinst, er ist hier? Dieser Passagier?«

Poe nickte.

»Ich habe letzte Nacht Geräusche gehört, Leonie. Von einem Pferd. Und einer Kutsche. Es passt alles zusammen. Der Maskierte hat den Sarg im Hafenbüro abgeholt und hierhergebracht.« Poe machte eine Pause. »Ich verstehe nur nicht, dass er an Bord der *Independence* keinen Anspruch auf den Sarg erhoben hat.«

Leonies Antwort kam prompt. »Er hätte seinen Namen sagen müssen. Er wollte an Bord nicht erkannt werden.«

»So muss es sein.«

»Aber wer ist er?«, fragte Leonie. »Und warum hat er den Sarg hierhergebracht?«

Poe schüttelte den Kopf. »Ich weiß es nicht.«

Schweigend und in Gedanken gingen sie zum Haus zurück. Leonie legte schon ihre Hand auf die Türklinke, als Poe sie zurückhielt.

»Lass uns abreisen, Leonie«, bat er eindringlich. »Sofort.«

»Aber warum denn?« Verwundert sah sie Poe an. Was hatte er nur?

»Dieser Ort ist mir unheimlich«, sagte er. »Ich weiß nicht, warum. Aber hier droht uns Unheil. Ich spüre es, Leonie.«

Leonie zögerte. »Was kann uns denn passieren?«, sagte sie. »Ich muss wissen, ob Lucys Sarg tatsächlich hier ist.«

»Was willst du tun?«, fragte Poe. Aber er merkte bereits jetzt, dass er sie nicht würde überzeugen können. »Den Verwalter fragen?«, fuhr er fort. »Er wird dir kaum Rede und Antwort stehen.«

»Aber verstehst du denn nicht?«, sagte Leonie. Unwillkürlich hatte sie die Stimme gedämpft. »Ich muss es wissen! Ich kenne sonst niemanden, der mir etwas über Lucys Leben erzählen kann. Die Leute, die ihren Leichnam holen – oder geholt haben – sind meine einzige Hoffnung!«

Poe gab sich geschlagen.

»Also gut«, sagte er. »Wir warten bis morgen.«

Leonie schwankte zwischen Erleichterung, dass er so schnell zugestimmt hatte, und Sorge über die knappe Zeitspanne.

»Wie soll ich in der kurzen Zeit herausfinden, ob der Sarg hier ist?«, fragte sie.

Poe lächelte. Aber es war ein freudloses Lächeln.

»Ist dir nicht klar, wo du suchen musst?«, fragte er. In seiner Stimme war kein Spott zu hören.

Leonie schüttelte erstaunt den Kopf. »Nein.«

Poe deutete auf das kleine Gebäude zwischen den Bäumen, das sie schon bei ihrer Ankunft bemerkt hatten.

»Da drin«, erklärte er.

»Wieso? Was ist das?«

»Ein Mausoleum.«

»Du bist verrückt! Ein Mausoleum? In einem Garten?«

Leonie bereute ihre Worte sofort. Es war ihr einfach so rausgerutscht. Aber Poe nahm ihr die Bemerkung nicht übel. Wortlos griff er nach ihrer Hand und führte sie von der Haustür fort zwischen die Bäume.

19

In der Tür zum Operationsraum stand Drake.

»Was ist denn?« Dr. Templeton runzelte unwillig die Stirn.

Der alte Verwalter neigte um Entschuldigung bittend den Kopf.

»Barefoot ist oben«, sagte er. »Der Bootsmann. Er will Sie unbedingt sprechen.«

Dr. Templeton zuckte zusammen. Was wollte Barefoot noch? Seine Arbeit war getan. Er hatte sein Geld erhalten.

»Wo sind meine Gäste?«, fragte der Doktor rasch.

»Im Garten«, antwortete Drake.

Eine von Dr. Templetons wertvollsten Eigenschaften war die Fähigkeit, auch in schwierigen Situationen rasch und präzise denken zu können. Blitzschnell wog er seine Möglichkeiten und Risiken ab.

Dann lächelte er.

Eigentlich fügte sich alles wunderbar zusammen. Er würde früher als geplant mit der Arbeit beginnen müssen. Aber er konnte sich keinen geeigneteren Mann vorstellen. Israel Barefoot würde in einer neuen, ganz anderen Angelegenheit zum wertvollsten Mitarbeiter des Doktors werden.

»Führen Sie ihn in das Empfangszimmer«, sagte er heiter.

Drake verbeugte sich. »Sehr wohl.«

Der Bootsmann lief ungeduldig in der Halle von Bakerswell Manor auf und ab. Die große Ebenholzuhr zählte langsam die Minuten ab. Barefoot wurde immer unruhiger. Er war sich keineswegs sicher, ob er aus dem Doktor noch mehr Geld würde herausholen können. Aber der Landgang hatte seine Barschaft beträchtlich zusammenschmelzen lassen. Wenn er doch nur das verfluchte Spielen hätte bleiben lassen. Er hatte aber auch ungewöhnliches Pech im Kartenspiel gehabt. Beim Faro hatte er noch nie so viel verloren wie in der letzten Nacht. Aber nun war es zu spät, sich darüber aufzuregen. Wann kam bloß dieser verdammte Alte wieder?

Eine Tür knarrte.

»Dr. Templeton wird Sie gleich empfangen«, sagte Drake und verbeugte sich. »Wenn Sie bitte noch einen Moment im Empfangszimmer Platz nehmen würden?«

Übellaunig folgte Barefoot dem Verwalter. Drake öffnete die schmale Tür und bat den Bootsmann mit einer einladenden Handbewegung hinein. Dessen Miene hellte sich schlagartig auf, als er auf dem Tisch eine Flasche Rum und ein großes Glas bemerkte.

»Der Doktor wird sofort Zeit für Sie haben«, sagte Drake. »Es wird kaum lohnen, dass Sie noch ein Glas trinken. Aber wenn Sie möchten, schenke ich Ihnen selbstverständlich trotzdem ein.«

Der Bootsmann hatte sich schon in den bequemen Sessel geworfen und die Beine ausgestreckt. Seine Stiefel waren voller Staub; er war den ganzen Weg vom Hafen durch die Stadt hierher zu Fuß gelaufen.

»Das mache ich schon selber«, sagte er mit einem Grinsen und griff nach der Flasche.

»Sehr wohl.«

Barefoot entkorkte die Flasche und füllte das Glas bis zum Rand mit der braunen Flüssigkeit. Der scharfe Geruch versprach einen ordentlichen Tropfen.

Der Verwalter trat leise zurück und zog die Tür zu. Barefoot stutzte; er glaubte, ein leises Klicken gehört zu haben. Doch dann setzte er das Glas an die Lippen und leerte es fast bis zur Neige.

Gerade als er es wieder abstellen wollte, geschah etwas Merkwürdiges.

Die Wände schienen zu wachsen.

Zuerst dachte er an eine Sinnestäuschung.

Er roch an seinem Glas. Soweit er es beurteilen konnte, war dies der beste Jamaica-Rum, den er je getrunken hatte. Dann sah er zur Tür.

Sie war weit oben. Ebenso die Tapete.

Um ihn herum waren nackte Wände aus gemauerten Ziegeln.

Es konnte keinen Zweifel mehr geben.

Der Boden des Zimmers sank langsam, aber unaufhaltsam in die Tiefe.

20

Poe und Leonie folgten einem schmalen Pfad. Er wand sich zwischen den Bäumen hindurch und führte sie direkt zu dem Mausoleum. Im Näherkommen sahen sie, dass es von einem niedrigen Eisenzaun umgeben war. Die Mauern hatte man aus schweren Granitquadern errichtet. Eine dicke Schicht Grünspan überzog das Dach. In die Wand waren zwei hohe, schmale Öffnungen eingelassen, die eher Ähnlichkeit mit Schießscharten als mit Fenstern hatten. Eine schwere Tür aus genieteten Kupferplatten versperrte den Zugang.

Poe sah über die Schulter. Die Villa verschwand beinah ganz zwischen den Bäumen. Man konnte sie von dort nicht beobachten. Er öffnete eine kleine Pforte in der Umzäunung und trat auf das Gebäude zu.

»Willst du jetzt gleich hineingehen?«, fragte Leonie erschrocken.

»Deshalb sind wir doch hier.«

Er drückte die Klinke. Aber die kupferne Tür war verschlossen. Leonie versuchte derweil, durch eines der Fenster ins Innere zu sehen.

»Du hast recht«, sagte sie. »Es ist tatsächlich ein Mausoleum. Ich kann die Falltür über dem Zugang zur Gruft erkennen.«

Poe untersuchte die Tür etwas genauer.

»Seltsam«, murmelte er.

»Was ist seltsam?«

»Die Tür hat sieben Schlösser.«

»Sieben Schlösser? Für ein Mausoleum?«, wunderte sich Leonie.

Sie gingen um das Gebäude herum. Die Mauern waren fest gefügt. Der einzige Zugang führte durch die kupferne Tür mit den sieben Schlössern.

Ein Windstoß fuhr durch die Zypressen. Poe strich sich durch das Haar und sah zur Villa hinüber. Noch immer regte sich dort nichts. Auch von der Straße war kein Geräusch zu hören. Keine Kutsche, kein Pferd, nichts.

Leonie unterbrach die Stille als Erste. »Wie sollen wir hineinkommen?«

Poes Gesicht verzog sich zu einem grimmigen Lächeln.

»Ganz einfach«, sagte er. »Wir suchen die Schlüssel.«

Leonie wusste nicht, ob sie ihn ernst nehmen sollte.

»Die Schlüssel suchen?«, fragte sie. »Du meinst – im Haus?«

»Wo denn sonst?«

Die Selbstverständlichkeit, mit der Poe das sagte, verschlug ihr die Sprache.

»Anders kommen wir nicht in dieses Mausoleum«, sagte er. »Es dürfte nicht allzu schwer werden.«

»Du willst wirklich die Privaträume von Drake durchsuchen?« Leonie konnte es noch immer nicht glauben.

»Ich vermute eher, dass Dr. Templeton die Schlüssel verwahrt. Wahrscheinlich in seinem Arbeitszimmer. Was sollte ein Verwalter im Mausoleum zu tun haben? Wir warten bis zum Abend. Wenn Drake dann nicht zurück ist, haben wir die ganze Nacht für uns.«

»Und wenn er doch kommt? Mitten in der Nacht?«

Poe zuckte die Schultern. »Das Risiko müssen wir eingehen.«

Die Frösche quakten noch immer vom Sumpf herüber. Leonie zögerte. Aber Poe hatte recht. Irgendein Geheimnis umgab dieses Haus. Wenn Lucys Sarg wirklich hier war, verbot es sich von selbst, den Verwalter direkt zu fragen. Sie nickte.

»Also gut.«

Poe lächelte und hielt ihr die Pforte auf.

Sie gingen ohne Umweg zum Haus zurück. Ein leichter Wind kam auf und ließ Leonie frösteln. Die Sonne verschwand hinter einer Wolke. Poe blickte zum Himmel hinauf. Es würde Regen geben.

Ihre Schritte hallten durch das Haus. Drake war nirgendwo zu sehen.

»Mister Drake?«, rief Poe.

Niemand antwortete ihnen.

Sie waren allein.

Auf ihren Zimmern mochten sie nicht warten. Nach kurzem Überlegen gingen sie in den Salon. Drake musste das Feuer vor seiner Abfahrt noch angezündet haben; ein Rest Glut war noch im Kamin. Leonie entdeckte die schmale Tür, die zum Empfangszimmer führen musste. Seltsamerweise hatte sie keine Klinke und ließ sich auch sonst nicht öffnen. Sie verließ den Salon und probierte die Außentür des Empfangszimmers. Auch diese Tür war verschlossen.

Die ersten Regentropfen fielen gegen die Scheiben. Poe fachte das Feuer wieder an, und Leonie dachte nicht mehr an die Tür. Dann machten Poe und sie es sich in den Sesseln bequem und versuchten zu lesen. Aber eine innere Unruhe ließ sie immer wieder von den Seiten aufblicken. Dann horchten sie in das Haus hinein. In das Geräusch der knisternden Flammen mischte sich nur der Regen.

21

Langsam und unerbittlich senkte sich der Boden. Der Bootsmann torkelte durch das Zimmer. Seine Hände tasteten an den Wänden nach einem Halt. Aber seine Finger glitten an den Mauern entlang, ohne auch nur eine kleine Unebenheit zu finden. Dann kam in der Wand langsam eine Tür zum Vorschein. Eine Tür aus Eisen.

Die Bewegung hörte auf.

Benommen stierte Barefoot vor sich hin. Sein Verstand versuchte, das Geschehene zu verarbeiten. Sessel und Tisch verschwammen vor seinen Augen. Auf seiner Zunge spürte er jetzt einen bitteren Geschmack.

Die eiserne Tür glitt zur Seite.

Vor ihm stand Dr. Templeton.

»Guten Tag, Mr. Barefoot. Sie wünschen mich zu sehen?«

Templetons Mund lächelte. Aber seine Augen waren kalt wie Eis. Der Bootsmann tastete nach der Flasche. Seine Hand war schon zu schwach zum Greifen. Die Flasche fiel um und ergoss ihren verräterischen Inhalt über das Parkett. Barefoot taumelte auf den Doktor zu. Zwei Schritte vor ihm brach er zusammen.

Templeton trat einen Schritt zur Seite.

»Kommen Sie, Drake«, sagte er über die Schulter, »helfen Sie mir, ihn zu tragen!«

Der Verwalter trat aus dem Schatten eines schmalen Ganges. Gemeinsam fassten sie den erschlafften Körper unter und trugen ihn den Gang entlang. Er mündete in den Haupttunnel eines Kellerlabyrinthes. Es waren dies die alten Gewölbe der Seeräuber und Sklavenhändler, die das Haus einst erbaut hatten. Die Stelle, an der das Haus stand, war mit Bedacht gewählt. Überall in der Gegend war der Untergrund weich und morastig. Bakerswell Manor aber war auf einer riesigen Felsenzunge erbaut, die unter der Erdoberfläche lag und weit in den Sumpf hinauslief. Die Gewölbe waren größtenteils von unzähligen Sklaven aus dem Felsen gehauen worden. Es gab Lagerräume, Unterkünfte, geheime Zugänge und, hinter einer besonders gesicherten Tür, ein großes Wasserbecken, das mit den Sümpfen in Verbindung stand. Dr. Templeton hatte viel Zeit, Sorgfalt und Geld darauf verwendet, den Keller des Hauses für seine Zwecke herzurichten.

Sie trugen den Bewusstlosen weiter, vorbei an einer dicken Tür, hinter der sich eine hochmoderne Kühlkammer mit mehreren Fächern befand. Vor einer grün gestrichenen Eisentür hielten sie an. Dahinter lag der Operationsraum.

Der Verwalter half Templeton, den Körper auf den Tisch zu legen. Sorgfältig befestigten sie die Riemen. Schließlich war der Bootsmann so fixiert, dass er, wenn er erwachte, nicht einmal mehr den Kopf würde bewegen können.

»Danke sehr, Drake.« Dr. Templeton wischte sich einen Schweißtropfen von der Stirn. »Vorläufig brauche ich Ihre Hilfe hier nicht. Was machen unsere Gäste?«

Der alte Mann lächelte.

»Sie sitzen im Salon und lesen.«

Templeton nickte.

»Ich würde Sie gerne wieder nach oben schicken«, sagte er. »Aber Sie haben noch in der Kühlkammer zu tun. Es ist besser, Sie kümmern sich jetzt darum.«

Drake nickte stumm. Dann wandte er sich um und verschwand in den Gängen.

Templeton entzündete das Arbeitslicht. Die Speziallampen sorgten für eine Helligkeit, wie sie nur in den Operationssälen der modernsten Krankenhäuser zu finden war. Sorgfältig hängte er seine Jacke auf einen Haken und schlüpfte in den weißen Kittel. Dann wusch er mit derselben Sorgfalt seine Hände. Erst danach wandte er sich dem Mann auf dem Tisch zu.

Er zog ein Lid des Bewusstlosen nach oben und beobachtete das Auge. Schließlich nickte er zufrieden. Aus dem Schrank nahm er eine Spritze, zog sie auf und injizierte dem Bootsmann eine farblose Flüssigkeit. Dann nahm er ein Skalpell zur Hand. Geschickt trennte er die Kleider auf, zog sie vom Körper und warf sie in einen Abfallbehälter. Templetons Blick glitt gleichgültig über die Tätowierungen auf Barefoots Armen: ein Anker, ein Kreuz, ein Herz. Hoffnung, Glaube und Liebe. Templeton lächelte bei dem Gedanken, ob der Bootsmann wohl die Bedeutung seiner Tätowierung kannte.

Er legte das Skalpell beiseite und vergewisserte sich, dass die Riemen fest genug saßen. Dann nahm er ein gewöhnliches Rasiermesser aus einer Schublade. Mit raschen, geübten Bewegungen schor er das Haar vom Kopf des Bewusstlosen. Er schüttete aus einer großen Flasche medizinischen Alkohol in eine Schale und wusch den kahlen Schädel sorgfältig ab. Der Atem des Bootsmanns ging gleichmäßig. Templeton lächelte zufrieden. Es blieb noch etwas Zeit, bis die Wirkung des Schlafmittels vergangen sein würde. Er brauchte sich nicht zu beeilen. Pfeifend legte er die notwendigen Instrumente zurecht.

22

Am Abend war Drake immer noch nicht zurück. Um sicherzugehen, beschlossen sie, die elfte Stunde abzuwarten. Die Zeit verbrachten sie auf ihren Zimmern. Immer wieder öffnete einer von ihnen, manchmal auch beide zugleich, die Tür. Dann lauschten sie in einer Mischung aus Angst und Erwartung in das Haus hinein. Aber alles blieb still. Nur die Schläge der Standuhr hallten zu jeder vollen Stunde durch das Haus. Der Regen fiel gleichmäßig gegen die Fensterscheiben. Der Wind war stärker geworden; die Blätter rauschten, wenn die Äste sich unter den einzelnen Böen bogen. In der Halle schlug die Standuhr die elfte Stunde. Poe öffnete die Tür seines Zimmers.

Das Haus war dunkel und still. Er klopfte leise an Leonies Tür. Sie öffnete sofort.

»Lass uns gehen«, sagte Poe. »Ich glaube nicht, dass er diese Nacht noch nach Hause kommt.«

»Wo willst du die Schlüssel suchen?«, fragte Leonie.

»Im Arbeitszimmer des Doktors.

Sie fanden das Arbeitszimmer ohne Schwierigkeiten. Poe entzündete die Petroleumlampe auf dem Schreibtisch. Der Raum war mäßig groß und mit Geschmack eingerichtet. An der Wand rechts von der Tür befand sich ein offener Kamin; auf dem Rost glimmte ein Rest Glut, als wenn vor kurzem noch jemand in dem Zimmer gearbeitet hätte. Links im Raum standen drei Stühle um einen niedrigen Teetisch herum. Der Schreibtisch stand so, dass das Tageslicht günstig durchs Fenster fallen musste und der Arbeitende doch den Eintretenden nicht den Rücken zuwandte. Eine einzelne Blume in einer Vase verströmte ihren zarten Duft. An der Wand hing in einem schweren Rahmen ein Porträt.

Wie hypnotisiert sah Poe das Gemälde an. Die Wände schienen zurückzuweichen. Aus dem Rahmen trat eine andere Welt hervor. Er blickte in das Gesicht eines Totenschädels. Zwei rote Linien schienen die Bänder zu sein, mit denen eine Knochenmaske vor ein menschliches Antlitz gebunden war. Wo der schwarze Umhang des Porträtierten sich teilte, schimmerte silbern die Spitze eines Dolchs. Poe schrie auf.

Irgendwann spürte er, dass Leonie ihn schüttelte. Sein Wachtraum war verflogen. Langsam wandte Poe den Kopf. In Leonies Augen las er Erschrecken und Sorge.

»Entschuldige«, sagte er. »Ich wollte dich nicht erschrecken.«

»Bist du in Ordnung?«, fragte sie. Aus einem plötzlichen Impuls heraus strich sie ihm sanft über die Stirn. »Was war denn nur los?«

Poe deutete auf das Bild. In dem Rahmen war nichts als das Porträt eines würdigen, älteren Mannes zu sehen. Seiner Frisur nach musste er einer längst vergangenen Zeit angehören. Ein einfacher schwarzer Mantel bedeckte seine Schultern; in den Händen hielt er einen Spazierstock aus Ebenholz mit einem silbernen Knauf.

»Das Bild sah eben noch ganz anders aus«, flüsterte Poe. »Es war, als hätte ich die Seele des Porträts gesehen.«

Leonie sah ihn überrascht an. »Aber das ist doch nicht möglich.«

»Ich kann es nicht anders erklären. Wer ist das?«

Leonie ging hinüber zu dem Bild.

»Charles Baker«, las sie die Inschrift auf der kleinen Plakette, die auf den Rahmen geschraubt war. Sie betrachtete das Porträt genauer. Der Eindruck von Würde im Gesicht des Alten blieb auch bei eingehenderer Betrachtung erhalten. Aber es kam etwas hinzu. Ein Zug von Grausamkeit mischte sich in das Gesicht. Leonie wandte sich ab.

»Was ist mit dem Bild?«, fragte sie.

Poe stand wieder auf den Beinen.

»Nichts«, murmelte er. »Ich –« Er stockte. Die Ähnlichkeit des Bildes mit seiner albtraumhaften Vision war erschreckend. Aber er wollte mit Leonie nicht darüber sprechen. Nicht jetzt. Sie hatten andere, wichtigere Dinge zu tun. »Ich habe mich getäuscht«, sagte er nur. »Ein Trugbild.«

Leonie zögerte. Sie wollte weiterfragen. Aber Poe ging zielstrebig auf den Schreibtisch zu.

»Komm«, sagte er. »Wir haben zu tun.«

Er beugte sich zu den Schubladen. Ein Schatten bewegte sich langsam über den Schreibtisch. Eine Wolke hatte den Mond für einen Augenblick verdeckt.

Poe zog die mittlere Schublade unter der Schreibtischplatte hervor. Ein Geruch von Zedernholz und Leim schlug ihm entgegen. Rasch sah er die verschiedenen Gegenstände durch. Außer Bleistiften, einer Papierschere, einem Federmesser und ähnlichem Kleinkram fand sich nichts. Die rechte Seite des Schreibtisches bildete ein Doppelfach. Darin lagerten Vorräte an Schreibpapier, in Wachstuch gebundene Notizbücher, Federkiele, Tintenfässer. Das untere Fach war vollgestopft mit Landkarten. Poe wandte sich den Schubfächern auf der linken Seite des Tisches zu. Er stutzte, als er die unterste Schublade aufzog. Sie war mit Zeitungsartikeln gefüllt; die meisten waren offenbar ausgeschnitten, manche auch einfach ausgerissen und wahllos in das Fach hineingeworfen worden. Poe spreizte die Finger und pflügte mit der Rechten durch die zentimeterhohe Schicht aus alten Neuigkeiten; aber seine Fingerspitzen ertasteten nichts als Papier.

In der zweiten Schublade lagen einige persönliche Dinge des

Doktors. Poe fand ein unbenutztes, ledergebundenes Notizbuch. Einige Münzen fremdländischer Währung lagen zwischen zwei Päckchen mit Spielkarten. Ein kleines Etui aus lederbezogenem Holz erregte seine Neugier. Poe nahm es in die Hand und starrte es an. Einen kurzen Augenblick schien es ihm, als hätte er so ein Etui schon einmal gesehen. Dann war der Eindruck auch schon verflogen. Leonie berührte seine Schulter.

»Mach es auf«, drängte sie.

Als Poe den Deckel hochklappte, stutzten beide. Auf Samt gebettet, lagen darin drei lange, dünne Nadeln aus Silber.

»Was soll das bedeuten?«, fragte Poe und sah zu Leonie auf.

Sie schüttelte den Kopf.

»Irgendwo habe ich solche Nadeln schon einmal gesehen«, meinte sie. »Aber ich komme nicht darauf, wo.«

Poe suchte weiter. Er fand eine kostbare Taschenuhr an einer goldenen Kette und einige wertvolle Manschettenknöpfe. In der dritten Schublade lagen nur ein dicker Umschlag und ein schwarz lackiertes Kästchen.

Leonie zuckte zusammen.

Poe bemerkte es.

»Was ist?«

Unwillkürlich hatte er seine Stimme gedämpft.

»Hast du nichts gehört?«

Poe schüttelte den Kopf.

Leise ging sie hinaus auf die Galerie. Poe rührte sich nicht. Er lauschte ihren Schritten. Sie blieb lange fort. Einmal hörte Poe sie nach dem Verwalter rufen. Als sie zurückkam und er ihr Gesicht sah, atmete er auf.

»Ich muss mich getäuscht haben«, sagte sie nur.

Poe öffnete das Holzkästchen. Darin lagen sieben seltsam geformte Schlüssel. Poe untersuchte sie näher.

»Das sind sie!«

Er steckte sie sorgsam in die Tasche. Leonie hatte inzwischen den Umschlag in die Hand genommen und ihn geöffnet. Ihr Gesicht wurde leichenblass. Poe sah sie erschrocken an.

»Was hast du?«

Leonie war unfähig zu sprechen. Mit zitternder Hand hielt sie ihm zwei Miniaturen hin, die sie aus dem Umschlag gezogen hatte. Poe betrachtete stirnrunzelnd das oberste Bild. Es zeigte das Porträt einer jungen Frau, sorgfältig mit Feder und Tusche gemalt.

»Wer ist das?«

»Lucy«, flüsterte Leonie.

Poe war sich nicht sicher, ob er das Gesicht schon einmal irgendwo gesehen hatte; aber es blieb bei einem unbestimmten Eindruck. Keine Erinnerung regte sich. Er ließ die Hände schlaff herunterfallen; die Schlüssel klirrten in seiner Tasche.

»Sieh dir das zweite Bild an!«, forderte Leonie ihn auf.

Das zweite Porträt zeigte ein männliches Gesicht, ebenso wie das erste sorgfältig mit Feder und Tusche gezeichnet.

Kein Zweifel.

Es war sein eigenes Bild.

23

Dr. Templeton sah auf seine Taschenuhr. Seinen Berechnungen nach konnte es nicht mehr lange dauern. Er schloss die Augen, um diesen Moment zu genießen.

Templeton zweifelte nicht am Erfolg. Seine Jahre der Forschung würden sich endlich auszahlen. Er war den Weg der Heilkunde weiter gegangen als je ein Mediziner vor ihm. Sein Lebenswerk war beinah abgeschlossen. Nur die Krönung stand noch aus.

Allerdings gab es einen winzigen Wermutstropfen. Er würde den Moment, den endgültigen Augenblick, allein erleben müssen. In einer längst vergangenen Zeit hatte er gehofft, seinen endgültigen Triumph teilen zu können. Diese Hoffnung hatte sich vor einigen Monaten zerschlagen. Er unterdrückte die Trauer, die in ihm aufwallte. Er hatte sich bitter für die enttäuschte Hoffnung gerächt. Und seine Rache war vollkommen.

Templeton öffnete wieder die Augen. Er wollte sich nicht durch Gedanken, die nicht mit seiner unmittelbaren Aufgabe zu tun hatten, ablenken lassen. Aus dem Schrank nahm er eine kleine Flasche aus braunem Glas, schüttelte eine Tablette auf seine Handfläche und schluckte sie hinunter. Noch einmal ließ er seinen Blick durch den Raum schweifen. Wie immer war alles aufs beste vorbereitet.

Templeton beugte sich zu dem festgebundenen Körper hinunter und hielt sein Ohr an dessen Mund. Nach ein paar Sekunden veränderte sich auch schon die Atmung. Sie ging jetzt unregelmäßig, wie unmittelbar vor dem Erwachen. Vorsichtig schob Dr. Templeton die Kiefer auseinander, passte den Lederknebel ein und schloss die Riemenschnallen. Er vergewisserte sich, dass die

Nase frei war und die Atmung nicht beeinträchtigt wurde. Dann zog er sorgfältig eine Spritze auf und injizierte ein beruhigendes Mittel in den festgeschnallten Arm, um angstbedingtem Herzstillstand vorzubeugen.

Die Augenlider des Versuchsobjekts flatterten. Dann schlug es die Augen auf.

Sofort versuchte es, sich aufzustützen. Aber die Riemen hielten es unerbittlich auf dem Tisch fest. Templeton beobachtete, wie die Augen unruhig hin- und herwanderten. Das Versuchsobjekt brauchte einige Augenblicke, um den Ort zu erfassen. Sein Schrei blieb im weichen Leder des Knebels hängen.

Templeton holte nun ein Gerät hervor, das in etwa wie eine große hölzerne Schraubzwinge mit gepolsterten Backen aussah. Er setzte sie auf das Kopfende des Tisches und schraubte sie sorgfältig fest. Dann schob er die Backen vorsichtig zusammen, bis sie den Kopf berührten. Ebenso vorsichtig drehte er sie nun zusammen, bis der Schädel völlig fixiert war. Templeton wartete einige Minuten und beobachtete die leichten Veränderungen in der Farbe der Kopfhaut. Zufrieden nickte er. Der Druck war nicht zu groß.

Er nahm eine Nadel und führte sie langsam an eine bestimmte Stelle des Schädels. Dabei beobachtete er sorgfältig die Augen. Als er die Nadel ganz leicht in die Haut stach, zuckten sie. Das Schmerzempfinden war also normal.

Templeton zog eine zweite Spritze auf und stach kreisförmig sechsmal in die Kopfhaut. Jedes Mal zuckten die Augen des Versuchsobjekts. Nach einigen Minuten stach Templeton erneut mit einer Nadel in die Kopfhaut, diesmal genau in die Mitte des Kreises. Wieder beobachtete er die Augen. Sie zeigten keine Reaktion. Die örtliche Betäubung wirkte wie immer rasch und zuverlässig.

Templeton legte einen winzig kleinen Diamantbohrer und eine lange, dünne silberne Nadel bereit. Dann griff er zu einem Skalpell und setzte es sorgfältig auf die Kopfhaut.

In diesem Moment wurde er durch ein Klopfen an der Tür unterbrochen.

Templeton stutzte und legte das Skalpell behutsam ab. Nur der Ausdruck seiner Augen verriet den Ärger über die Störung.

»Herein.« Seine Stimme klang kalt und beherrscht.

Es war Drake. In seinem Gesicht stand große Unruhe.

»Sie sind in Ihrem Arbeitszimmer«, sagte er.

24

Poe drehte die Zeichnung um. Auf der Rückseite standen die Worte: »Jimmy Farrell«.

»Jimmy Farrell?«, flüsterte Poe. »Bin ... bin *ich* das?«

»Wenn ich das wüsste«, sagte Leonie traurig.

»Wer ist Jimmy Farrell?«, flüsterte Poe. Seine Gedanken drehten sich im Kreis. Der Name sagte ihm nichts. Keine Erinnerung – es war, als ob er den Namen nie zuvor gehört hätte. Er untersuchte die Rückseite des Porträts, das das Mädchen zeigte. Aber dort stand nichts.

»Im Umschlag ist noch etwas«, sagte Leonie. Sie hielt ihn Poe hin. Er griff hinein und zog einen großen Bogen gefalteten Papiers heraus.

»Ein Familien-Stammbaum«, bemerkte er erstaunt, nachdem er den Bogen auseinandergefaltet hatte. »Von einem Dr. Francis Baker.«

»Francis Baker?«, fragte Leonie. »Wer ist Francis Baker?«

Poe überlegte. Die Worte des Verwalters gingen ihm wieder durch den Kopf. *Das Haus ist seit Generationen im Besitz der Familie.*

»Dr. Templeton«, sagte er.

»Wie kommst du darauf?«, fragte Leonie.

»Das Haus heißt Bakerswell Manor. Der Verwalter sagte, es ist schon lange im Familienbesitz. Baker ist Templeton. Der Doktor muss seinen Namen geändert haben.«

Leonie nickte.

Sorgfältig las Poe die Einträge durch.

»Paul Baker. Todesursache: Selbstmord. James Baker, der Onkel: hingerichtet. Charles Baker: Selbstmord.«

»Das erklärt die Familiengruft«, sagte Leonie mit einem Schaudern in der Stimme. »Selbstmörder dürfen nicht auf dem Friedhof in geweihter Erde ruhen.«

Poe las weiter.

»Alice Baker, Pauls Frau ... zwei Jahre nach dem Selbstmord ihres Mannes erneute Heirat.« Poe las weiter und stutzte. »Nein! Verheiratete Monaghan! Und sie hatten eine Tochter – Lucy.«

»Templetons Halbschwester?« Leonie war kreideweiß geworden.

Poe nickte nur.

»Du hast das nicht gewusst?«, fragte er.

Leonie schüttelte den Kopf. Lucy hatte immer nur von ihrem Halbbruder gesprochen, aber nie den Namen genannt. Leonie entdeckte eine Seite an ihrer Freundin, die ihr völlig unbekannt war.

Draußen schrie eine Eule. Poe zuckte zusammen. Er dachte daran, was sie sich für diese Nacht vorgenommen hatten.

»Musst du wirklich noch den Sarg sehen?«, fragte Poe. »Ich denke, es ist klar: Templeton hat veranlasst, dass Lucys Leichnam nach New York geschickt wird.«

Leonie schüttelte den Kopf. »Ich muss Gewissheit haben.«

Schweigend gingen sie nach unten, schlichen sich hinaus in den Garten und gingen zum Mausoleum. Der Regen hatte aufgehört. Nur ein stürmischer Wind heulte noch in den Bäumen und um die Ecken des alten Hauses.

Die sieben Schlüssel klirrten leise in Poes Tasche.

Langsam schwang die Tür des Mausoleums auf. Poe zögerte. Dann wies er mit einer auffordernden Handbewegung in die Dunkelheit. Hastig schlüpften sie hinein.

Sie standen in einem leeren Raum. Poe riss ein Streichholz an und entzündete eine Kerze. An der Stirnseite des Raumes gähnte ein Loch im Boden.

»Lass uns umkehren«, bat Leonie plötzlich. Ihre Stimme zitterte. »Lass uns gehen. Sofort! Ich will fort von hier.«

Poe sah sie entgeistert an. Leonie stand reglos mitten in der Gruft und rührte sich nicht. Was war nur in sie gefahren?

»Jetzt bringen wir das hier zu Ende«, sagte er. Seine Stimme war fest. Leonie stieß einen leisen Laut aus, ganz wie der Klagelaut eines kleinen Tieres. Noch immer bewegte sie sich keinen Schritt vorwärts. Poe drückte Leonie die zweite Kerze in die Hand. Das Licht holte sie aus ihrer Erstarrung zurück. Der Bann war gebrochen.

Das Loch war der Eingang zu einem senkrechten Schacht, in dem eine schmale, steinerne Wendeltreppe nach unten führte. Poe machte den Anfang. Leonie stand hinter ihm und hielt ihr Licht hoch. Poes Schatten ging ihnen voran.

Unten angekommen fanden sie sich in einem rechteckigen Raum wieder. Er erstreckte sich noch über die Grundfläche des Mausoleums hinaus; das Mausoleum war nur dazu da, um den Eingang zur unterirdischen Gruft zu schützen. Der Boden war mit schweren Steinen ausgelegt. In die Wände waren ringsherum große, quadratische Platten, in denen jeweils ein eiserner Ring steckte, eingelassen. Nur gegenüber der Treppe war die Reihe der Grabstellen von einer einzelnen, mannshohen Platte unterbrochen. Ihr Zweck blieb unklar; nichts deutete darauf hin, dass sie sich bewegen ließ. Eine der Platten lag auf dem Boden; in der Wand gähnte ein schwarzes Loch. Eine Totenkammer.

Auf dem Boden lag ein Sargdeckel.

Ein kleines Stemmeisen und ein Klauenhammer waren achtlos darauf abgelegt worden. Auf zwei Holzböcken stand ein offener Sarg. Er war leer.

Leonie deutete auf ein kleines Messingschild am Fußende des Sargs.

»Lucys Sarg«, flüsterte sie.
Sie bemerkten den Schatten erst, als es zu spät war.
Der Schmerz kam plötzlich.
Dann wurde es dunkel und kalt.
Sie spürten nichts mehr.

25

»Jetzt können Sie Licht machen«, sagte Templeton. Aber Drake hätte der Aufforderung nicht bedurft. Er stellte die Petroleumlampe auf dem Sargdeckel ab.

Templeton beugte sich zu Poe hinab und zog sein Augenlid hoch.

»Meine Tasche«, sagte er, während er Poes Ärmel hochrollte.

Drake reiche ihm ein Lederetui. Der Doktor entnahm ihm eine kleine Flasche aus braunem Glas und eine Spritze. Sorgfältig setzte er Poe eine Injektion.

»Wollen Sie ihn ins Haus tragen?«, fragte Drake.

Templeton schüttelte den Kopf. »Nein. Er bleibt hier.«

»Und Miss Goron?«

»Sie wird Poe einiges erzählt haben«, sagte Templeton nachdenklich. »Die Frage ist, ob sie sonst noch jemandem etwas gesagt hat.«

Er dachte einen Moment nach.

»Aber das werde ich bald wissen«, meinte er. Dann wies Templeton auf Leonie, die immer noch reglos am Boden lag. »Kommen Sie, Drake. Helfen Sie mir, sie ins Haus zu tragen. Danach kümmere ich mich um Poe.«

Drake nickte. »Was wollen Sie mit ihm machen?«

Templeton lächelte. »Ich werde den Fall Poe zum Abschluss bringen. Aber zuerst kümmern wir uns um Miss Goron.«

Drake zögerte einen Moment. »Wollen Sie ihr keine Spritze geben?«

»Ich glaube, das wird nicht nötig sein.«

Dr. Templeton hatte, noch während er sprach, auf zwei Stellen der Mauer gleichzeitig gedrückt. Ein feines Klicken war zu hören. Daraufhin schob er die große, einzelne Steinplatte mühelos zurück. Dahinter tat sich ein geräumiger, unterirdischer Gang auf. Ohne ein weiteres Wort nahmen sie die bewusstlose Leonie in die Mitte.

»Dieses Haus wird seinen Zweck bald erfüllt haben«, meinte Templeton, während sie Leonie durch die Gänge trugen. »Ich werde in einer Woche abreisen.«

»Werden Sie wiederkommen?«

»Nur noch einmal, um alles aufzulösen. Ich habe die Urkunden alle vorbereitet. Zum Jahreswechsel wird das Haus in Ihren Besitz übergehen. Sie können damit machen, was Sie wollen. Ich werde nie mehr hierher zurückkehren.«

»Wie Sie wünschen.«

Der Gang endete im Kellerlabyrinth unter Templetons Haus. In früheren Zeiten war er als geheimer Fluchtweg angelegt worden. Noch immer stellte er einen bequemen Weg dar, um die Villa, von außen ungesehen, zu betreten oder zu verlassen. Die beiden Männer trugen Leonie durch die Gänge, bis sie vor der grünen Eisentür standen. Es wurde Zeit, denn ihre Betäubung ließ allmählich nach.

Als der Bootsmann die Schritte hörte, versuchte er vergeblich, sich aufzurichten. Seine Augen folgten jeder Bewegung des Doktors. Templeton beachtete ihn nicht weiter. Mit Drakes Hilfe setzte Templeton Leonie auf den eichenen Stuhl im Hintergrund des Raumes. Routiniert legte er ihr die Gurte um Arme und Beine.

»Ich denke, das genügt. Bereiten Sie oben alles für die Abreise vor. Ich werde mich jetzt um Poe kümmern.«

Als Templeton ging, schloss er leise die Tür hinter sich.

Zuerst spürte Leonie nur einen leichten, dumpfen Schmerz hinter den Schläfen. Sie schlug die Augen auf. Ihr Blick fiel genau auf den Operationstisch. Im Licht der Lampen glitzerten Dr. Templetons Werkzeuge aus poliertem Stahl.

Ihr Körper wurde zu einem einzigen Schrei.

Sie schrie ohne Unterlass. Die gepolsterten Gurte drückten in ihr Fleisch, als ihr Körper sich vergeblich aufbäumte. Irgendwann sackte Leonie zusammen. Ein unkontrollierbares Zittern ergriff sie. Ohne es zu wollen, registrierte sie jedes Detail im Raum. Die Lampen. Den gläsernen Schrank mit Flaschen, Medikamenten und ärztlichem Besteck. Und den Operationstisch. Neben dem Körper standen eine Schale und eine große Flasche.

Dann sah sie die Augen.

Sie blinzelten.

Sie konnte nur die Augenlider und auf jeder Seite einen schmalen weißen Streifen des Augapfels sehen. Irgendetwas hielt ihre Aufmerksamkeit fest.

Das Blinzeln hatte nichts von dem hektischen Flattern der von Panik bestimmten Augen.

Es war regelmäßig, fast mechanisch. Dreimal hintereinander. Pause. Und wieder von vorne. Leonie sah zur Tür.

»Können Sie mich hören?«, fragte sie leise.

Er blinzelte einmal.

Leonie überlegte fieberhaft.

»Einmal Blinzeln ist ja, zweimal ist nein«, sagte sie.

Einmal Blinzeln.

Ihre Angst blieb. Aber die Panik wurde ein winziges Stückchen kleiner. Sie bemerkte die Tätowierungen.

»Sind Sie Seemann?«

Einmal Blinzeln. Ja.

»Von der *Independence*?«

Einmal Blinzeln.

»War Dr. Templeton an Bord? War er der Mann mit der Maske?«

Bevor Leonie zu Bewusstsein kam, dass sie eine Frage zu viel gestellt hatte, blinzelte Barefoot einmal.

»Hat er den verschwundenen Matrosen umgebracht?«

Zweimal Blinzeln. Nein.

Leonie zögerte.

»Waren Sie es?«

Einmal Blinzeln.

»Hat der Doktor Sie bezahlt?«

Einmal Blinzeln.

Leonie wurde hektischer. Wie viel Zeit blieb ihr noch? Sie dachte nicht daran, ob sie ihr Wissen jemals würde gebrauchen können. Sie fragte gegen ihre eigene Angst an.

»Sollten Sie Poe umbringen?«

Einmal Blinzeln.

Ihr brach der Schweiß aus. Die nächsten Fragen waren nicht mit Ja oder Nein zu beantworten.

Die Tür öffnete sich. Sie hatte keine Schritte gehört. In der Tür stand Dr. Templeton.

»Wie ich sehe, unterhalten Sie sich prächtig«, meinte er lächelnd. »Das freut mich außerordentlich. Zumal ich an Sie, verehrte Miss Goron, ein paar Fragen habe.«

Der Doktor ging zum Waschbecken und wusch sich sorgfältig die Hände. Leonie bemerkte, dass seine Hosenbeine mit Staub oder Mörtel befleckt waren.

»Von mir erfahren Sie nichts«, antwortete Leonie. Aber das Zittern in ihrer Stimme verriet nur allzu deutlich ihre Angst. Der Doktor lächelte, während er sich den weißen Kittel überzog.

»Ich werde jetzt mit meiner Arbeit beginnen«, sagte er. »Schauen Sie bitte einfach nur zu. Danach können Sie entscheiden, ob Sie meine Fragen beantworten wollen.«

Bevor Leonie etwas sagen konnte, war er neben sie getreten. In der Hand hielt er einen ledernen Knebel von derselben Art, wie ihn der Bootsmann trug.

»Ich würde mich nur ungern während der Arbeit stören lassen«, sagte der Doktor. »Öffnen Sie jetzt bitte den Mund. Ich möchte Sie nicht mit unnötigen Schmerzen dazu zwingen müssen.«

Leonie sah ein, dass Widerstand zu nichts führen würde. Gehorsam öffnete sie den Mund. Mit raschen, erstaunlich sanften Bewegungen legte der Doktor ihr den Knebel an.

Dr. Templeton trat an den Operationstisch und tastete den Schädel ab. Rasch wiederholte er die sechs kreisförmigen Einstiche. Dann griff er zu einem schlanken, nadelspitzen Skalpell.

Leonies Augen weiteten sich vor Entsetzen.

26

Als Poe wieder zu sich kam, war um ihn herum Dunkelheit. Er konnte keinen klaren Gedanken fassen. Sein Kopf schmerzte. Er fühlte eine feuchte Kälte, die von unten durch die Kleider kam und schon seinen ganzen Körper ergriffen hatte. Dann kam langsam die Erinnerung zurück.

Er streckte einen Arm aus – aber in derselben Sekunde berührte seine Hand kalten Stein. Instinktiv wollte er aufspringen.

Er schrie, als sein Kopf an Stein schlug.

Ein dünner Faden warmen Blutes rann seine Stirn hinab – aber Poe spürte es gar nicht. In Panik streckte er die Hände aus. Zu beiden Seiten – Stein. Langsam robbte er auf dem Rücken einige Zentimeter nach unten. Seine Füße berührten Stein.

Sein Atem ging schnell und keuchend, ohne dass er es wollte. Kalter Schweiß trat aus allen Poren seines Körpers. Er war in einer steinernen Kammer eingeschlossen. Es war kein Albtraum. Es war die Wirklichkeit.

Poe versuchte, gleichmäßig zu atmen. Es gelang ihm nicht. Sein Geist war unfähig, seinen Körper zu lenken. Der Gedanke an die Luft, die bald verbraucht sein musste, jagte eine Welle der Angst durch seinen Körper. Unkontrolliert begann er zu zittern; seine Zähne schlugen aufeinander. Er schloss die Augen. Die Dunkelheit blieb gleich. Aber er spürte das Zittern noch mehr als vorher.

Er dachte an nichts anderes als an das Mausoleum. Vor seinem inneren Auge sah er die Gruft. Den leeren Sarg. Die Steinplatten der Grabkammern.

Die Steinplatten.

Sein einziger Ausweg.

Die Kammer, in der er eingeschlossen lag, war vergleichsweise kurz. Am Fußende musste eine Platte sein. Poe robbte auf dem Rücken einige Zentimeter nach unten, bis seine Fußsohlen den Stein berührten. Dann streckte er die Hände über den Kopf. Er spannte jeden Muskel an und streckte sich durch. Vor Anstrengung sammelte sich sofort Schweiß unter seinem Körper. Schon wurde die Luft knapp. Er atmete schwer und versuchte, den salzigen Schweiß, der in seinen Augen brannte, zu ignorieren.

Jetzt oder nie, sagte er sich. Lieber an der Anstrengung ersticken, als hilflos zugrunde zu gehen.

In diesem Moment war er nicht mehr hilflos. Er kämpfte um sein Leben. Der Gedanke daran gab ihm Kraft. Dann wurde die Luft knapp.

In einer letzten, gewaltigen Anstrengung drückte er mit Händen und Füßen gegen den Stein. Die Steinplatte am Fußende der Grabkammer fiel polternd zu Boden.

Poe blieb liegen. Kalte Luft strömte an beiden Seiten seines Körpers entlang. Das Krachen der Steinplatte dröhnte noch in seinen Ohren. Dann war alles still.

Langsam und vorsichtig schob er sich aus seinem Gefängnis. Seine Sohlen ertasteten die Bruchstücke der Steinplatte. Im Mausoleum war es dunkel. Der Sarg stand immer noch da; doch jetzt war der Deckel verschraubt. Von Leonie Goron keine Spur. Das Blut rauschte noch in seinen Ohren. Poe wartete, bis sein Atem wieder etwas gleichmäßiger ging.

Wo war Leonie?

Er stürzte zu dem Sarg. Sein Fuß stieß an etwas Metallisches; er wäre beinah gestolpert. Es war der Klauenhammer. Hastig drehte er die Schrauben aus dem Sargdeckel heraus und stemmte mit Hilfe der Hammerklaue den Deckel nach oben. Polternd flog er zu Boden. Poe sank neben dem Deckel auf die steinernen Fliesen. Der Sarg war leer.

Er tastete die anderen Grabplatten ab. Überall war der Mörtel hart wie Stein. Die Platten waren vor langer Zeit eingesetzt worden.

Poe setzte sich auf die Trümmer einer Grabplatte und versuchte nachzudenken.

Er fror.

Es gelang ihm nicht, seine Gedanken zu ordnen. Schließlich gab er es auf. Poe griff nach dem Hammer und ging langsam die Treppe hoch. Durch die schmalen Fenster des Mausoleums war die Villa nur als schwarzer Schatten zwischen den Bäumen zu erahnen. Nirgendwo war Licht.

Seine Finger griffen die Klinke.

Die Tür schwang auf.

Lange Zeit blieb Poe in der Tür stehen, atmete die frische Luft ein und blickte hinaus in die Nacht. Oben am Himmel zogen die Sterne vorüber.

27

Wo mochte Leonie sein? Poe horchte in die Nacht hinaus. Der Garten lag still und verlassen da. Nichts deutete darauf hin, dass jemand hier draußen war. Langsam ging er zurück zum Haus. Seine Glieder waren kalt. Aber das hatte auch sein Gutes: Die kalte Nachtluft hielt ihn wach. Dann sah er den Lichtschein zwischen den Bäumen. Poe schlich vorsichtig näher. Jemand war im Salon. Die Vorhänge waren bis auf einen schmalen Spalt zugezogen. Poe spähte von außen durch das Fenster. Jemand machte sich am Kamin zu schaffen. Mehr konnte er nicht erkennen.

Leise ging er zur Eingangstür. Es gelang ihm, sie ohne Geräusch zu öffnen. Aus der Tür des Salons fiel ein schmaler, unruhiger Lichtschein in die Eingangshalle. Auf Zehenspitzen schlich er näher.

Dann hörte er das Cembalo.

Es war dieselbe Melodie.

Er hatte sie in seinen Albträumen gehört. Und in New York an Bord der *Independence*.

Poe sah durch den Türspalt. Ein Mann saß mit gebeugtem Rücken am Cembalo und spielte, ganz in die Musik versunken.

Es war der alte Verwalter.

Poe musste wohl unwillkürlich einen Laut der Überraschung ausgestoßen haben, denn plötzlich drehte Drake sich um.

Dann ging alles ganz schnell.

Drake sprang auf, hechtete blitzschnell zum Kamin und riss das Gewehr von der Wand. Doch da war Poe schon über ihm. Er schwang den Hammer. Drake versuchte, den Schlag mit dem

Gewehr abzublocken. Die Hammerklaue fuhr in den Balken über dem Kamin und blieb dort stecken. Sie rangen miteinander. Drake war alt, aber zäh, und Poe noch geschwächt. Der Verwalter stieß Poe von sich; der stolperte rückwärts durch den Raum. Drake packte das Gewehr am Lauf und schwang es wie eine Keule. Poe versuchte auszuweichen. Der Kolben sauste dicht an seinem Kopf vorbei. Seine Hände fühlten hinter seinem Rücken schweren Stoff. Drake holte noch einmal aus. Poe fiel und riss den Vorhang vor der Nische mit sich. Der eiserne Leuchter fing Drakes Schlag ab. Poe kam auf die Beine und stürzte zum Kamin. Drake rannte auf ihn los. Poe riss den Dolch von der Wand. Als er sich umdrehte, war Drake direkt vor ihm, die Waffe hoch über den Kopf erhoben. Er ließ den Kolben nach unten sausen. Aber in seiner Wut hatte der Verwalter den Schwung des eigenen Körpers falsch berechnet. Der Kolben krachte gegen den Kamin.

Drake rannte genau in die Klinge.

In einem großen Schwall schoss das Blut aus dem Mund des alten Mannes wie aus einem Wasserspeier. Das Funkengitter mit sich reißend, brach er vor dem Kamin zusammen. Und mit dem nun spärlicher fließenden Blut verfloss auch sein Leben. Poe starrte auf die Züge des sterbenden Alten. Im Schein des Feuers war das Gesicht zur Maske verfremdet. Stirnrunzelnd sah Poe, wie sich die Lippen des Verwalters bewegten. Er kniete neben dem Sterbenden nieder und hielt sein Ohr dicht an dessen Mund.

»Lucy ...«, flüsterte er. Seine Stimme stockte. Immer wieder musste er beim Sprechen eine Pause machen und neu ansetzen. »Sie ist ... meine ... Tochter ... das Mädchen ... Keller ...«

Der Kopf des Verwalters fiel zur Seite. Das Blut hörte auf, aus seinem Mundwinkel zu rinnen.

Das Haus war still wie zuvor.

Poe starrte auf den Toten. Das Mädchen? Damit konnte nur Leonie gemeint sein. Er drehte sich um. Und sah direkt in die Augen von Lucy Monaghan.

Sie sah genauso aus wie auf der Miniatur, die Poe oben in Dr. Templetons Schreibtisch gefunden hatte.

Sein Blick weitete sich.

Dann erkannte er den Holzrahmen.

Es war nur ein Bild. Ein ovales Porträt.

Das also war hinter dem Vorhang verborgen gewesen. Ein Bildnis in Lebensgröße, gemalt im Vignettenstil. Poe trat näher und studierte aufmerksam das Gemälde.

Sein Blick fiel auf die Signatur.

Jimmy Farrell.

Jimmy Farrell war der Maler.

Er musste auch das Bild von Poe gemalt haben. Die Miniatur.

Jimmy Farrell musste wissen, wer Poe wirklich war. Aber wo war Jimmy Farrell?

Mit vor Aufregung zitternden Fingern nahm Poe das Bildnis von der Wand und drehte es um. Da, hinten auf der Leinwand, war ein kleines gedrucktes Etikett aufgeklebt.

Rahmen-Manufaktur, 6. Bezirk, Center Street, New York.

Demnach hatte der Maler das Bild in New York rahmen lassen.

Poe fluchte innerlich.

Er war auf der Suche nach seiner Vergangenheit, nach seiner Identität bis nach New Orleans gereist. Dabei hätte er in New York bleiben können! Er lehnte das Bild gegen die Wand und trat ans Klavier. Auf dem Notenpult lag nur ein einzelnes, handbeschriebenes Blatt. Der Titel der Komposition war in zierlicher Frauenschrift geschrieben.

Ein Traum in einem Traum.

Rechts oben stand in kleiner Schrift ein Name.

L. Monaghan.

Poe wandte das Gesicht ab. Die Melodie war eine Komposition von Leonies toter Freundin.

Der langsam erlöschende Feuerschein spielte auf dem Gesicht des toten Verwalters.

Poe kam zu Bewusstsein, dass er vielleicht gerade kostbare Zeit verlor. Rasch untersuchte er das Gewehr; es war nicht geladen. Poe zögerte. Schließlich zog er widerstrebend den Dolch aus dem Leichnam des Alten. Funken stoben aus dem Kamin, aber Poe achtete nicht darauf. Mit dem Dolch in der Hand floh er aus dem Zimmer.

In der Eingangshalle war alles ruhig. Entschlossen ging Poe auf die Kellertür zu. Als er sie öffnete, streifte ein Lufthauch seine Wange, kalt wie der Atem des Todes.

28

Zögernd stieg Poe die ersten Stufen hinab, nur mit einer Kerze und dem Dolch ausgerüstet. Auf halber Höhe der Treppe fand Poe in einer kleinen Nische eine Blendlaterne und Streichhölzer.

Am Fuß der alten Treppe war die Decke gewölbt und niedrig. An den Wänden glänzte Salpeter. Die Sümpfe, dachte Poe. Sie sind ganz in der Nähe. Langsam tastete er sich voran. In einem kleinen Gang zu seiner Linken fand er mehrere übereinanderliegende, in die Wände gehauene Nischen. Darin lagen Streichhölzer, Kerzen, zwei Laternen, mehrere kleine Reissäcke, ein paar Büchsen Kaffee und einige verlötete Dosen, die offenbar Büchsenfleisch enthielten. Poe ging wieder zurück und folgte dem Hauptgang. Hinter einer schmalen Tür standen ein paar Fässer. Davon abgesehen war der Raum leer.

Poe ging weiter. Die Luft war erstaunlich frisch. Ein Luftzug fuhr über seinen Rücken. Erschrocken machte er einen Satz nach vorne. Die Laterne entglitt seiner Hand und zerschellte auf dem Boden.

Vollkommene Dunkelheit umhüllte ihn. Poe blieb stehen und versuchte, gleichmäßig zu atmen. Erst ganz allmählich begann sein Hirn wieder zu funktionieren. Er erinnerte sich an den schmalen Seitengang bei der Treppe. Die Streichhölzer. Die Laternen. Er musste irgendwie im Dunkeln zurückfinden.

Er tastete sich an der Wand entlang. Ging er in die richtige Richtung? Er wagte nicht eine Sekunde, seine Hand von der Felswand zu lösen. Dann kam eine Abzweigung. Er hielt sich weiter an der Wand und tastete nach den Nischen. Aber da war nichts.

Poe wagte sich weder vor noch zurück. Er legte beide Hände an die Wand, aus absurder Angst, plötzlich in dunkler Leere zu stehen. Dann setzte er, die ausgebreiteten Arme fest an die Wand gepresst, langsam einen Fuß vor den anderen – nur, um überhaupt irgendetwas zu tun. Ganz langsam, mit langen Pausen zwischen den einzelnen Schritten, tastete er sich voran. Der linke Fuß und die linke Hand suchten nach dem Weg. Dann griffen seine Finger in Luft. Er blieb sofort stehen. Konzentrierte sich auf die Fingerspitzen. Streckte vorsichtig die Finger aus. Nach oben. Nach unten. Überall war nur Luft. Mit der Fußspitze tastete er sich Zentimeter um Zentimeter voran, immer in Erwartung eines Abgrunds. Dann berührten seine Finger kaltes Metall.

Nach ein paar Sekunden wusste Poe, was es war. Ein Drahtbügel. Er fühlte Glas. Eine Laterne. Er hatte in eine Nische in der Wand gegriffen und sie für einen riesigen, unbekannten Hohlraum gehalten. Es war der richtige Tunnel! Er hatte sich im Dunkeln in der Entfernung verschätzt. Mit einem Seufzer der Erleichterung tastete er nach den Zündhölzern – da waren sie.

Er hängte sich eine Ersatzlaterne an den Gürtel und folgte wieder dem Hauptgang. Hier und da stieß er auf kleine Zellen, beinah nur Nischen, die aus dem Felsen gehauen waren. Als er eine von ihnen mit der Blendlaterne ausleuchtete, zuckte er unwillkürlich zurück. An einem eisernen Haken hing eine rostige Kette. Und daran, in einem geschmiedeten Ring, ein menschlicher Armknochen.

Poe ging vorsichtig weiter. Der Gang machte eine scharfe Biegung um eine Felsnase. Poes Schatten flackerte unruhig über die Wand.

Irgendwo tropfte Wasser von der Decke. Eine dicke Tür zu seiner Linken erregte seine Aufmerksamkeit. Sie schien zum Isolieren gemacht worden zu sein. Er probierte die Klinke. Zu seiner Überraschung ließ die Tür sich ohne weiteres öffnen. Eisige Luft wehte heraus. In den Luftzug mischte sich der Geruch von Desinfektionsmittel. Es war die Kühlkammer des Doktors.

Poe leuchtete hinein. In die beiden Längswände waren Fächer eingebaut, in denen bequem ein Mensch Platz finden konnte. Die hintere Wand des Raumes wurde völlig von einer dicken Glasscheibe bedeckt. Dahinter standen in metallenen Regalen merkwürdige Kisten, Schachteln und Flaschen. In der Mitte des Raumes stand eine Rollbahre. Darauf zeichneten sich unter einem Tuch die Umrisse eines menschlichen Körpers ab. Auf dem Boden daneben stand ein großer Karton. Poe wäre beinah gestolpert, als sein Fuß auf ein dünnes Buch trat. Er hob es auf. Jemand musste es hier verloren haben.

Klassisches und modernes Mumifizieren. Von Dr. J. Gumb.

Eine Seite war umgeknickt. *Kapitel 21: Vorläufige Mumifizierung zu Transportzwecken.* Poe ließ das Buch fallen und zog mit einem Ruck das Tuch von der Bahre.

Er blickte in die starren Augen von Lucy Monaghan.

Sie war mumifiziert. Aber die Stoffbinden waren von ihrem Körper geschnitten. Teile des Stoffes lagen in dem Karton. Hier und da bemerkte Poe auf ihrer Haut Reste von weißlichem Staub. Salzstaub. Unter dem Körper hatte sich, dort wo das Fleisch bereits in Verwesung übergegangen war, ein wenig Flüssigkeit gesammelt. Sie war zäh und schleimig. Hier war anscheinend jemand dabei, eine nur vorläufige, unvollkommen ausgeführte Mumifizierung zu erneuern.

Um den Hals trug Leonies tote Freundin an einer dünnen Kette einen ovalen, blutroten Rubin. Der Stein schimmerte im Licht von Poes Laterne wie ein Blutstropfen. Er erinnerte sich an den Moment, als Leonie ihm an Bord der *Independence* zum ersten Mal von Lucy erzählt hatte. Seine Hände handelten für ihn. Er nahm die Kette vom Hals der Leiche und schob sie in die Tasche.

Poe schloss die Tür der Kühlkammer hinter sich und lief weiter, immer weiter den Gang entlang, immer tiefer unter die Erde. Der Gang endete vor einer grün gestrichenen Tür. Die Tür war aus

Eisen. Was mochte sich dahinter verbergen? Was war so kostbar, dass es mit einer eisernen Tür geschützt werden musste?

Poe drückte die Türklinke nach unten; die Tür war nicht verschlossen. Über einen Tisch gebeugt stand ein Mann in einem weißen, mit Blut bespritzten Kittel. Im selben Augenblick hob der Mann den Kopf.

Poe sah direkt in die Augen von Dr. Templeton.

Langsam zog der Doktor eine lange, silberne Nadel aus dem Schädel des Bootsmanns. Der Tisch war voller Blut.

»Poe«, sagte Dr. Templeton gedehnt. Seine Stimme klang weder ängstlich noch ärgerlich, nur ein wenig erstaunt, so als hätte ein Schüler eine ungewöhnliche Leistung entgegen der Erwartung des Lehrers erbracht. Poes Blick schweifte weiter zu Leonie. Ihre Augen waren vor Entsetzen weit aufgerissen.

»Sie beeindrucken mich, Poe«, sagte Templeton. Er klang vollkommen ruhig. »Zum ersten Mal beeindrucken Sie mich.«

In aller Ruhe legte der Doktor die Nadel zur Seite. Poe erwachte aus seiner Erstarrung. Er griff nach der erstbesten Flasche im Regal und schleuderte sie auf den Doktor. Templeton wich aus. Das Glas zerbarst im gegenüberliegenden Regal und zerschlug mehrere Gefäße. Sofort verbreitete sich der Geruch einer scharfen Flüssigkeit im Raum.

»Das wirst du büßen!«, zischte der Doktor. Er griff nach einem zweiten Skalpell und stürzte auf Poe zu. Der brachte den Operationstisch zwischen sich und den Doktor und warf eine zweite Flasche. Sie verfehlte Templeton knapp und zerschellte an dem Glaszylinder einer Gaslampe. Eine Flammenwand schoss vom Boden hoch.

Der Doktor erkannte die Gefahr sofort. Er wusste, dass das Feuer nicht mehr zu löschen war. Mit ein paar raschen Sprüngen erreichte er die Tür.

»Auf Wiedersehen in der Hölle, Edgar Allan Poe!«, rief er. Poe stürzte zur Tür. Hinter ihm ergriffen die Flammen den Medizinschrank; knallend barsten die Flaschen und verspritzten ihren Inhalt im Raum. Überall auf dem Fußboden leckten kleine Flämmchen empor. Das Glas der Flasche auf dem Operationstisch hatte Sprünge bekommen.

Poe warf sich gegen die Tür. Templeton brüllte vor Wut auf und drückte von außen dagegen. Es gelang ihm nicht, die Tür zu schließen. Poe schaffte es, sie ein paar Zentimeter weiter aufzudrücken, aber es reichte nicht, um seinen Fuß in die Tür stellen zu können. Sekundenlang kämpften beide Männer verbissen. Hinter Poes Rücken barst Glas. Er spürte eine immer stärker werdende Hitze. Dann schaffte er es, seinen Fuß in die Tür zu bekommen. Der Erfolg gab ihm neue Kraft. Er spürte, dass er es schaffen konnte.

Dann sah er Templetons Gesicht durch den Türspalt. Es war ganz nah an seinem; er konnte die Schweißperlen auf Templetons Haut glänzen sehen. In den Augen des Doktors funkelte Triumph. Er verzog den Mund zu einem verkrampften Lächeln.

»Miss Goron«, keuchte er.

Poe blickte über die Schulter. Der Operationstisch stand in Flammen. Dahinter sah er Leonies Silhouette. Poe zögerte zwei Sekunden lang. Leonie wand sich in ihren Fesseln. Der Knebel hinderte sie am Schreien.

Poe stürzte auf sie zu. Mit einem teuflischen Lachen warf Templeton hinter ihm die Tür zu. Poe hörte nicht mehr, wie der Schlüssel umgedreht wurde. Er zerrte an Leonies Fesseln. Mit zitternden Fingern löste er die Riemen. Leonie sank in seine Arme. Die Hitze im Raum begann unerträglich zu werden. Poe drehte sich um.

Die meisten Flaschen waren zu Boden gestürzt. Feuerzungen leckten über den Fußboden. Der Operationstisch war inzwischen vollkommen in Flammen gehüllt. Darauf wand sich der zuckende Körper des Bootsmanns in seinen Fesseln.

Sie waren gefangen.

29

Der Rauch wurde zu Nebel und trieb in dicken Schwaden über den East River. Es war Nacht. Auf dem Fluss waren die Lichter von New York City nicht mehr zu sehen. Im Wasser plätscherten leise die Riemen eines kleinen Ruderbootes. Darin saß ein einzelner Mann. Er trug ärmliche, vielfach geflickte Kleidung und grobe Schuhe. Vor ihm auf dem Boden des Bootes lag eine dunkle, unförmige Masse. Ein Seesack.

Die Erinnerung war so deutlich, als würde Barefoot in der Luft schweben und sich selber zusehen. Etwas in ihm schien sich von seinem Körper gelöst zu haben.

Er hatte Glück, denn er musste nicht gegen die Strömung rudern. Dennoch kam er nur langsam voran. Ständig musste er auf Schiffe achten, die selbst bei so einem Nebel noch den Fluss hinauffuhren. Barefoot dachte daran, dass ein Zusammenstoß sein kleines Boot unweigerlich versenken würde. Er kannte sich mit Schiffen aus.

Ganz allmählich hob sich vor dem Boot der düstere Schatten von Blackwell's Island aus dem Nebel. Der Ruderer hielt unwillkürlich etwas mehr auf das Ufer von Manhattan zu. Nachts wehten oft die Schreie der Irren, die in der Anstalt auf der Insel lebten, über den Fluss. Und manchmal hörte man den Donner der Kanonen, die anzeigten, dass ein Sträfling aus dem Gefängnis geflohen war. Nur die Insassen des Armenhauses sorgten nie für Aufsehen; die meisten von ihnen hatten sich längst in ihr Schicksal ergeben. Zwar schmeckte das Essen meistens widerlich, wenn es nicht gleich verdorben war, und die Nächte waren kühl. Die Aufseher nahmen die Hälfte der Kohlen für ihren eigenen Gebrauch und befeuerten die Öfen der Armen nur spärlich. Aber zumindest wurde man im Armenhaus nicht umge-

bracht. Wie oft war Israel als Kind am Morgen in irgendeinem Keller oder auf einem verrottenden Dachboden in den Elendsquartieren der Five Points neben einem Toten aufgewacht, den man während der Nacht dort abgelegt oder gleich an Ort und Stelle umgebracht hatte. Und das vielleicht nur, weil der Unglückliche so unvorsichtig gewesen war, eine gestohlene Rübe nicht sofort aufzuessen, sondern sie für den nächsten Morgen aufzuheben.

Auf dem Fluss war alles still; der Nebel schluckte jedes Geräusch. Langsam zog der Schatten der Insel im Nebel vorüber. Dann versank Blackwell's Island wieder im Fluss.

Israel Barefoot war froh, seine kleine Farm zu verlassen. Sieben Jahre lang hatte er versucht, das Leben eines Seemanns gegen das eines Landarbeiters einzutauschen. Es war ihm nicht geglückt, obwohl es zuerst gar nicht so schlecht angefangen hatte. Barefoot hatte als Tagelöhner geschuftet. Die ungewohnte Arbeit war anstrengend, aber er fand sich zurecht. Sogar das Trinken gab er auf, sodass es ihm gelang, ein wenig Geld beiseite zu legen. Dann nahm ihn ein kleiner Bauer, der mit seiner Tochter am Fluss lebte, als Knecht auf seine heruntergekommene Farm. Die Tochter war hässlich und dumm, aber sie war immerhin eine Frau. Als sie schwanger wurde, versuchte der Alte, ihn umzubringen. Israel war stärker.

Ein paar Wochen später erlitt sie eine Fehlgeburt. Sie sprachen darüber, die Farm aufzugeben. Aber sie wollte nicht. Sie kannte nichts anderes und scheute es, in einer fremden Umgebung von vorne anzufangen. Also arbeiteten sie weiter auf der Farm. Aber der Erfolg wollte sich nicht einstellen. Und mit jedem Tag, den der Alte tot auf dem Grund des Flusses ruhte, piesackte sie ihn ein wenig mehr. Seitdem der Alte weg ist, hat niemand sie unter Kontrolle gehalten, dachte Israel.

Die nächsten Nachbarn wohnten, wie überall am Fluss, weit weg, sodass niemand die Schreie seiner Frau hörte, wenn er sie schlug. Vor zwei Tagen hatte sie einen täppischen Versuch gemacht, sich zu wehren. Mit der Kohlenschaufel voller glühender Kohlen stand sie vor sei-

nem Bett. Aber er hatte die ungewohnte Hitze, die von der Schaufel ausging, rechtzeitig im Gesicht gespürt.

Mit einem Gefühl der Gleichgültigkeit dachte Israel jetzt an den toten Körper im Kartoffelkeller seiner Hütte. Bei dem Nebel war sicherlich keiner der Nachbarn rechtzeitig zum Löschen gekommen. Mit Glück würde die Hütte jetzt schon bis auf die Grundmauern abgebrannt und der Keller von den Trümmern verschüttet sein. Ein leichter Salzgeruch hing in der Luft. Hier irgendwo, wusste Israel, mussten die verfallenen Lagerhäuser im Norden des Hafens stehen. Er war fast am Ziel. Kurz darauf tauchten aus dem Nebel die ersten Masten auf. Israel lächelte. Er war wieder zu Hause.

Lautlos ließ er das Boot an den hölzernen Rümpfen entlanggleiten. Die kleinen Kutter und die Flussboote beachtete er nicht. Mit ein paar Riemenschlägen lenkte er sein Boot hinüber zu den großen Seglern. Jetzt musste er nur noch ein passendes Schiff finden, auf dem er anheuern könnte. Er wollte nicht gleich wieder monatelang auf See verbringen, aber er konnte es sich auch nicht leisten, in der Gegend um New York zu bleiben.

Von der Upper Bay wehte eine Brise herüber und riss Löcher in den Nebel. Direkt vor ihm ragte ein schlanker Schiffsrumpf auf. Am Heck brannte eine einzelne Laterne. In ihrem Schein glänzten goldene Buchstaben.

Independence. New Orleans.

Israel Barefoot hatte ein Schiff gefunden.

Die Flamme wurde immer größer. Das Schiff verschwand hinter ihr. Die Hitze des Feuers hüllte ihn ein. Dann fraßen die Flammen sich durch seine Haut hindurch. Sein letzter Gedanke, bevor er starb, galt dem Schiff. Er war mit der *Independence* direkt in die Hölle gesegelt.

30

Der Körper des Bootsmanns lag jetzt reglos auf dem Tisch. Poe und Leonie drängten sich in der hintersten Ecke des brennenden Raumes zusammen. Schon fiel ihnen das Atmen schwer. Leonie stand so unter Schock, dass sie kaum zu irgendeiner Bewegung fähig war. Ihre Augen wirkten vollkommen leblos. Hektisch suchte Poe mit den Augen den Raum ab. Sein Blick blieb an der eisernen Klappe in der Wand hängen.

»Komm!«, krächzte er.

Poe riss Leonie mit und versuchte, die Klappe zu öffnen. Die Flammen versengten bereits seine Kleidung. Die Klappe glitt leicht zurück. Dahinter gähnte ein schwarzes Loch in der Wand.

Poe sah Leonie an. Die Starre in ihren Augen war panischer Angst gewichen.

In den Trümmern des Schrankes explodierten in der Hitze die letzten Glasflaschen. Sie hatten keine Wahl. Alles war besser, als in diesem Raum bei lebendigem Leib zu verbrennen. Leonie stieg mit den Füßen voran in den Schacht und ließ sich hineingleiten. Der Schacht führte wie eine Rutsche schräg nach unten. Ihre Hände klammerten sich krampfhaft an den Rand. Mit schreckgeweiteten Augen sah sie Poe an.

Poe beugte sich zu ihr hinunter. »Beeil dich«, murmelte er beschwörend. »Du musst loslassen.«

Hinter ihm schossen die Flammen hoch und verzehrten den Sauerstoff. Poe hustete und keuchte.

Leonies Finger lösten sich. Ihr Körper glitt ins Dunkel.

Mit letzter Kraft kletterte Poe in den Schacht und ließ sich fallen.

Dr. Templeton lief durch die Kellergänge. Sein Verstand arbeitete schnell und präzise. Als er den Sarg mit dem Leichnam seiner Halbschwester aus dem Lagerhaus abgeholt hatte, war es ihm unangenehm genug gewesen, seinen Namen preiszugeben. Die Anonymität, die Waldmans Arbeit ihm nach Lucys Tod verschafft hatte, war damit wertlos geworden. Schlimmer war jedoch, dass der Hafenmeister sich sehr genau an die Dame erinnert hatte, die Kontakt zu den Verwandten der Toten aufzunehmen wünschte.

Templeton bezweifelte, dass irgendjemand von Poes und Leonies Besuch in seinem Haus wusste. Wem hätten sie es erzählen sollen? Trotzdem: Es war möglich, eine Verbindung zwischen ihnen und ihm herzustellen.

Dr. Templeton öffnete eine schmale Tür. Es war besser, die Konsequenzen sofort zu ziehen.

In dem kleinen Raum standen nur ein paar Fässer. Templeton zog die Stopfen aus den Spundlöchern. Eine helle Flüssigkeit gluckerte heraus, verteilte sich im Raum und lief träge über den Boden des Tunnels. Der Geruch des Petroleums nahm Templeton fast den Atem.

Es dauerte nicht lange, bis die Fässer leer gelaufen waren. Templeton beobachtete, wie das Petroleum langsam den Gang hinabfloss. Mit der linken Hand schöpfte er etwas von der Flüssigkeit auf und zog eine Spur in Richtung der Kellertreppe. Dann trat er ein paar Schritte zurück, warf ein Streichholz auf den Boden und rannte zur Treppe.

Durch den Keller wälzte sich eine Feuerwalze.

Das Haus würde zerstört werden. Und mit ihm jede Spur von Poe und Leonie.

Leonie schrie auf.

Um sie herum war Dunkelheit. Für einen winzigen Moment

schwebte sie in der Luft. Dann fiel sie ins Wasser. Sie prustete und schlug um sich. Ihre Füße berührten den Grund.

Neben ihr schlug ein Körper auf dem Wasser auf und sank nach unten. Hustend kam Poe an die Oberfläche. Das Wasser ging ihnen bis zur Hüfte. Sie versuchten, in der Dunkelheit wieder zu Atem zu kommen. Poe bemerkte die schwache Strömung zuerst. Er zog die Luft durch die Nase ein. Die Luft roch abgestanden und faulig, aber nicht nach Abwässern. Ganz langsam watete er durch das Wasser.

»Was … was machst du?« Leonies Atem ging immer noch schnell und stoßweise.

»Warte.«

Poe tastete sich mit ausgestreckten Händen voran. Das Wasser plätscherte. Nach ein paar Schritten berührte er glitschigen Stein. Seine Finger glitten über regelmäßige Kanten und Fugen.

»Wir müssen in einem unterirdischen Kanal sein«, meinte er. Unwillkürlich hatte er seine Stimme zu einem Flüstern gesenkt.

»Was für ein Kanal?« Leonies Stimme zitterte. Sie stand dicht neben Poe.

»Ich weiß es nicht. Aber wenn wir der Strömung folgen, haben wir eine Chance.«

Poe nahm ihre Hand.

»Komm.«

Schweigend wateten sie durch das Wasser. Der Untergrund war uneben. Sie setzten vorsichtig einen Fuß vor den anderen und kamen nur langsam voran.

Schließlich versperrte ihnen ein Gewirr aus dünnen Zweigen den Weg. Poe griff mit beiden Händen hinein.

»Das sind Weidenzweige, Leonie!«

Hinter ihnen plätscherte etwas im Wasser. Poe spürte, wie Leonie heftig zusammenzuckte.

»Was ist das?«

Es plätscherte wieder. Was auch immer dort hinter ihnen war, es war näher gekommen.

»Schnell«, krächzte Poe.

Sie schlüpften durch die Zweige und standen ein paar Schritte vom Ufer eines kleinen Sees entfernt. Poe zog Leonie mit sich zur Uferböschung.

Hinter ihnen glitt etwas durch die Zweige.

Poe lief durch das Wasser auf die flache Böschung zu. Er umfasste Leonies Hüfte und half ihr an Land. Dann griff er nach ein paar Wurzeln im Erdreich und zog sich die Böschung hinauf.

Leonie schrie.

Poe rollte nach vorne ins Gras. Hinter sich hörte er ein trockenes Schnappen. Etwas klatschte zurück ins Wasser.

»Lauf, Leonie! Lauf!«

Sie stolperten vom Ufer fort. Im Mondlicht sahen sie, wie ein Krokodil langsam durch das Wasser glitt. Beide zitterten an allen Gliedern.

»Templeton muss den Kanal benutzt haben, um die Leichen loszuwerden«, murmelte Poe. Aber Leonie hörte ihn nicht.

Durch die Bäume sahen sie Flammen in den Himmel schlagen.

Im Schutz der Bäume gingen sie vorsichtig auf das Haus zu. Das gesamte Untergeschoss stand in Flammen. Bakerswell Manor war nicht mehr zu retten.

Weit entfernt verklang das Rattern von Kutschrädern.

Poe und Leonie ließen sich keuchend ins Gras fallen. Die Flammen schlugen jetzt auch aus den Fenstern des Obergeschosses. Ein Knirschen ging durch das Haus. Der Dachstuhl brach zusammen; aus dem Innern des Hauses wirbelte eine riesige Funkenwolke auf. Poe und Leonie starrten in die Flammen. Und während die Villa des teuflischen Doktors langsam im Feuer versank, zog der neue Morgen kalt und klar am Horizont herauf.

31

Gegen Mittag erreichten Poe und Leonie die Innenstadt von New Orleans. Ihre Kleider stanken nach Rauch, die Schuhe waren mit Straßenschmutz bespritzt. Im Hafenviertel suchten sie sich in einer billigen Pension ein Zimmer. Poe hatte nur einige Münzen, die er in der Tasche getragen hatte. Leonie besaß zwar immer noch das Geld aus ihrem Gürtel. Aber sie wollte möglichst wenig davon ausgeben, denn sie hatte auf dem langen Fußweg in die Stadt einen Plan gefasst. Nur mit Poe würde sie noch darüber reden müssen.

Die zahnlose Pensionswirtin hatte ihnen eine kleine Kammer angewiesen. Außer einem alten Bett mit einer Wolldecke und einem kleinen Ofen stand nichts darin. Poe öffnete die eiserne Klappe und starrte in das Feuerloch.

Sie waren entkommen.

Aber die Angst war noch da.

Leonie hatte sich als Erste gefangen. »Was wirst du jetzt tun?«, fragte sie.

»Dr. Templeton hält uns sicher für tot«, murmelte Poe. »Wahrscheinlich reist er auf dem schnellsten Weg zurück nach New York.«

»Warum glaubst du das?«

Poe zuckte die Schultern.

»Man wird vielleicht die Ruine durchsuchen. Er muss damit rechnen, dass im Keller drei verbrannte Leichen liegen. Man würde ihm Fragen stellen. Er ist in New Orleans nicht mehr sicher.«

Leonie rückte ein Stück naher zu Poe.

»Ich bin so froh, dass du da bist«, flüsterte sie. Poe zögerte. Dann legte er den Arm um sie.

Sie ließen sich nebeneinander auf den Rücken sinken. Die Matratze war durchgelegen und bildete in der Mitte eine Kuhle. Sie rollten zueinander hin. Poe griff nach dem Bettrand, um Leonie ein wenig Platz zu machen. Sie legte ihre Hand auf seine.

»Lass nur«, flüsterte sie. Dann zog sie die Wolldecke über ihre Körper.

Das Feuer im Ofen war längst erloschen, als Poe wieder die Feuerklappe öffnete. Fluchend versuchte er, die Glutreste erneut anzufachen. Leonie sah nach draußen. Gerade ging über dem Hafen die Sonne unter. Es war Zeit, ihren Plan mit Poe zu besprechen.

»Wir sollten nach England gehen«, sagte sie.

Eine volle Minute lang war nur das Knistern der ersten kleinen Flammen zu hören.

»Nach England?«

Poe war verwirrt. Dann fiel ihm ein, dass Leonie einmal von England als ihrer Heimat gesprochen hatte. Aber er konnte nicht mit ihr fahren. Nicht, ohne das Rätsel um seine Vergangenheit gelöst zu haben.

»Mein Platz ist hier.« Er zögerte und suchte nach den passenden Worten. »Ich muss Jimmy Farrell finden. Und Dr. Templeton.«

Leonie antwortete schnell. »Hier ist nur der Tod.«

Poe sah sie an. »Der Tod ist überall«, meinte er.

Leonie schüttelte den Kopf.

»Dr. Templeton wird dich nicht in England suchen«, meinte sie. »Du wärst dort in Sicherheit. Du wärst frei.«

Poe stocherte in den Flammen. Ihre Stimme klang flehend.

»Komm mit mir nach England!«, bat sie. »Bitte! Lass uns den Doktor und seine wahnsinnigen Experimente hinter uns lassen. Komm mit mir.«

Poe schwieg und setzte sich auf. Ihm wurde bewusst, dass sich in seinem Leben etwas verändert hatte. Etwas Entscheidendes. Er hatte eine Aufgabe. Er jagte nicht mehr nur den Schatten seiner Vergangenheit nach. Jetzt jagte er Dr. Templeton. Schwerfällig trat er ans Fenster und sah hinaus. Würde er auf ein gemeinsames Leben mit Leonie verzichten können, um seine Aufgabe zu erfüllen? Wäre er bereit, diesen Preis zu zahlen?

»Was denkst du?« Wie aus weiter Ferne drang Leonies Stimme an sein Ohr. Poe antwortete nicht, noch sah er sie an. Wie im Traum stand er auf und ging zur Tür.

»Wo willst du hin?«

Er sah sich nicht um. Als er die Tür leise hinter sich zuzog, hörte er Leonie leise weinen.

Poe ging die Treppe hinab in die leere Schankstube. Die Wirtin brachte Whisky. Er brannte in der Kehle, irgendein Schwarzbrand, vielleicht Schmuggelware, aber Poe stürzte das Glas hinunter. Er würde wieder nach New York müssen, um Jimmy Farrell zu suchen. Farrell hatte ihn gemalt. Farrell würde ihm sagen können, wer er damals gewesen war. Aber auch Dr. Templeton kannte Jimmy Farrell. Was, wenn Templeton herausfand, dass Poe und Leonie noch am Leben waren? Vielleicht würde er Jimmy Farrell ohne mit der Wimper zu zucken töten; einfach nur, um einen Zeugen aus dem Weg zu räumen.

Poe hatte gegen den Doktor nichts in der Hand. Die Wirtin brachte auf einen Wink hin ein volles Glas. Poe trank hastig. Er würde sich entscheiden müssen. Leonie oder seine wahre Identität.

»Noch ein Glas.«

Seine Zunge wurde schwer.

Die Sonne war längst untergegangen. Es hatte angefangen zu regnen. Hinter den Wassertropfen, die an der Scheibe hinabliefen, verschwamm alles zu ineinanderfließenden Farbtupfern.

Die Regentropfen wurden rot.

Dann sah Poe den Totenschädel.

Er grinste. Die roten Bänder seiner Maske flossen hinter ihm durch die Luft. Und dann verschwamm die Maske im Regen.

Die Wirtin rüttelte ihn an der Schulter. Poe blinzelte. Die Maske war fort. Vor ihm stand ein volles Glas. Er trank es in einem Zug leer. Poe hustete kurz, als er das Glas abstellte. Dann sank er schwer zur Seite und fiel auf die schmutzigen Dielen.

Als er wieder zu sich kam, lag er in ihrer gemeinsamen Kammer auf dem Bett. Durch das offene Feuerloch fiel das Licht und malte Leonies unruhigen Schatten an die Wand. Poe wandte den Kopf. Eine einzelne Träne lief ihre Wange hinab. Poe betrachtete sie schweigend.

»Ich komme mit«, sagte er.

32

Am nächsten Morgen fanden sie ein Schiff, das nach England auslaufen würde. Sie buchten die billigsten Kabinen. Das Schiff sollte schon am nächsten Tag, zwei Stunden vor Anbruch der Morgendämmerung, die Anker lichten.

Die Zeit bis zur Abfahrt war Leonie munter und fröhlich. Den Rest des Tages verbrachten sie damit, durch die Straßen zu schlendern. Aber während Leonie unentwegt Pläne schmiedete und von ihrer Heimat erzählte, blieb Poe still und schweigsam.

Spät am Abend, die Sonne war schon lange untergegangen, stand er allein an der Reling. Er sah ins Wasser, als hoffte er dort Antworten auf seine Fragen zu finden. Vom Kai klangen die Nachtgeräusche der Zecher und Matrosen herüber. War es richtig, mit Leonie nach England zu gehen? Aber wären sie Dr. Templeton gefolgt, hätte er Leonie damit in Lebensgefahr gebracht.

Allmählich erstarben die Geräusche des Hafens. Nur in einer einzelnen Schänke gegenüber des Schiffes wurde noch gezecht. Durch die geschlossenen Fenster drangen Geschrei und Gesang der Trinkenden wie von ferne über den Kai.

Eine Kirchenglocke schlug Mitternacht. Leonie lag schon längst in tiefem Schlaf. Vom Meer her zog Nebel auf. In ein paar Stunden würden sie nach England segeln. Dr. Templeton wäre endgültig Vergangenheit.

Die Tür der Schänke wurde aufgestoßen; zwei Männer wankten hinaus. Sie waren völlig betrunken. Einer hielt sich am Türrahmen fest, während der andere sich immer noch an die Tür klammerte. In der Schankstube war es ruhig geworden. Jemand spielte auf seinem Instrument eine seltsame Melodie.

Auf dem Kai waren nur noch verschwommene Schatten zu erkennen.

Dann sah Poe den Totenkopf.

Er schien die Zähne zu fletschen.

In seiner Hand blinkte ein Dolch.

Diesmal schrie eine Frau.

Dann kam die Dunkelheit des Hafens wieder. Die Vision war an seiner Seele hinabgeperlt wie Regentropfen an einer Fensterscheibe.

Er dachte an Jimmy Farrell, der irgendwo in New York sein musste. Der vielleicht seine wahre Identität kannte. Er dachte an Dr. Templeton, der ihn lebendig begraben hatte. Ein bitteres Lächeln stahl sich um seine Mundwinkel. Lebendig begraben in einer steinernen Gruft – aber er war auch in seinem Leben, einem Leben ohne eigene Identität, lebendig begraben. Die Zweifel kamen plötzlich, er wusste nicht woher. Hatte er wirklich durch einen Unfall sein Gedächtnis verloren? Was, wenn Dr. Templeton diesen Unfall inszeniert hatte? Was, wenn es gar kein Unfall gewesen war?

Plötzlich wusste er, was er tun musste.

Er hatte sich nicht dazu entschlossen. Die Gewissheit war einfach da.

Klar und unwiderruflich.

Er würde keine Ruhe finden, solange er nicht die Wahrheit herausgefunden hätte.

Die Entscheidung war nun gefallen. Der Rest war einfach. Beim Auslaufen des Schiffes würde Leonie noch schlafen. Rasch schlüpfte er in seine Kabine. Er steckte alles Geld, das er finden konnte, ein. Nervös suchte er in seinen Taschen nach einem Bleistiftstummel. Seine Finger blieben in Lucys Kette hängen. Er kritzelte ein paar hastige Worte auf einen Zettel und wickelte den Anhänger darin ein.

Die Gangway war schon eingezogen. Poe hangelte sich über die Achterleine von Bord. Als seine Füße die Steine des Kais berührten, lief er wie von Furien gehetzt, bis er den Schutz der verwinkelten Gassen erreicht hatte. Nicht einmal drehte er sich um. Irgendwo bellte ein Hund.

Die Häuserwände standen dicht an dicht. Poe irrte lange in schmalen Durchgängen und finsteren Sackgassen herum. Er wusste nicht wohin. Manchmal stolperte er, ohne zu bemerken, ob ein umgefallener Sack oder ein regloser Körper ihm den Weg versperrt hatte. Die Straßen waren menschenleer. Poe war allein.

In einem etwas größeren Durchgang zwischen zwei Häusern brannte noch eine Laterne. Keuchend stolperte Poe die Stufen zu einer Schänke hinab. Im verräucherten Kellerraum standen nur wenige Tische. Sie waren alle leer. Rings an den Wänden hingen speckige Vorhänge aus Leder. In unregelmäßigen Abständen kam eine Hand, die ein leeres Glas hielt, hinter einem der Vorhänge hervor. Dann drückte der Wirt ein volles Glas in die meist zitternde Hand. Als er Poe gewahr wurde, deutete er mit einer kurzen Bewegung zu einem Vorhang ganz hinten im Raum. Poe schlug das Leder zurück; dahinter befanden sich in einer kleinen Nische ein Stuhl und, an die Wand angeschraubt, ein Brett mit einer Kerze. Poe setzte sich. Alsbald reichte der Wirt das erste Glas hinein. Poe trank. Sofort bestellte er ein neues. Während er Glas um Glas in sich hineinschüttete, brannte die Kerze allmählich herunter. Irgendwann verglomm der letzte Funke. Der Rauch der erloschenen Kerze mischte sich mit dem scharfen Geruch des Alkohols. Nichts schien mehr eine Bedeutung zu haben. Mit einem Lächeln kippte Poe vom Stuhl auf den schmutzigen Boden; er merkte nicht einmal mehr, dass er im Fallen den ledernen Vorhang herunterriss.

Als er wieder die Augen öffnete, stand die Sonne hoch am Himmel. Er selber lag, den Oberkörper gegen eine Heringstonne gelehnt, auf dem Kai. Hinter seinen Schläfen pochte der Schmerz. Auf allen vieren kroch er an den steinernen Rand des Hafenbeckens. Aus den Wellen sah ihm das Zerrbild seines Gesichtes entgegen. Wo am Tag zuvor das Schiff nach England gelegen hatte, dümpelte nur noch eine einzelne Möwe auf den Wellen. Poe ließ den Kopf hängen und erbrach sich.

Am nächsten Tag lief die *Independence* ein.

33

Als Leonie in ihrer Koje erwachte, stand die Vormittagssonne schon hoch über dem Golf von Mexiko. Das Schiff glitt mit günstigem Wind ruhig durch die Wellen. Leonie setzte sich mit einem Lächeln auf. Der Schlaf hatte ihr gutgetan. In den Gliedern verspürte sie ein leises Ziehen, wie es manchmal einem Fieber vorauszugehen pflegt. Aber sie war zuversichtlich, dass sie sich während der Seereise vollkommen von den Anstrengungen der letzten Tage erholen würde.

Sie kleidete sich an und ging an Deck. In tiefen Zügen atmete sie die frische Luft. Die Küste war nur noch ein schmaler Streifen am Horizont. Sie hob die Hand und winkte einen letzten stillen Gruß zu Lucy hinüber. Das Geheimnis von Lucys Tod würde sie nun nie erfahren. Lucys Leichnam lag verbrannt unter den Trümmern von Dr. Templetons Villa.

Aber die Zukunft zählte. Nicht die Vergangenheit.

Sie ging unter Deck, um zu frühstücken. Der Speisesaal war beinah leer; die meisten Tische hatte man schon abgeräumt. Leonie setzte sich so, dass sie die Tür im Blick hatte. Dann nippte sie an ihrem Kaffee. Poe schlief wirklich lange. Aber vielleicht hatten ihn die Ereignisse der letzten Tage stärker angegriffen, als sie ahnen konnte. Sie bestellte ein Omelette und etwas Obst und frühstückte mit gutem Appetit.

Eine Stunde später war Poe noch immer nicht da. Leonie ging zu seiner Kabine. Sollte sie ihn schlafen lassen? Sie zögerte. Was, wenn er von der Anstrengung der letzten Tage krank geworden wäre? Schließlich gewann der Wunsch, ihn zu sehen, die Oberhand. Leonie klopfte vorsichtig an die Kabinentür.

Nichts regte sich.

Sie wartete einen Moment, dann klopfte sie etwas stärker. Gleichzeitig legte sie ihr Ohr an die Tür.

Sie stutzte.

In der Kabine war nicht das geringste Geräusch zu hören. Kein schlaftrunkenes Murmeln, kein Knarren der Kojenbretter, gar nichts. Zögerlich legte sie die Hand auf die Klinke. Dann öffnete sie die Tür leise einen Spalt. Ihr Blick fiel direkt auf die unbenutzte Koje.

Zuerst begriff sie nicht, was sie sah. Erst langsam verstand sie, dass Poe die Nacht nicht in seiner Kabine verbracht hatte. Aber wo war er dann? Sie warf einen letzten Blick auf die Koje. Erst jetzt bemerkte sie das zusammengefaltete Papier auf der Decke.

Als sie es aufhob und die Kette mit dem Rubin aus dem Papier rutschte, wusste sie, dass Poe fort war. Mit einem Mal schwand alle Kraft aus ihren Gliedern. Sie setzte sich auf den Rand der Koje.

Dann las sie den Brief. Poes Abschiedsbrief.

Tränen der Trauer und Wut schossen ihr in die Augen. Trauer um die zerstörerische Kraft, die Poe aus ihren Armen zurück auf die Fährte zurück in seine Vergangenheit getrieben hatte. Und Wut über seinen Verrat, dass er sich ohne Abschied wie ein Dieb davongestohlen hatte. Ihr wurde übel. Sie streckte sich auf der Koje aus, schloss die Augen und versuchte gleichmäßig zu atmen. Ihre Haut war schweißbedeckt.

Nach einer halben Stunde ließ das Gefühl der Übelkeit ein wenig nach. Leonie wischte sich mit ihrem Taschentuch die Tränen aus dem Gesicht, straffte sich und ließ sich zum Kapitän führen.

Der Kapitän saß um diese Zeit in seiner Kajüte am Kartentisch. Er trug die Position des Schiffes ein und berechnete die Reisezeit.

Wenn der Wind weiterhin so günstig bliebe, würden sie unerwartet schnell vorankommen. Auf dem Atlantik mussten sie zwar immer mit schweren Stürmen rechnen, aber das Schiff war gut gebaut und die Mannschaft erfahren. Je eher er mit seiner Ladung in London einträfe, desto besser. Vielleicht gelänge es ihm diesmal, die Prämie für schnellen Frachttransport zu gewinnen. Dann wäre er seinem Traum von einem kleinen Häuschen in Dover schon ein gutes Stück näher gekommen. Die Vorzeichen standen gut. Aber es durfte nichts dazwischenkommen.

Das Klopfen an der Tür riss ihn aus seinen Gedanken. Ein Matrose meldete, dass eine Dame ihn zu sprechen wünsche. Der Kapitän runzelte die Stirn, ließ aber bitten. Der Matrose schloss auf einen stummen Wink des Kapitäns hinter Leonie die Tür.

»Herr Kapitän – ich muss zurück«, sagte sie ohne Umschweife.

Der Kapitän sah sie zweifelnd an. »Wie darf ich das verstehen?«, erkundigte er sich.

»Setzen Sie mich so schnell wie möglich an Land! Ich muss nach New York.«

»Aber das ist unmöglich, Miss Goron«, entgegnete der Kapitän. »Was hat Sie denn dazu geführt, Ihre Pläne so plötzlich zu ändern?«

Leonie ignorierte die Frage. Der Kapitän betrachtete unauffällig ihr Gesicht. Sie schien mit einem großen Leid zu kämpfen. Leonie erinnerte ihn schwach an das Mädchen, für das er einmal das Häuschen in Dover hatte bauen wollen. Aber sie war schon vor Jahren an Typhus gestorben. Seitdem war das Haus für ihn zum eigentlichen Ziel seines Lebens geworden. Wenigstens das wollte er schaffen; auch wenn er allein darin würde wohnen müssen. Leonie riss ihn aus seinen Gedanken.

»Kommen wir denn an keinem Hafen vorbei, wo ich an Land gehen kann?«

»Bedaure.« Er schüttelte den Kopf. »Wir folgen dem Hauptschifffahrtsweg über den Atlantik. Ladung und Vorräte haben wir in New Orleans an Bord genommen. Den nächsten Hafen laufen wir erst in Spanien an.«

Sie dachte nach. Es gab für sie keine Möglichkeit, ihren Willen durchzusetzen.

»Was ist, wenn wir ein Schiff treffen, das nach Norden segelt?«, sagte sie unvermittelt. »Können Sie mich übersetzen lassen?«

Der Kapitän zögerte. Dann nickte er.

»Das kann ich machen. New York, sagten Sie?«

Leonie schöpfte wieder ein wenig Hoffnung.

»Wir warten am besten, bis wir Florida umschifft haben«, meinte der Kapitän. »Dort kreuzen wir die Routen der Schnelldampfer, die nach der nordamerikanischen Küste gehen. Einer von denen wird Sie sicher an Bord nehmen.«

Leonie verabschiedete sich mit einem dankbaren Lächeln.

Als die Tür hinter der Dame ins Schloss gefallen war, hing der Kapitän noch einen Moment lang den Gedanken an das Häuschen in Dover nach. Wenn er es eines Tages schaffen würde, es zu bauen ... Vielleicht war es ja an der Zeit, die Vergangenheit ruhen zu lassen? Sich eine andere Frau zu suchen? Vielleicht gab es doch noch Hoffnung, dass er das Häuschen mit jemandem würde teilen können.

Zwei Tage später wechselte Leonie, von unregelmäßig wiederkehrenden Fieberanfällen geschüttelt, auf hoher See an Bord des Schnelldampfers *Raven* mit Kurs auf New York.

III.

Der Leichendoktor

34

Je weiter die *Independence* nach Norden kam, desto kälter wurde es. Während der letzten Tage auf See kam das Schiff nur langsam voran. Die Matrosen hatten alle Mühe, die Taue eisfrei zu halten. Schließlich lief die *Independence* an einem klaren Dezembermorgen in den Hafen von New York ein. Sie legte zwei Kais entfernt von dem Schnelldampfer *Raven* an, der nur ein paar Stunden früher festgemacht hatte.

Jimmy Farrell. Wenigstens hatte Poe jetzt diese eine Spur zu seinem alten Leben. Zuversichtlich schlenderte er durch die Straßen von New York. Der Schnee lag knöcheltief. Hier war Dr. Templeton zu Hause. Poe pfiff leise Lucys Melodie vor sich hin. Der Gedanke an den Doktor hatte ihn während der ganzen Überfahrt nicht losgelassen. Aber Poe hatte einen entscheidenden Vorteil: Der Doktor glaubte, er sei tot. Er trat einen Stein beiseite. Es war das Beste, erst einmal Jimmy Farrell zu finden. Der Maler würde ihm sagen können, wer er in Wirklichkeit war. Danach wäre noch Zeit genug, an Dr. Templeton zu denken.

Man hatte Poe geraten, die gefährlichen Absteigen in der Hafengegend zu meiden, und er folgte diesem Rat. Am Broadway fand er ein billiges Hotel. Es trug den Namen *Washington House* und lag an der Ecke zur Reed Street, gerade auf der Grenze zu New Yorks berüchtigtem Elends- und Verbrecherviertel, dem 6. Bezirk. Von der Fassade bröckelte der Putz, und der Fußboden im Foyer war schmierig. Aber es lag zentral, und die Zimmerpreise waren erschwinglich. Mit einem Bleistift, den der Wirt ihm hinhielt, schrieb er in krakeligen

Lettern den Namen *Edgar Allan Poe* in das abgegriffene Gästebuch. Der Wirt schob ihm mit seiner mächtigen, fetten Pranke den Schlüssel über den Tresen. Poe ging an der Kellertür vorbei und die Treppe hoch bis in den zweiten Stock. Die Flure waren staubig und still. Ein wackeliger Beistelltisch stand an der Wand. Die Blumen in der kleinen Vase darauf waren schon längst vertrocknet.

Als Poe sein Zimmer betrat, erlebte er eine angenehme Überraschung. Die Tapeten waren zwar vergilbt und die Möbel abgenutzt, aber der Raum wirkte bei alledem dennoch hell und freundlich. Es schien für Dauergäste eingerichtet zu sein: Außer einem kleinen Tisch zum Schreiben fand Poe auch einen ungewöhnlich großen Wandschrank vor. Das Fenster ging auf die Reed Street hinaus. Poe ließ sich mit einem Seufzer auf das Bett fallen und versank in einen kurzen, aber tiefen und erholsamen Schlaf. Erst die Essensglocke weckte ihn.

Im Speisesaal waren außer ihm nur wenige Gäste. Jeder saß für sich. Das Essen wurde von einem Kellner in speckiger Livree serviert und roch so merkwürdig, dass Poe den Teller beiseite schob. Missmutig schlürfte er seinen dünnen Tee. Einer der anderen Gäste hatte ihn beobachtet und näherte sich bescheiden seinem Tisch. Es war ein hagerer Mann in mittleren Jahren, dem die abgewetzte Kleidung um den dürren Leib schlotterte.

»Verzeihen Sie«, wandte er sich an Poe mit einer vornehmen Sprechweise, die seine heruntergekommene Erscheinung Lügen zu strafen schien. »Ich sehe, dass Sie Ihr Essen heute Abend zu verschmähen scheinen. Dürfte ich fragen, ob Sie wohl die Güte hätten, mir Ihren Teller zu überlassen?«

Kaum hatte Poe genickt, griff der Mann hastig nach dem Teller und zog sich unter Dankesworten wieder an seinen Tisch zurück. Poe stand auf und verließ das Hotel. Vielleicht würde er draußen etwas zu essen finden.

35

»Wie lange soll ich es aufbewahren?« Nachdenklich betrachtete Dr. Gumb das Wachstuch-Päckchen auf seinem Schreibtisch.

»Ungefähr vier Wochen«, erwiderte Dr. Templeton und sah seinen alten Studienkollegen an. »Ist das zu machen?«

»Natürlich.« Gumb nickte. Das Päckchen war in seinen Händen absolut sicher. Niemand betrat freiwillig sein Reich im Keller der Pathologie des städtischen Krankenhauses. Nur die Leichenträger brachten in regelmäßigen Abständen die Toten der Stadt zu ihm. Aber auch sie beeilten sich immer, schnell wieder aus dem Keller hinauszukommen. »Aber warum willst du das da nicht auf Blackwell's Island behalten?«

Templeton zögerte einen Moment.

»Es hat eine Revision der Anstalt gegeben«, sagte er.

Gumb runzelte die Stirn. »Das hat doch nichts zu bedeuten?«

»Sie wollen in zwei Wochen noch einmal kommen«, erklärte Templeton. »Unter gewöhnlichen Umständen wäre das nicht weiter schlimm.« Templeton zögerte. »Aber es hat in New Orleans Probleme gegeben«, ergänzte er. Gumb schwieg und trommelte nachdenklich mit den Fingerspitzen auf die Schreibtischplatte.

»Ich glaube nicht, dass irgendetwas davon bis nach New York dringt«, fügte Dr. Templeton eilig hinzu. »Aber es ist sicherer, wenn ich das hier –« er klopfte auf das Päckchen, »– nicht im Haus habe. Zu viel hängt davon ab. Es ist eine reine Vorsichtsmaßnahme. Du verstehst?«

Gumb nickte abwesend.

»Dein Versteck kennt doch keiner?«, erkundigte sich Dr. Templeton.

Seine Augen wanderten zu dem Bild, das hinter dem Schreibtisch an der Wand hing. Nur ein aufmerksamer Beobachter konnte sehen, dass an der linken Seite des Rahmens zwei kleine Scharniere angebracht waren.

Gumb lächelte. »Das Versteck kennt höchstens noch der Alte, der mir damals das Bild gebracht hat«, sagte er. »Aber der wird sich kaum dafür interessieren. Falls er sich überhaupt noch daran erinnert. Vielleicht ist er auch schon tot.«

Dr. Templeton schien zufrieden. Er stand auf.

»Dann will ich dich nicht länger aufhalten.«

Dr. Gumb lächelte.

»Ich begleite dich hinaus«, sagte er. »Aber lass mich erst dein Päckchen in Sicherheit bringen.«

Gumb klappte das Bild von der Wand. Dahinter lag eine kleine Stahltür.

Nachdem er das Päckchen weggeschlossen hatte, führte er seinen Besucher durch den Leichenkeller zu einer Tür. Dahinter stieg eine Wendeltreppe steil nach oben.

»Gibt es noch genug Leichenmaterial?«, fragte Dr. Templeton im Vorbeigehen und wies mit einer Kopfbewegung auf die Leichenkessel.

»Ich habe schon nachbestellt«, antwortete sein Kollege und hielt die Tür auf. »Aber es ist zurzeit sehr schwierig. Mein wichtigster Lieferant ist ... ähm ... ausgefallen. Der Ersatzmann hat leider nur sehr wenig Leute.«

Ihre Schritte hallten von den Wänden wider. Die Korridore waren leer. Um diese Zeit waren die meisten Patienten beim Essen. Vor ihnen lag die Eingangshalle. Eben nickte eine Dame dem Pförtner grüßend zu, als sie das Krankenhaus verließ.

Dr. Templeton zuckte zusammen. Er blieb ruckartig stehen und drückte sich gegen die Wand. Sein Gesicht war kalkweiß. Dr. Gumb sah ihn überrascht an.

»Was hast du?«

Templeton stierte vor sich hin.

»Warte, ich hole ein Glas Wasser!«

Templeton hielt ihn zurück. »Es geht schon«, sagte er. Aber seine Stimme hatte sich noch nicht wieder gefangen.

»Du siehst aus, als hättest du ein Gespenst gesehen«, meinte Gumb kopfschüttelnd.

»Es ist schon gut«, murmelte Templeton. »Also, bis in ein paar Wochen.«

»Wir sehen uns bei deinem Vortrag«, erinnerte Gumb ihn.

Templeton nickte zerstreut und reichte seinem Kollegen zum Abschied die Hand. Dann durchschritt er eilig die Eingangshalle. Neben der Pförtnerloge blieb er stehen und klopfte an die Glasscheibe.

»Verzeihen Sie«, begann er. »Ich glaubte, die Dame zu kennen, die eben ging. Sie wissen nicht zufällig ihren Namen?«

Der Pförtner überlegte kurz. Dann nickte er.

»Eine Miss Goron«, antwortete er. »Sie kam vor ein paar Stunden. Sagte, sie sei am Golf von Mexiko gewesen. Denkt, sie hat sich vielleicht das Sumpffieber geholt. Hat ein Mittel verschrieben gekriegt. Sie soll übermorgen noch mal wiederkommen.«

»Danke.«

Langsam ging Dr. Templeton zurück durch die Halle und wieder den Korridor entlang. Leonie Goron in New York. Das änderte alles. Er musste davon ausgehen, dass auch Poe überlebt hatte. Wahrscheinlich würde auch er in New York sein. Templeton stieg die Wendeltreppe in Dr. Gumbs Reich hinab. Würde Poe es wagen, direkt gegen ihn vorzugehen? Wahrscheinlich nicht. Was hatte er schon in der Hand? Nichts. Und vor der Öffentlichkeit würde er immer nur ein ehemaliger Insasse der Irrenanstalt ohne Gedächtnis sein. Anders stand die Sache mit Leonie Goron. Templeton bereute, dass er sich nicht die Zeit genommen hatte, mehr über sie zu erfahren. Sie war zwar nur eine Frau, und ihr Wort würde wenig gelten. Aber sie vor allem konnte ihm gefährlich werden. Er würde sie aus dem Verkehr ziehen müssen.

Am Fuß der Wendeltreppe öffnete er die Tür zum Leichenkeller und ging zwischen den Leichenkesseln hindurch zu Gumbs Büro. Er hatte den ersten Schreck überwunden und war wieder einigermaßen beruhigt. Ihm drohte keine unmittelbare Gefahr. Dennoch würde er mit Dr. Gumb alle notwendigen Schritte besprechen.

Plötzlich kam ihm ein furchtbarer Gedanke. Was wäre, wenn Poe in New Orleans sein eigenes Bildnis gesehen hätte? Templeton dachte angestrengt nach. Hatte der Name des Malers auf dem Bild gestanden? Hatte Poe die Möglichkeit, Jimmy Farrell aufzuspüren und ihn nach seiner eigenen Identität zu befragen? Dr. Templeton blieb stehen. Mit der Hand strich er sich über das Kinn. Höchst unwahrscheinlich. Andererseits war es auch höchst unwahrscheinlich gewesen, dass Poe und Leonie aus dem brennenden Haus hatten fliehen können. Nach wenigen Minuten straffte Templeton sich. Sein Plan stand fest. Er beeilte sich nun. Die Zeit drängte. Und er durfte kein Risiko eingehen.

36

Inzwischen war die Dämmerung hereingebrochen. Dazu hatte ein leichter Schneefall eingesetzt. Poe wanderte durch die Straßen. An einem Stand kaufte er von einem halbwüchsigen Jungen, dem die Zehen aus den kaputten Schuhen schauten, ein Stück gebratenes Fleisch. Gierig schlang Poe das Stück hinunter. Als er die von Fett triefenden Finger an seinen Hosenbeinen abwischte, grinste der Junge wie in gemeinsamem Einverständnis.

Die Idee kam Poe ganz plötzlich.

Warum sollte er bis morgen warten?

Der Junge grinste ihn an.

»Sag mal«, fragte Poe, »kennst du dich hier aus?«

Der Junge bemühte sich, ein vornehmes Gesicht zu machen. »Ich bin hier aufgewachsen«, antwortete er. Poe glaubte ihm aufs Wort, denn er sprach einen so fürchterlichen Dialekt, dass seine Worte nur zur Hälfte zu verstehen waren.

»Ich suche die Center Street«, sagte er. Der Junge zögerte. Poe hielt ihm eine kleine Münze hin.

»Geradeaus und nach dem nächsten Häuserblock rechts in die Pearl Street. Die Center Street geht dann links ab.« Blitzschnell verschwand die Münze in der Hand des Jungen. Poe nickte ihm zu und machte sich auf, um Jimmy Farrell zu suchen.

Die Center Street erwies sich als eine lange Straße, die sich acht Häuserblöcke weit nach Norden zog. Die Gebäude waren alle ausgesprochen schäbig. Trotz der Kälte liefen die Menschen in dünner, zerschlissener Kleidung durch die Straßen. In vielen Hauseingängen lagen zusammengesunkene, nach Schnaps stinkende Gestalten. Irgendwo sang eine Baritonstimme ein langsames, trauriges Lied. Hier und da stand eine Hure am Straßenrand und sprach lustlos die vorübergehenden Männer an. Im zweiten Block, der ganz aus verfallenden Häuserfronten zu bestehen schien, ragte der Turm einer heruntergekommenen Kirche wie ein brandiger Finger zwischen den Häusern auf.

Inzwischen war es vollständig dunkel geworden. Nur die Gaslaternen spendeten noch Licht. Poe überquerte die Leonard Street. Nach ein paar Metern ging er aufs Geratewohl in einen Hauseingang. Dort führte ein tunnelartiger Durchgang in einen Hinterhof, von dem weitere Durchgänge abzweigten. In einer windgeschützten Ecke hockten drei Menschen um ein mageres Feuer aus Kistenbrettern. Poe trat zwei Schritte auf sie zu, aber sie warfen ihm misstrauische Blicke zu. Einer griff unter seine Jacke. Erschrocken stolperte Poe zurück und floh auf die Straße.

Der Schneefall wurde immer stärker. Poe überlegte schon umzukehren, als er auf der anderen Straßenseite die massige Gestalt eines Polizisten sah. Er schien in ein Gespräch mit einem gut gekleideten Mann vertieft. Poe lief hinüber.

»Entschuldigen Sie, wenn ich störe – ich suche eine Manufaktur für Bilderrahmen. Sie soll hier irgendwo in der Center Street sein.«

Poe bemerkte, dass der gut gekleidete Mann das Gesicht abwandte. Aber er dachte sich nichts dabei.

Der Polizist überlegte.

»Ich glaube, es gibt eine im Haus neben der St. Philips African Church«, sagte er dann. »Einen Häuserblock die Straße runter. Auf der anderen Seite. Was wollen Sie denn da?«

»Eigentlich suche ich einen Mann namens Jimmy Farrell«, antwortete Poe. »Ich habe ein Bild von ihm gesehen. Und der Rahmen wurde hier in der Straße hergestellt.«

»Jimmy Farrell?«

Irgendetwas in dem Tonfall des Polizisten ließ Poe aufhorchen.

»Ja. Kennen Sie ihn?«

Aber der Polizist schüttelte den Kopf.

»Nein. Nie gehört.«

Poe verabschiedete sich mit einem Nicken, als der Polizist ihn noch einmal zurückrief.

»Es ist das linke Haus«, sagte er. »Links von der Kirche.«

»Danke!«

Poe hatte es mit einem Mal sehr eilig.

Der Zugang zu dem Häuserkomplex bestand auch hier in einem tunnelartigen Durchgang. Poe durchquerte nacheinander mehrere enge Hinterhöfe. Die Dunkelheit wurde nur hier und da durch das schwache Licht hinter einem halbblinden Fenster unterbrochen. Der Schnee fiel in dichten Flocken vom Himmel und erschwerte die Sicht. Überall stank es. Ratten liefen quer über Poes Schuhe; sie kannten keine Scheu vor menschlichen Lebewesen. In Winkeln und Treppenstufen lagen schemenhafte, regungslose Körper. Man konnte nicht unterscheiden, ob sie nur ihren Rausch ausschliefen oder tot waren; unter mindestens einem war der Boden von einer dunklen Flüssigkeit getränkt. Poe ging von Tür zu Tür, von Treppe zu Treppe. Aber die wenigen Bewohner, die er antraf, glotzten ihn nur verständnislos an.

Plötzlich entstand in einer Ecke des Hofes Lärm. Wie aus dem Nichts lief eine Katze durch den Schnee direkt auf Poe zu. Ein ausgemergelter Hund war ihr dicht auf den Fersen. Ohne nachzudenken, beugte Poe sich hinab und nahm die Katze auf den Arm. Den Hund verscheuchte er mit einem kräftigen Fußtritt. Durch den Schnee kam schüchtern ein junges Mädchen auf ihn zugestapft. Sie zog ein löchriges Tuch eng um ihre Schultern und sah Poe nicht in die Augen.

»Bitte, Sir, darf ich meine Katze wiederhaben?«

»Aber selbstverständlich.«

Poe reichte ihr das Tier, das sich schnurrend in den Arm des Mädchens schmiegte.

»Wie heißt du denn, mein Kind?«, fragte Poe.

Sie zögerte einen Moment.

»Anna«, erwiderte sie leise.

»Ich bin Edgar Allan Poe.« Er lächelte das Mädchen an. »Ich suche einen Laden für Bilderrahmen. Er soll hier irgendwo sein.«

Sie schüttelte den Kopf.

»So was gibt's hier nicht.«

Poe zögerte. »Ein Polizist hat mir das gesagt.«

Das Mädchen zuckte nicht zurück, sondern sah verwundert drein.

»Moloney?«, fragte sie.

»Wer ist das?«

»Der Polizist. Das hier ist sein Bezirk. So ein großer, kräftiger.«

Poe nickte und wollte schon gehen, als sie weiterredete.

»Vielleicht im Haus auf der anderen Seite der Kirche«, sagte sie.

Poe nickte ihr noch einmal zu und verließ eilig die Hinterhöfe.

Das Haus rechts von der Kirche war nach einem ähnlichen Bauplan errichtet worden wie das erste. Es war auch in einem ähnlich schlechten Zustand. Zerfurchte Fratzen starrten Poe aus böse funkelnden Augen an. Poe ging von Hinterhof zu Hinterhof. Er bemerkte nicht die Spur im Schnee, die wie ein Wegweiser vor ihm herlief. Seine Gedanken waren bei Jimmy Farrell.

Ganz hinten im letzten Hof wurde er schließlich fündig. An der Mauer standen die auf den bröckelnden Putz gemalten Worte *Rahmenmanufaktur, Center Street, New York*. Die Tür hing lose in den Angeln. Die Fensterscheiben waren eingeworfen. Von innen hatte jemand dünne Bretter auf den Fensterrahmen genagelt.

Das Geschäft war aufgegeben worden. Es gab keine Adresse mehr, wo er nach Jimmy Farrell fragen konnte.

Niemand war zu sehen. Der Hof war menschenleer. Der Schnee bedeckte allmählich seine Spuren.

Poe drehte sich um.

An der gegenüberliegenden Hauswand hing über einer Tür an zwei Ketten ein verwittertes Brett mit der kaum noch lesbaren Aufschrift *Jimmy Farrell – Maler*.

Ungläubig starrte Poe das Schild an.

Dann stolperte er darauf zu.

Die Fenster waren von innen verhangen. In der einfachen Tür war ein kleines Guckfenster. Das Glas darin war zerbrochen. Drinnen flackerte eine Kerze.

Poe atmete tief durch.

Dann klopfte er.

Im selben Moment hörte Poe einen schwachen Laut. Ein leises Stöhnen, wie von einem verwundeten Tier.

Er riss die Tür auf.

Der Luftzug löschte die Kerze.

»Mister Farrell?«

Niemand antwortete. Seine Augen gewöhnten sich nur langsam an die Dunkelheit. Dann sah er den Schemen eines Tisches. Darauf lag eine große, dunkle Masse. Der Geruch von Wachs wehte noch durch die Luft. Poe tastete nach der Kerze. Sie klebte direkt auf der Tischplatte. Er brach sie ab und zündete sie wieder an. In ihrem Licht erkannte er einen Mann, der mit vornübergesunkenem Körper auf einem Stuhl saß.

»Mister Farrell?«, fragte Poe zögernd.

Die Antwort war nur ein Stöhnen.

Poe berührte Farrells Schulter. Er fasste in eine klebrige Flüssigkeit. Poe hob die Kerze höher.

Das Blut floss aus einer tiefen Wunde im Schädel des Mannes. Jimmy Farrell atmete kaum noch. Poe beugte sich zu ihm hinab und legte ihm sanft eine Hand auf die Stirn. Der Sterbende zuckte. Er spürte die Gegenwart eines wohlmeinenden Menschen.

»Mister Farrell? Hören Sie mich?« Poe bemühte sich, langsam und deutlich zu sprechen. Er hatte Mühe, die Erregung in seiner Stimme zu unterdrücken. Sollte er so kurz vor seinem Ziel scheitern?

»Schauen Sie mich an«, bat er eindringlich.

Poe hielt die Kerze so, dass sie sein Gesicht beleuchtete.

»Kennen Sie mich?«

Mühsam raffte der alte Mann seine letze Kraft zusammen und öffnete die Augen.

»Kennen Sie mich?«, fragte Poe. »Wer bin ich? Wie ist mein Name?«

Die Worte kamen abgehackt und in langen Abständen aus dem Mund des Sterbenden.

»Ja ... ich erinnere mich ...« Mit äußerster Anstrengung versuchte er zu sprechen. Poe beugte sein Ohr dicht an Jimmy Farrells Mund.

»Der ... Leichendoktor ...«

Poe erstarrte.

»Fff... aaa... aa... r... aaaooo ...«

Pharao?

Jimmy Farrell sackte in sich zusammen.

Er war tot.

Poes Hand umklammerte die Kerze. Durch die offene Tür wehten die Schneeflocken in das Zimmer.

37

Poe ging Schritt für Schritt rückwärts hinaus. Die erloschene Kerze steckte er, ohne sich dessen bewusst zu sein, in die Tasche. Alle Hoffnung, seine wahre Identität zu erfahren, war auf einmal zerstört. Er war so nah dran gewesen, so nah! Der Wind wirbelte die Schneeflocken im Hinterhof umher. Tränen der Wut und Enttäuschung liefen Poes Wangen hinab.

Wer hatte den alten Mann umgebracht? Und warum?

Poe überquerte den Hof und schlüpfte durch die kaputte Tür in die verlassene Rahmenmanufaktur. Drinnen roch es noch schwach nach Holzleim. Wenigstens war er hier vor dem eisigen Wind geschützt. Er lehnte sich mit der Stirn an den Türpfosten. War er jetzt verurteilt, bis zu seinem Tod dieses Leben zu führen? Ein Leben ohne Gedächtnis und eigene Identität? Poe verbarg sein Gesicht in den Händen und weinte. Draußen fielen die Schneeflocken in den menschenleeren Hinterhof.

Ein leises, schlurfendes Geräusch ließ ihn aufblicken. Jemand war im Hof. Poe wischte mit dem Ärmel über seine Augen.

Durch den Türspalt sah er zwei Männer durch den Hinterhof laufen. Sie gingen genau auf Jimmy Farrells Werkstatt zu. Poe ließ den Blick nicht von ihnen.

Als sie nur noch ein paar Schritte von Farrells Tür entfernt waren, trat jemand aus dem Dunkel der Werkstatt nach draußen.

Poe presste die Faust vor den Mund, um nicht aufzuschreien.

Die Männer wechselten scheinbar ein paar Worte. Dann gingen sie mit gesenkten Köpfen über den Hof. Jetzt erkannte Poe den dritten Mann. Es war nicht Jimmy Farrell, wie er zuerst geglaubt hatte. Es war der Polizist Moloney. Schlagartig begriff Poe.

Moloney war die ganze Zeit in der Wohnung des Toten gewesen. Warum hatte er den Mörder nicht aufgehalten?

Poe trat einen Schritt zurück in das Dunkel der verlassenen Werkstatt. Aber die drei Männer kamen direkt auf ihn zu. Poe ging rückwärts an der Wand entlang.

Die Tür knarrte leise in den Angeln.

Poe hielt den Atem an. Wortlos gingen die Männer durch den Raum in den hinteren Teil der verlassenen Werkstatt, ohne ihn zu bemerken. Poe hörte, wie eine Tür geöffnet wurde. Die Schritte der Männer entfernten sich.

Poe runzelte die Stirn. Dann huschte er durch die leeren Räume nach hinten. Eine kleine, eisenbeschlagene Tür, die weder Schloss noch Riegel aufwies, war nur halb zugezogen. Poe tastete nach seiner Kerze und schlüpfte hindurch. Im schlimmsten Fall würde er wenigstens nicht ohne Licht sein.

Er ging leise ein paar ausgetretene Stufen hinab. Der Keller war winzig; seine rückwärtige Wand öffnete sich zu einem Gang. Irgendwo vor ihm waren noch immer die Schritte der Männer zu hören. Langsam wurden sie schwächer.

Kurz entschlossen zog Poe die Schuhe aus und folgte ihnen. Seine Schritte waren jetzt leise genug, um ihn nicht zu verraten. Nach einiger Zeit teilte sich der Gang in zwei Tunnel. Poe folgte den Schritten der Männer. Noch dreimal teilte sich der Gang. Poes Füße fühlten sich inzwischen eiskalt an.

Der Gang endete in einem unterirdischen Gewölbe. Am Ende des Raumes sah Poe ein Licht. Gleich darauf war es verschwunden. Poe hatte gerade noch zahlreiche Fässer, Kisten und andere Gegenstände erkennen können, die in dem Gewölbe lagen. Er blieb stehen und wartete. Wenn er irgendetwas umwerfen würde, könnte ihn das Geräusch verraten.

Die Schritte der Männer verklangen in der Ferne.

Poe wartete noch einen Moment und überlegte. Wenn der Tunnel am Ende des Gewölbes sich nicht teilen würde, könnte er den Männern immer noch folgen. Er zündete seine Kerze an und schirmte das Licht vorsichtig mit der Hand ab. Das Gewölbe erwies sich als größer, als Poe zuerst angenommen hatte. Außer Kisten und Säcken mit Bohnen und Reis waren hier die verschiedensten Dinge gelagert. Das Licht der Kerze huschte über Stoffballen, über nachlässig aufgewickelte Rollen Metalldraht, Kästen mit kostbarer Kleidung und viele andere Gegenstände. Es war wie in einem Warenlager.

Poe fand ohne Schwierigkeiten den Weg, den die drei Männer genommen haben mussten. Er hatte Glück: Der Tunnel führte in zahlreichen Windungen weiter, ohne sich noch einmal zu verzweigen. Poe löschte die Kerze und horchte. Noch konnte er keine Schritte hören. Ob die drei Männer stehen geblieben waren?

Dann hörte er den Schrei.

Poe rührte sich nicht von der Stelle. Das kleinste Geräusch würde ihm vielleicht zum Verhängnis werden. Aber niemand kam. Nur ein feines Kratzen war irgendwo vor ihm in der Dunkelheit zu hören.

Schließlich tastete Poe sich langsam vorwärts. Nach zwei oder drei Biegungen bemerkte er in einiger Entfernung einen schwachen Lichtschein. Dort schien sich der Tunnel in einen Raum zu öffnen. Poe hielt sich dicht an der Tunnelwand und schlich näher.

Was er sah, trieb ihn in den dunkelsten Schatten des Tunnels zurück.

Vor ihm lag ein kleiner Raum, der von einer Petroleumlampe schwach erleuchtet wurde. Die Wände bestanden teils aus abgestütztem, lehmigem Erdreich, teils aus aufgemauerten Ziegeln.

Mehrere Gänge zweigten von dem Raum ab. In der einen Wand war eine Nische, in der ein einzelner Mann gut Platz gehabt hätte. Daneben lagen Ziegelsteine. Zwei Männer rührten in einer Mörtelwanne.

Auf dem Boden lag ein großes Bündel.

Es wimmerte.

Poe war nicht in der Lage, sich zu rühren. Gebannt starrte er auf die Männer, wie sie ihre grausige Arbeit verrichteten. Sein Herz klopfte so laut, dass er noch tiefer in den Tunnel zurücktrat, aus Angst, einer der Männer könnte seinen Herzschlag hören.

Dann wurde das Bündel in die Nische geschoben. Die beiden Männer nahmen die Ziegel und mauerten ohne Hast eine Wand auf. Sie gingen so schnell und geübt zu Werke, dass ihre Arbeit schon nach kurzer Zeit getan war. Den letzten Stein ließen sie frei. Wortlos packten sie ihr Werkzeug zusammen.

»Wir lassen dir die Laterne hier. Damit du etwas Licht beim Sterben hast. Dunkel wird's noch früh genug«, sagte einer der Männer. In seinem Tonfall lag kein Spott, eher die Gutmütigkeit des Siegers.

»Hat McGuirk's Suicide Hall noch auf?«, fragte der Erste.

»Lass uns lieber ins Black & Tan gehen«, erwiderte sein Kumpan. »Vielleicht ist die verrückte Alte ja wieder da.«

»Willst du sie wieder Theater spielen lassen?«

»Sicher. Für 'ne Flasche Gin macht sie sich bis zum Sonnenaufgang zum Idioten. Können uns das heute ja leisten.« Das Lachen des Mannes verhallte in den Gängen.

»Also dann. Müsste jetzt ungefähr zwei Uhr morgens sein. Ich denke, wir haben noch Zeit für 'nen ordentlichen Schluck.«

Ihre Schritte wurden immer leiser. Dann waren die beiden Männer in einem der Tunnel verschwunden.

Erst nach einiger Zeit wagte Poe sich hervor. Er nahm die Laterne vom Boden auf. Wenigstens hatte er jetzt Licht. Dann legte er sein Ohr an das Loch in der Wand und lauschte. Atmete da nicht noch jemand?

»Hallo? Hallo?«, flüsterte er.

Die Antwort war ein leises Stöhnen.

»Helfen Sie mir ... bitte ...«

Die Worte klangen geisterhaft verzerrt. Aber dennoch erkannte Poe die Stimme. Es war Moloney.

»Ich versuche, Sie da rauszuholen«, sagte Poe. »Der Mörtel ist noch frisch. Vielleicht kann ich die Mauer eindrücken.«

Die Antwort kam langsam, Silbe für Silbe, so als hätte der Mann große Mühe beim Sprechen.

»Nein, tun Sie das nicht ... Die Steine würden mich erschlagen. Mein Leben ist zu Ende. Die Kerle haben mir den Brustkorb zertrümmert.«

»Wer waren die? Warum haben die Ihnen das angetan?«

Es verging bestimmt eine Minute, ehe die Antwort kam.

»Das ist eine lange, lange Geschichte ...«

Wieder verging einige Zeit, ehe die Stimme, stockend und immer wieder abbrechend, zu erzählen begann.

»Ich bin vor vielen Jahren von Irland nach New York gekommen. Hier wurde ich Polizist. Alles wäre gutgegangen, wenn ich nicht gespielt hätte. Ich habe Geld gebraucht. Ich war am Ende. Vollkommen verzweifelt. Dann ist das Glück mir zu Hilfe gekommen. Ich habe im Hafen gearbeitet. Es war leicht, fürs Wegsehen bezahlt zu werden. Dann sollte ich Leichen fortschaffen. Die Bezahlung war besser als vorher. Ich habe angenommen.«

»Leichen fortschaffen?«, unterbrach Poe ihn. »Warum?«

»Die Ärzte brauchen Leichen für Experimente. Die Leichen werden ausgegraben oder kommen gleich frisch ins Hospital. Ein großes Geschäft. Und das Risiko ist gering.«

Poe schauderte. »Aber wie kann das sein?«

»Man muss ein Armengrab suchen. Niemand interessiert sich dafür. Wir haben darauf geachtet, dass niemand hinter dem Leichenwagen herging. Arme Schweine ohne Angehörige. Es war ganz leicht.«

Hinter der Mauer erklang ein furchtbares Husten. Als die Stimme weitersprach, war sie deutlich schwächer geworden.

»Eines Abends ist ein Mann an mich herangetreten, der schon oft Leichen bestellt hatte. Ich kannte ihn nur unter dem Namen Baker. Ich sollte eine Kutsche in die Stadt begleiten. Nachts. Ich habe die Kutsche vor der Stadt übernommen und sie bis zur Fähre nach Blackwell's Island begleitet. Dort hat man einen Mann an Bord getragen, um ihn überzusetzen. Ich habe sein Gesicht nicht gesehen; er hat völlig willenlos gewirkt. Der Gedanke an diesen Mann hat mir keine Ruhe gelassen. Ich habe wohl gewusst, dass er in der Anstalt auf der Insel verschwinden würde.«

Die Stimme verstummte. Poe wurde es schwarz vor Augen.

»Weiß denn niemand, wer dieser Unglückliche war?«

»Vielleicht ... einer von den anderen ... ich weiß nichts ...«

»Und diesen Baker, der Ihnen den Auftrag gab – Sie haben ihn nie wiedergesehen?«

»Er wurde gefährlich ... hat Menschen umgebracht ... eine Bestie ... die Morde haben zu viel Aufmerksamkeit auf uns gezogen ... schlecht für's Geschäft ... er musste gehen ...«

»Und niemand hat ihn verraten?«

»So was ... macht man nicht ...«

Poe schwieg. Ein schwaches Röcheln war zu hören.

»Haben Sie ihn jemals wiedergesehen?«

»Gestern. Oder war es heute? Ich sollte einen alten Mann umbringen. Der Preis war ungewöhnlich gut.«

»Jimmy Farrell!«

»Höre ich die Stimmen der Hölle? Jimmy Farrell, das war sein Name. Ich habe ihm mit meinem Knüppel den Schädel zertrümmert.«

Poe stockte der Atem.

»Und dann?« Seine Frage war nur ein hektisches, angespanntes Flüstern.

»Ich weiß zu viel ... sie haben mich hierhergelockt ... und mir den Brustkorb zerschmettert ...«

»Wo sind wir hier?«

Ein zischender Laut antwortete ihm.

»Unglückseliger! Weißt du das nicht? Dies sind die alten Tunnel. Ein zweites New York, tief unter der Erde. Es gibt viele Zugänge, aber sie sind nur wenigen bekannt. Nur Räubern, Dieben und Mördern. Hier unten ist die Hölle lebendig.«

Poe schauderte. »Was bedeutet Pharao?«, fragte er.

»Das Wort kenne ich nicht.«

Poe schwieg. Was mochte Jimmy Farrell mit seinem letzten Wort gemeint haben? Hinter der Mauer war ein schwaches Röcheln zu hören. Dann war es still. Poe erstarrte. Er hatte das Wichtigste vergessen.

»Wer ist der Leichendoktor?«, fragte er.

Die Stimme schwieg. Moloney würde nie mehr antworten.

Poe nahm die Laterne vom Boden auf und ging den Tunnel zurück. Er hoffte inständig, dass das Petroleum reichen würde. Zweimal zögerte er. Aber obwohl ihm seine unterirdische Wanderung eine Ewigkeit zu dauern schien, stand er irgendwann wieder in der verlassenen Werkstatt. Mit zitternden Händen blies er die Petroleumlampe aus und stellte sie in eine Ecke. Was hatte Jimmy Farrell gemeint, als er vom Leichendoktor sprach? War er, Poe, damit gemeint? Was hatte das zu bedeuten? Oder hatte der Sterbende etwas anderes sagen wollen?

Poe schlüpfte nach draußen. Der Hof war menschenleer. Es schneite noch immer.

38

Als Poe in seinem Hotelzimmer erwachte, schlugen die Kirchenglocken Mittag. Moloneys schauerliche Beichte hallte in seinem Kopf wider. Poe versuchte vergeblich, seine Gedanken zu ordnen. Er wusch sein Gesicht, zog seinen Mantel über und verließ das Hotel. Seine Schritte waren langsam und unsicher. Die kalte, klare Winterluft brachte ihn allmählich wieder zu sich.

Poe schlug den Mantelkragen hoch. Der Schnee fiel in dichten Flocken. Über den Broadway zog eine Beerdigungsprozession. Auf zwei Leiterwagen, die von schwarzen Pferden gezogen wurden, lagen vier Särge. Sie waren aus einfachen Brettern getischlert. Auf den Särgen sammelte sich der Schnee. Niemand folgte ihnen.

Poe ging den Broadway hoch und überquerte die Canal Street. Die Bewegung an der frischen, klaren Luft tat ihm gut. Der pochende Schmerz hinter seinen Schläfen wurde allmählich weniger.

Die Sonne sank tiefer. Poe fror. Aber er wollte nicht in sein Hotel zurück. Noch nicht. In einem Laden für Spirituosen kaufte er einen halben Liter billigen Schnaps. Er bekam ihn in einer flachen Glasflasche, die mit einem Korken verschlossen war. Noch immer fiel Schnee. Poe folgte dem Broadway weiter nach Norden. An der Spring Street bog er nach rechts ab.

Die Geschichte des sterbenden Polizisten ging ihm nicht aus dem Kopf. Er fragte sich, warum Jimmy Farrell hatte sterben müssen. Der Einzige, der ihm etwas über seine wahre Identität hätte sagen können.

Poe erreichte die Bowery. Diese Straße war die Lebensader der gleichnamigen Gegend und beinah ebenso übel beleumundet wie die Five Points. Immer weniger Menschen waren auf der Straße zu sehen. Aus den Fenstern der Kneipen und Etablissements drang Lärm nach draußen. Poe ging weiter nach Norden, ohne auf die Zeit zu achten.

Die sinkende Sonne warf lange Schatten. Poe fror. Es war ihm, als würde sich ein unsichtbares Netz um ihn zusammenziehen. Er versuchte, den Gedanken abzuschütteln. Dr. Templeton konnte nicht wissen, dass er noch lebte. Poe nahm einen Schluck aus der Flasche. Sofort durchströmte ein warmes Gefühl seinen Körper.

Warum hatte der sterbende Jimmy Farrell vom Leichendoktor gesprochen, als er Poe gesehen hatte?

Es gab zwei Möglichkeiten. Er, Poe, könnte versuchen, Dr. Templeton zum Reden zu bringen. Aber er hatte gegen den Doktor nichts in der Hand. Im Gegenteil – Templeton war in der Lage, ihn als entlassenen Irren darzustellen. Und New Orleans war weit fort. Poe hatte keinerlei Beweise über Templetons Verbrechen.

Ihm blieb nur die zweite Möglichkeit. Poe musste versuchen, den Leichendoktor zu finden. Aber er konnte nicht in irgendein Hospital gehen und sich nach Ärzten erkundigen, die an Leichen arbeiteten.

Er musste die Grabräuber finden. Sie wussten, wer der Leichendoktor war. Und vielleicht würde Poe von ihnen auch etwas über jenen Mann erfahren können, den Dr. Templeton alias Baker in jener finsteren Nacht nach Blackwell's Island hatte schaffen lassen. Aber wie konnte er Kontakt zu den Grabräubern aufnehmen?

Von Norden her näherten sich die beiden Leiterwagen. Sie waren leer. Man hatte die Toten ohne viel Aufhebens verscharrt. Poe blickte den schwarzen Wagen nach, bis sie hinter den Schneeflocken verschwunden waren.

Der Friedhof musste ganz in der Nähe sein.

Poe hielt den nächstbesten Passanten an. Ein alter Mann, der an einem Krückstock die Straße entlanghumpelte.

»Entschuldigen Sie – wie komme ich zum Friedhof?«

Der Alte blieb stehen und sah Poe aus wässerigen Augen an. Sein linkes Auge war wie von einem milchigen Schleier überzogen. Unwillkürlich zuckte Poe zurück. Den Alten schien das nicht zu stören.

»Welchen meinen Sie denn?«, fragte er. Seine Stimme war rau.

Poe blickte ihn einen Moment lang verwirrt an.

»Wenn Sie ein Stück weitergehen, kommen Sie zur Second Street«, erklärte der Alte und wies mit seinem Krückstock nach Norden. »Dort sind die Marmor-Friedhöfe.«

Poe sah ihn verständnislos an. »Marmor-Friedhöfe? Was bedeutet das?«

»Dort sind die großen Grüfte. Die besseren Leute sind da begraben«, erklärte der Alte. »Aber heute werden sie kaum noch genutzt. Zu voll.« Er lachte meckernd. »Wenn Sie an ihnen vorbeigehen, biegen Sie links in die First Avenue ein. Gehen Sie immer weiter, dann kommen Sie zum Zentralfriedhof.«

Poe dankte ihm. Er wollte schon weitergehen, als der Alte ihn am Ärmel zurückhielt.

»Was wollen Sie denn da? Wenn ich fragen darf?«

Poe zögerte. »Ich möchte ein Grab besuchen«, sagte er dann.

Der Alte sah ihn mit seinem gesunden Auge scharf an.

»Nach Einbruch der Dunkelheit ist es dort nicht mehr sicher«, meinte er. Sein Gesicht hatte einen verschlagenen Ausdruck bekommen.

»Warum?«

Der alte Mann blickte vorsichtig über die Schulter. Aber sie waren allein im Schneetreiben.

»Die Grabräuber«, murmelte er. »Haben Sie nicht die Leichenkarren gesehen? Vier sind begraben worden. Das lockt die Vögel der Nacht an.« Er kicherte wieder. »Und sie haben spitze Schnäbel.«

Abrupt ließ der alte Mann Poes Ärmel los und verschwand ohne Gruß in einer schmalen Seitengasse.

Zwei Stunden später, eine entfernte Kirchturmuhr hatte gerade zehn geschlagen, stand Poe im Schatten einer großen Trauerweide. Die nackten, herabhängenden Äste verbargen ihn fast ganz vor fremden Blicken. Er entkorkte die Flasche und nahm einen tiefen Zug. Wieder strömte die wohlige Wärme des Alkohols durch seine Glieder. Ein paar Meter von dem Baum entfernt waren vier frische Gräber zu sehen.

39

Die elfte Stunde ging vorüber. Der Friedhof lag still unter einer dicken Schneedecke. Poe trank noch etwas von dem Whisky. Er stampfte von einem Fuß auf den anderen, um die Kälte zu vertreiben. Es hatte aufgehört zu schneien. Aber die kalte Luft kroch unter seine Kleider. Bis zwölf würde er durchhalten, nahm er sich vor. Aber keine Minute länger.

Die Kirchturmuhr schlug Mitternacht.

Poe nahm noch einen kräftigen Zug aus der Flasche, steckte sie ein und wollte sich gerade auf den Rückweg machen, als er in der Ferne ein Geräusch hörte. Es klang wie das Knarren von Rädern. Poe blieb in seinem Versteck und hielt sich ganz still.

Dann sah er den Lichtschein einer Laterne.

Drei Mann kamen den Weg hinauf. Einer ging voran und trug die Laterne. Die anderen beiden schoben einen zweirädrigen Karren.

»Hätten wir nicht später kommen können?«, fluchte eine Stimme. »Was ist, wenn noch jemand hier ist?«

Sie hielten ein paar Meter von Poes Versteck entfernt an. Der erste Mann stellte die Laterne auf einen Grabhügel. Sein Gesicht war hinter einer schwarzen, seidenen Maske verborgen.

»Um Mitternacht kommt keiner mehr her«, sagte er. Seine Stimme klang befehlsgewohnt, rau und alt. Poe zuckte zusammen. Kannte er diese Stimme nicht?

»Los jetzt. Fangt an zu graben! Wir nehmen zwei mit.«

Einer murrte. »Sollen wir uns die anderen entgehen lassen?«

»Der Doktor hat nur zwei bestellt.«

Poe beobachtete, wie die beiden Männer Schaufeln und

Hacken von dem Wagen nahmen. Auch sie trugen schwarze Seidenmasken vor den Gesichtern.

»Fangt mit dem hier an!«, befahl der Alte und deutete auf das Grab, das am weitesten von Poes Versteck entfernt lag. Dann war nur noch das Geräusch der Werkzeuge zu hören. Die frische Erde war noch locker und ließ sich leicht beiseite werfen. Der alte Mann stand neben dem Handkarren. Ab und zu hob er den Kopf, wie um zu lauschen.

Nicht lange, und einer der Spaten stieß auf Holz. Noch ein paar Schaufeln Erde flogen aus der Grube, dann legten die Männer ihre Spaten beiseite. Der Alte nahm zwei Seile von dem Handkarren und warf sie nach unten. Die beiden anderen keuchten, als sie den Sarg nach oben zogen.

»Verdammte Scheiße«, murmelte einer von ihnen.

Der erste Mann lachte leise.

»Sei froh, dass das nur 'n Brettersarg ist«, meinte er. »Was meinst du wohl, was so 'n Eichensarg von 'nem feinen Pinkel erst wiegt?«

Sie warfen den Sarg auf die Erde und stemmten den Deckel mit dem Spatenblatt auf. Dann kippten sie den Leichnam in den Schnee.

»Rauf mit ihm!«, befahl der Anführer.

Poe beobachtete mit zunehmendem Grausen, wie zwei der Männer den Toten aufhoben, in ein grobes Leintuch wickelten und auf den Handwagen warfen.

»Beeilt euch ein bisschen!«, sagte der erste Mann. »Wir sollen noch vor der Morgendämmerung beim Hospital sein.«

»Können wir nicht einen Tag warten?«, murrte einer.

»Heute ist Liefertag«, erwiderte der Alte. »Der Doktor ist nicht immer alleine.«

Er holte die Laterne und beleuchtete nacheinander die Grabkreuze. Dann deutete er auf das Grab, das direkt neben dem Baum lag.

»Das hier«, sagte er. »Die Bestellung lautet: einen Mann und eine Frau. Fangt an!«

Schweigend trugen die Männer die Erde von dem zweiten Grab ab. Wieder zogen sie den Sarg mit Stricken hinauf. Aber als sie den Deckel abhebeln wollten, stießen sie unerwartet auf Widerstand.

»Verdammt noch mal, wie viele Nägel hat der Sargtischler denn in diesen Deckel gehauen?«, fluchte einer.

»Nehmt die Spitzhacke noch dazu«, riet der Alte.

Sie taten, wie er es ihnen gesagt hatte, und trieben die Spitzen ihrer Hacken unter den Sargdeckel.

»Zugleich!«

Die Männer lehnten sich mit ihrem ganzen Gewicht auf die Stiele. Die Nägel knirschten im Holz, als sich der Deckel langsam löste.

Dann passierte es.

Der Deckel sprang plötzlich ab. Die Männer stolperten nach hinten.

Einer von ihnen fiel genau zwischen den Ästen der Trauerweide hindurch.

Poe konnte nicht mehr ausweichen. Sein Kopf schlug gegen den Baumstamm.

Er spürte, wie ein eisenharter Griff seinen Hals umschloss.

Dann verlor er das Bewusstsein.

Als er wieder zu sich kam, lag er auf dem Rücken im Schnee, direkt neben dem offenen Sarg. Jemand leuchtete ihm mit einer Laterne ins Gesicht.

»Er wacht auf«, sagte eine Stimme.

Der alte Mann beugte sich über ihn. Er trug jetzt keine Maske mehr. Poe unterdrückte einen Angstschrei.

Ein milchiges Auge starrte ihn an.

Es war derselbe Mann, den er am Nachmittag auf der Straße getroffen hatte.

»Setz dich auf!«, befahl der Mann. Sein Tonfall verriet Poe nichts über seine Absichten. Gehorsam setzte er sich auf und lehnte sich an den offenen Sarg. Die beiden jüngeren Männer, die ihre Masken nicht abgenommen hatten, stützten sich auf ihre Spaten und ließen ihn nicht aus den Augen. Der Alte stellte sich vor Poe, öffnete seinen Mantel und zog mit der größten Ruhe ein Messer hervor. Bevor Poe sich rühren konnte, saß die Messerspitze an seinem Hals. Der Alte sah ihm direkt in die Augen.

»Ich frage nur einmal. Wer bist du und was machst du hier?«

Poe schluckte. Zum Nachdenken blieb ihm keine Zeit. Er nahm den ersten Namen, der ihm, warum wusste er nicht, in den Kopf kam.

»Mein Name ist Wilson«, sagte er. »William Wilson.« Er hörte, wie die Blätter der Spaten in der Erde kratzten. Die Männer waren ungeduldig. Sie wollten ihre Arbeit zu Ende bringen. Ein Gedanke fuhr ihm durch den Kopf, unsinnig vielleicht – aber was hatte er schon zu verlieren?

»Ich suche Arbeit«, stieß Poe hervor.

Im Gesicht des Alten war keine Regung zu erkennen.

»Warum hast du dich hier versteckt?«

»Ich habe Gerüchte vom Leichenhandel gehört«, sagte Poe. »Die Arbeit wäre was für mich. Aber ich wusste nicht, wie ich jemanden finden sollte, mit dem ich reden kann. Deshalb habe ich hier bei den frischen Gräbern gewartet.«

Der Alte zögerte. Dann nahm er das Messer von Poes Hals und nickte.

»Steh auf, William Wilson.«

Poe stützte sich auf den Rand des Sarges und richtete sich aus dem Schnee auf. Seine Knie zitterten. Der Alte bemerkte es.

»Vielleicht sagst du die Wahrheit. Vielleicht nicht. Wir werden sehen.« Er zeigte auf seine beiden Gehilfen. »Das sind John und

Jack. Ich bin Mister Waldman. Wir werden sehen, ob du zu gebrauchen bist. Fass mit an.«

Poe half, die zweite Leiche in ein Tuch zu wickeln. Dann schob er den Karren. Anerkennend bemerkte der Alte, dass Poe keinen Ekel vor der Berührung der Toten zeigte.

Am Friedhofstor wartete eine schwarz gestrichene, geschlossene Kutsche. Sie schoben die Toten hinein. Die beiden Helfer nahmen nun ihre Masken ab. Sie hatten Dutzendgesichter. Poe hatte keinen von ihnen jemals gesehen; er würde auch keinen von ihnen wiedererkennen. Der Alte und einer seiner Helfer setzten sich zu den Leichen; Poe wurde aufgefordert, es ihnen gleichzutun. Der zweite Helfer stieg auf den Kutschbock. Langsam fuhr der Wagen mit seiner düsteren Fracht durch den Neuschnee davon.

Eine Kirchenglocke schlug die volle Stunde. Es war zwei Uhr morgens.

Die Fahrt verbrachten sie schweigend. Poe sah, dass sie erst ein Stück der Bowery folgten, dann abbogen und schließlich den Broadway entlang ins Zentrum fuhren. Schließlich bogen sie nach rechts in die Anthony Street ein. Auf der rechten Seite sah Poe die Schatten unscheinbarer Häuser; linker Hand zog sich ein eiserner Gitterzaun die Straße entlang. Dahinter waren undeutlich die Schemen von Bäumen auszumachen.

Sie hielten vor einer alten Kirche. Auf der anderen Straßenseite bemerkte Poe eine kleine Pforte im Zaun. Der Alte bedeutete ihm mit einem Kopfnicken, auszusteigen.

»Wo sind wir hier?«, fragte Poe.

»Am Ziel«, war die einsilbige Antwort. Der Alte befahl seinen Helfern, die männliche Leiche zu tragen. Er selber und Poe nahmen den leichteren Frauenleichnam.

Der Alte öffnete die Pforte. Der Schnee knirschte unter ihren Schuhen.

»Pass auf, William Wilson«, warnte der Alte Poe. »Manchmal liegen vereiste Wurzeln unter dem Schnee.«

Nach ein paar Metern mussten sie zwischen den Bäumen hindurchgehen. Poe erschrak, als er eine Fratze zu sehen glaubte. Aber es war nur ein Loch in einem hohlen, besonders großen Baum. Unter dem Schnee war der Weg nicht mehr zu erkennen. Aber die Männer mussten oft hier gewesen sein. Ohne zu zögern fanden sie ihren Weg. Poe fragte sich im Stillen, ob sie durch einen Park gingen. Dann sah er den Schatten eines großen Gebäudekomplexes gegen den nächtlichen Himmel aufragen.

40

»Wo sind wir hier?«, fragte Poe. Er sprach leise. Fast bereute er es, sich mit den Grabräubern eingelassen zu haben.

»Beim Städtischen Krankenhaus«, antwortete der Alte gelassen. Sie gingen weiter, bis sie an der Rückseite des Gebäudes anlangten. Dort führte eine breite Rampe nach unten zum Kellergeschoss. Eine wurmzerfressene Tür hing lose in den Angeln. Hier war der Eingang für die Leichenkarren. Der Alte drückte die Tür mit der Schulter auf. Eilig huschten die vier mit ihrer grausigen Last in das Gebäude.

An der Wand hing an einem rostigen Haken eine Laterne, die ein schwaches Licht verbreitete. Vor ihnen erstreckte sich ein Gang ohne Türen. Der Alte bedeutete Poe, den Leichnam über die Schulter zu werfen. Er selber nahm die Laterne von der Wand und ging voraus. Es war dort unten so dunkel, dass man nur ein paar Schritte weit sehen konnte. Poe keuchte unter seiner Last. Die anderen beiden Männer folgten schweigend. Nach einer Zeit hielten sie vor einer alten, eisernen Tür. Daneben hing ein Klingelzug, der aussah, als wäre er schon seit Jahrzehnten nicht mehr gebraucht worden. Der alte Mann zog zweimal kräftig daran, wartete und zog dann noch einmal.

Das Licht der Laterne ließ ihre Schatten über die Wände huschen. Auf der anderen Seite näherten sich Schritte.

Die Tür kratzte über den Boden. Ein spitzes Gesicht mit scharfen Augen musterte die Wartenden. Dann verzog sich das Gesicht zu einem Lächeln.

»Waldman! Wie schön, Sie zu sehen«, sagte er und nickte dem Alten zu. »Treten Sie ein!«

Die eiserne Tür schwang auf.

»Kommen Sie! Haben Sie alles?«

Waldman nickte.

»Alles, wie Sie's bestellt haben, Dr. Gumb.«

Sie folgten dem Doktor in einen großen Saal. Im Licht der Laterne traten seltsame Gegenstände schemenhaft aus der Dunkelheit hervor. In den Boden waren mehrere gewölbte Deckel eingelassen. Darüber hingen schwere eiserne Haken an dicken Ketten; diese waren an Eisenträgern unter der Decke des Gewölbes befestigt. Dies waren die Leichenkessel, in denen die Toten konserviert wurden. In der Mitte des Saales standen vier aufgemauerte, mit Kacheln verkleidete Seziertische. Sie hatten Abflussrinnen, die in kleinen Gittern im Boden endeten. Aus einem schmalen Türspalt drang Licht.

»Legen Sie sie ab«, sagte der Doktor und wies auf die Tische. John und Jack warfen ihre Last grob auf den Stein. Poe ließ den Leichnam vorsichtig von der Schulter gleiten.

»Ein neuer Mitarbeiter?«, fragte Gumb den Alten. Der nickte.

»Er scheint etwas vorsichtiger mit dem Material umzugehen als die anderen beiden Kerle da«, hörte Poe den Doktor sagen.

Zufrieden mit dem Lob, rief der Alte Poe zu sich.

»He, William Wilson! Komm mal mit.«

Poe folgte ihnen in ein kleines Büro. Darin standen ein Tisch, der mit Schreibmaterial und Papieren bedeckt war, ein Bücherregal sowie einige einfache Stühle. Der Doktor stellte drei Gläser auf den Tisch. Zwei füllte er bis zum Rand mit einer bernsteinfarbenen Flüssigkeit. In das dritte goss er nur etwa einen Fingerbreit. Die beiden vollen Gläser reichte er Waldman und Poe; mit dem dritten prostete er ihnen zu. Der Alte nahm einen tiefen Zug. Poe und der Doktor nippten nur. Es war Whisky. Der Doktor streifte Poe mit einem scharfen Blick; dann zählte er Geldmünzen auf die Tischplatte. Poes Blicke wanderten durch den Raum. An der Wand hing ein Porträt.

Poe sah genauer hin.

Das Porträt zeigte einen Pharao.

Etwas an dem Bild war seltsam. Erst wusste Poe nicht, was es war. Dann bemerkte er, dass an der linken Seite des Rahmens zwei unmerkliche längliche Verdickungen waren. Scharniere. Das Bild war eine Tür.

Der Doktor bemerkte Poes Blick. Er lächelte.

»Das Porträt zeigt den Pharao Tosorthros«, erklärte er. »Er wurde als erster der ägyptischen Pharaonen mumifiziert.«

»Sie interessieren sich für Mumifizierung?«, fragte Poe. »Warten Sie – haben Sie nicht ein Buch darüber geschrieben?«

»Sie kennen es?«, fragte Gumb überrascht und, wie es schien, auch ein wenig erfreut.

»Es kennen wäre zu viel gesagt«, wehrte Poe bescheiden ab.

Gumb lächelte.

»Oh, die Mumifizierung ist gut und schön«, sagte er. »Aber ich selber interessiere mich inzwischen für ein vollkommen anderes Gebiet. Leider bin ich einer der ganz wenigen, die es wagen, sich damit zu beschäftigen.«

In diesem Moment läutete die Türglocke.

Doktor Gumb stand auf und bat sie mit einer Handbewegung aus dem Büro.

»Das ist sicher die andere Lieferung«, sagte er entschuldigend.

Poe gelang es, einen letzten Blick zurück über die Schulter zu werfen. Das Porträt schien ihn anzustarren. Sein Glas hielt er immer noch in der Hand.

Im Dämmerlicht des Saals verschwommen die Silhouetten der Toten mit den Silhouetten der Lebenden. Poe beobachtete stumm. Der Doktor öffnete die Tür.

Ein stämmiger, abgerissener Mann trat ein. Seine Kleidung war zerlumpt; an den Füßen trug er schwere Nagelstiefel. An der Hand zerrte er ein Mädchen hinter sich her. Sie wirkte völlig willenlos. Poe sah, wie der Doktor fragend die Stirn runzelte.

»Sie ist in Ordnung«, erklärte der Mann. »Ich hab ihr nur was in den Tee geschüttet. Preis wie üblich.«

Erst auf den zweiten Blick erkannte Poe das Mädchen. Es war Anna. Das Mädchen aus dem Hinterhof, das ihm von Jimmy Farrell erzählt hatte.

»Wo ist denn der Leichendoktor?«, fragte der Mann. »Ich wollte mir 'nen neuen Auftrag abholen.«

Poe erstarrte. Dann wurde er von Erleichterung überwältigt. Er selber war also nicht der Leichendoktor.

»Er ist heute nicht hier«, beantwortete Gumb die Frage. »Aber ich habe das Geld abgezählt. Von neuen Aufträgen weiß ich nichts.«

Farrells letzte Worte fügten sich zusammen.

In diesem Moment hob das Mädchen benommen den Kopf. Ihre Augen weiteten sich. Poe war sich sicher, dass sie ihn in diesem Moment wiedererkannte.

»Edgar Poe!«, murmelte sie. Ihre Stimme war nicht sehr laut; aber alle hatten ihre Worte verstanden.

Ihr Blick huschte durch den Raum. Sie erkannte ihre Lage. Plötzlich begann sie zu schreien.

Der vierschrötige Mann war so überrascht, dass er seinen Griff lockerte. Das Mädchen riss sich los. Noch bevor einer der Männer reagieren konnte, war sie durch die Tür geschlüpft. Ihre rennenden Schritte hallten durch den Gang.

Die Augen der Männer hatten sich Poe zugewandt. Aus ihren Blicken sprach die nackte Mordlust. Poe hörte das Klicken, mit dem eine Pistole gespannt wurde.

Er warf sein Glas in die einzige Lampe.

Der Whisky verbrannte in einem Feuerball. Poe warf sich zu Boden. In der Dunkelheit krachten zwei Schüsse.

Jemand schrie. Oder waren es zwei?

»Aufhören!«, bellte die Stimme des Doktors. »Ich hole Licht!«

So schnell er konnte, robbte Poe auf dem Boden durch die offene Tür. Dann sprang er auf und rannte fort.

41

Als Poe wieder die Augen aufschlug, lag er in seinem Hotelzimmer auf dem Bett. Wie war er dorthin gekommen? Er konnte sich nicht mehr erinnern. Poe sah auf seine Uhr. Es war Mittag. Hastig kleidete er sich an.

Was mochte sich hinter dem Bild in Dr. Gumbs Büro verbergen? Poe war sicher, die richtige Spur gefunden zu haben. Der sterbende Jimmy Farrell hatte ihn erkannt. Und seine letzten Worte waren sowohl ein Hinweis auf Poes Identität als auch ein Hinweis auf seine Mörder. Poe musste noch einmal in den Leichenkeller zurück. Aber wie?

Er verließ das Hotel. An einer Garküche kaufte er ein Stück gebratenes Fleisch. Sein Hunger war so groß, dass er das Fleisch noch im Stehen gierig hinunterschlang.

Ob das Mädchen wohl entkommen war?

Plötzlich wusste er, was nun zu tun war. Es gab eine einfache Möglichkeit, das Rätsel um Jimmy Farrells letzte Worte zu lösen.

Er wischte sich mit dem Handrücken über den Mund und eilte durch die Straßen. Der Schnee war eine festgestampfte, spiegelglatte Fläche. Poe bog in die Center Street ein. Kurz darauf stand er abermals vor der düsteren Mietskaserne, in der er das Mädchen zum ersten Mal getroffen hatte. Poe ging bis in den letzten Hinterhof. Ein älterer, kräftiger Junge, eigentlich schon ein junger Mann, lehnte an einer Hausmauer, seine Mütze ins Gesicht geschoben. Sonst war niemand zu sehen.

»He – Junge!«

Der Junge schob langsam die Mütze ins Genick und sah unbeteiligt hinüber. Poe trat einen Schritt näher. Noch immer trug der Junge eine unbeteiligte Miene zur Schau.

»Ich suche ein Mädchen«, sagte Poe. »Sie heißt Anna.«

Der Junge setzte ein geschäftsmäßiges Lächeln auf.

»Einen Dollar.«

Poe zögerte. Für eine simple Auskunft war das ein unverschämter Preis. Andererseits: Wenn er auf den Handel nicht einging, konnte der Junge sicher mit Leichtigkeit die anderen Hausbewohner gegen ihn aufhetzen. Poe zog eine Münze hervor und warf sie dem Jungen zu. Der fing sie geschickt auf und ließ sie blitzschnell in seiner Kleidung verschwinden. Dann steckte er zwei Finger in den Mund, stieß einen eigenartigen, tremolierenden Pfiff aus und wies mit einem Kopfnicken auf den Eingang zu einem Treppenhaus.

»Ganz oben«, sagte er, »halbe Stunde.« Dann lehnte er sich wieder an die Wand und zog die Mütze ins Gesicht. Poe warf noch einen Blick über die Schulter zurück, als er den dämmerigen Hausflur betrat. Der Junge stand da wie zuvor.

Die ausgetretenen Stufen der hölzernen Treppe knarrten drohend unter Poes Schritten. In vielen Türen war die Holzfüllung zerschlagen und nur notdürftig geflickt worden, wenn sie nicht gleich ganz fehlte. Stimmen oder Geräusche waren nirgendwo zu hören; es war gerade, als ob das Haus den Atem anhielte.

Auf dem obersten Absatz befand sich nur eine einzige Tür. Die Farbe blätterte ab, und der eiserne Türgriff hatte Rost angesetzt. Poe klopfte. Die Stimme, die ihn hereinbat, klang schwül und sanft.

Langsam öffnete er die Tür.

Das Mädchen stand in armseligem Unterzeug mitten im Zimmer. Rock und Bluse hatte sie in eine Ecke geworfen. Sie erkannte Poe und zuckte zusammen. Der Zweifel, der kurz in ihren Augen aufflackerte, verriet, dass sie nicht erwartet hatte, ihn zu sehen.

»Zieh dir erst mal was an«, murmelte Poe und wandte den Blick ab. Sie stand einen Moment unsicher da und wurde dann ob ihres eigenen Irrtums feuerrot.

Da erst verstand er.

Das Mädchen hatte ihn für einen Kunden gehalten.

Das änderte alles. Und erleichterte einiges.

Während Anna sich ihre armselige Kleidung überstreifte, blickte sie fragend zu Poe hinüber. Der hatte ein Geldstück aus der Tasche gezogen und hielt es zwischen Daumen und Zeigefinger gut sichtbar hoch. Sofort verlor das Gesicht des Mädchens alle Unsicherheit.

»Was muss ich dafür tun?«, fragte sie nur.

»Dich mit einem Mann treffen«, antwortete er.

»Wann und wo? Und was soll ich für ihn machen?«

Poe lächelte.

»Ich werde einem gewissen Dr. Gumb einen Brief schreiben. Er wird ihn noch heute per Boten bekommen. Darin steht, dass er dich mit einer anständigen Summe Geldes treffen soll. Denn sollte er sich weigern, würdest du über ihn auspacken.«

Anna runzelte die Stirn. »Dr. Gumb? Wer soll das sein?«

»Du warst letzte Nacht bei ihm.«

Ihre Augen weiteten sich vor Entsetzen.

Poe hob das Geldstück vor sein rechtes Auge. Mit dem anderen suchte er Annas Blick.

Zögernd streckte sie die Hand aus.

Poe legte das Geldstück hinein.

»Ihr trefft euch um Mitternacht im Hafen«, fuhr Poe fort. »Bei den alten Lagerhäusern.«

Als er ging, warf er noch einen Blick über die Schulter zurück. Anna betrachtete das Geldstück in ihrer Hand. Aber dem Ausdruck ihres Gesichtes nach zu urteilen, hätte sie ebenso gut eine Schlange ansehen können.

Poe hatte es nun sehr eilig. Am Broadway fand er eines der Botenbüros, die über die ganze Stadt verteilt waren. Gegen eine Münze händigte man ihm am Tresen eine Schreibfeder und ein Formular aus. Er warf ein paar kurze Sätze auf das Papier. Die Unterschrift ließ er weg. Dann siegelte er den Umschlag zu.

Die Frau hinter dem Tresen rief etwas in einen rückwärtigen Raum. Ein schmächtiger Junge in Botenuniform sprang auf, nahm den Brief in Empfang und lief hinaus.

Poe lächelte.

Jetzt musste er nur noch ein wenig warten.

42

Leonie hastete die Treppe zum Eingang des Krankenhauses hinauf. Eine Kirchturmuhr schlug drei. Sie würde noch zu spät kommen. Wenn bloß das Fieber nicht gewesen wäre. Sie hatte nun zwei Tage krank in einem kleinen Pensionszimmer gelegen. Zwei vergeudete Tage, die sie nicht nach Edgar Allan Poe hatte suchen können. Wenigstens hatte sie sich beim Aufwachen nicht mehr so elend gefühlt. Aber dann war sie mittags eingeschlafen. Hoffentlich würde dies ihr letzter Besuch im Krankenhaus sein.

Sie nickte dem Pförtner freundlich zu und wollte schon weitereilen, als er sie zurückhielt.

»Entschuldigen Sie, Miss ...«

Leonie drehte sich um.

»Ja?«

»Sie sind doch Miss Goron, nicht?«

»Ja, warum?«

Der Pförtner setzte eine billige Drahtbrille auf und las etwas von einem Zettel ab.

»Ich soll Ihnen ausrichten, dass Sie heute bitte in Raum 4 b gehen möchten«, sagte er.

»Wo ist das?« Leonie runzelte die Stirn.

Der Pförtner zeigte mit dem Finger quer durch die Eingangshalle.

»Dort hinten den Gang runter«, erklärte er. »Der neben der Säule, sehen Sie? 4 b ist gleich gegenüber der Wendeltreppe zur Pathologie.«

Leonie fand den Raum ohne Schwierigkeiten. Aber als sie die Tür öffnete, stutzte sie.

Das Zimmer war beinah leer. Links wurde der Raum durch einen großen, schweren Vorhang abgeteilt. Das Licht kam nur gedämpft durch die schmutzigen Fensterscheiben. Rechts in der Ecke stand ein einfaches Bett mit einer aufgeplatzten Matratze; am Kopfende hing ein schlichtes Kruzifix an der Wand. In der Mitte des Raumes standen zwei Stühle.

»Ah, Sie sind sicher Miss Goron.«

Der Arzt, der Leonie die Hand zur Begrüßung entgegenstreckte, war ihr vollkommen unbekannt.

»Ich arbeite heute als Vertretung«, sagte er. »Setzen Sie sich doch.«

Zögernd nahm Leonie Platz. Wollte er sich nicht vorstellen?

»Ich soll Ihnen dies Rezept hier mitgeben«, sprach der Arzt weiter und hielt Leonie ein Blatt Papier hin. Sie beugte sich darüber. Warum ein Rezept? Hinter ihr raschelte etwas. Leonie hob den Kopf und sah den Arzt fragend an.

Plötzlich wurde ihr von hinten ein Lappen auf Mund und Nase gepresst. Sie sah, wie das Blatt Papier langsam zu Boden fiel. Der Arzt hielt ihre Handgelenke fest. Leonie hielt die Luft an. Aber zwei Hände hielten ihren Kopf weiterhin wie in einem Schraubstock und pressten den äthergetränkten Lappen auf ihr Gesicht. Sie gab ihren Widerstand auf. Sekunden später sackte sie bewusstlos auf ihrem Stuhl zusammen.

»Sehr gut, Gumb«, sagte Dr. Templeton, wartete noch einige Sekunden und nahm dann den Lappen von Leonies Gesicht. »Dieser Äther ist doch eine wunderbare Entdeckung.«

Dr. Gumb öffnete die Tür und spähte den Flur entlang.

»Der Weg ist frei«, sagte er.

Sie trugen den reglosen Körper rasch aus dem Zimmer und die Wendeltreppe hinab.

»Auf den Tisch mit ihr«, sagte Gumb. Er griff nach Leonies Fußgelenken und winkelte mit geübten Handgriffen ihre Beine an. Dann bückte er sich zu einem großen Karton und holte eine Rolle von breitem, festem Leinen hervor.

»Die Hockstellung erlaubt sowohl eine sitzende als auch eine liegende Aufbewahrung«, erklärte er. »Die alten Inkas haben diese Art der Mumifizierung bevorzugt. Auch zur Fixierung ist diese Wickeltechnik höchst effektiv.«

Fasziniert sah Templeton zu, wie sein Kollege den Körper fachgerecht mit den Leinenbinden umwickelte. Nach kurzer Zeit lag Leonie als regloses, kompaktes Bündel vor ihnen. Nicht einmal ihren Kopf konnte sie noch bewegen. Nur Augen, Nase und der sorgfältig geknebelte Mund waren freigeblieben.

»Mein Vortrag ist morgen Nachmittag«, sagte Templeton. »Ich fahre abends mit dem Boot zurück zur Anstalt. Dann würde ich sie mitnehmen. Hält sie so lange aus?«

»Aber gewiss. Und ich werde sie absolut sicher verwahren.«

Gumb schritt zwischen den Deckeln der Leichenkessel hindurch in die hinterste Ecke des Saales. Dort war ein Kessel in den Boden eingelassen, der gut und gerne fünf Körper auf einmal fassen konnte. Dieser Kessel wurde seit den Zeiten der letzten Epidemie nicht mehr benutzt und war schon längst trockengelegt. Der Doktor ließ eine schwere Kette von der Decke herab, hakte sie in den Deckel des Kessels und zog ihn mittels einer Winde nach oben, bis er senkrecht stand. Er löste die Kette, befestigte eine seltsam geformte, große Lederschlaufe an ihrem Ende und nickte Templeton zu.

»Lassen wir sie runter.«

Ein paar Minuten später schloss sich der Deckel des Leichenkessels über der immer noch bewusstlosen Leonie.

»Die Luft reicht für vierundzwanzig Stunden«, erklärte Gumb. »Morgen früh werde ich noch einmal nach ihr sehen.«

Templeton nickte. »Ich komme nach dem Frühstück vorbei und bereite alles vor. Sie bekommt eine schöne Zelle. Jetzt fehlt mir nur noch dieser Poe.«

Gumb stutzte. »Poe? Ein Mann mit diesem Namen war gestern Nacht hier. Er nannte sich William Wilson.«

»Was?!« Dr. Templeton wirbelte herum. »Und das sagst du erst jetzt? Wo ist er?«

Hastig erzählte Gumb die Ereignisse der letzten Nacht. Templeton hörte mit steinerner Miene zu, ohne Fragen zu stellen.

»Was mag ihn hierher getrieben haben?«, überlegte er.

Gumb schüttelte den Kopf. »Ich habe nicht die geringste Ahnung. Aber er wird nicht wiederkommen. Nicht jetzt, wo seine Tarnung aufgeflogen ist. Das Mädchen macht mir mehr Sorgen.«

Templeton zuckte mit den Schultern.

»Wer war sie schon?«, sagte er gleichgültig. »Irgend so ein Straßenmädchen. Wäre sie verschwunden, hätte sie keiner vermisst. Wahrscheinlich hat sie sich irgendwo verkrochen und traut sich nicht mehr aus ihrem Loch.«

Gumb nickte. »Wahrscheinlich hast du recht. Dann also bis morgen.«

Dr. Templeton verabschiedete sich mit einem Händedruck und stieg die Wendeltreppe hinauf. Oben im Korridor lief ein Junge in der Uniform eines Botenbüros an ihm vorbei.

»Verzeihung, Sir –«

Templeton blieb stehen.

»Ja?« Sein Ton war unwirsch.

»Ich suche Dr. Gumb.«

Templeton deutete den Korridor entlang.

»Gegenüber von Raum 4 b geht links eine Wendeltreppe runter. Da findest du den Doktor.«

»Ich danke Ihnen, Sir.« Templeton achtete nicht weiter auf ihn. Bald würden alle seine Probleme gelöst sein. Er lächelte.

43

Eine halbe Stunde vor Mitternacht sah Poe, wie Dr. Gumb eilig das Hospital durch den Hinterausgang verließ. Noch einmal tastete Poe nach der Blendlaterne und dem kleinen, handlichen Stemmeisen, die er am Nachmittag gekauft hatte. Nach ein paar Minuten signalisierten die Hufe eines Kutschpferdes, dass Dr. Gumb auf dem Weg zum Hafen war.

Zu Poes Überraschung war der Eingang zum Kellergeschoss nicht verriegelt, sodass er keinen Gebrauch von seinem Brecheisen machen musste. Mit Hilfe seiner Blendlaterne fand er ohne Schwierigkeiten den Weg. Die eiserne Tür am Ende des Gangs war nur zugezogen, aber nicht verschlossen. Poe achtete nicht weiter darauf; er nahm an, dass es sich nicht lohnte, die Tür zu einem Leichenkeller abzuschließen. Erst später sollte sich herausstellen, dass er in diesem Moment einen verhängnisvollen Fehler beging.

Poe schlüpfte durch die Tür und schob sie leise wieder zu. Als sie über den Boden kratzte, stellten sich die Haare auf seinen Unterarmen auf. Er verzichtete darauf, die Tür vollständig zu schließen. Rasch leuchtete er durch den Kellerraum. Im Schein seiner Laterne sahen die Deckel der Leichenkessel wie drohende, zum Sprung geduckte Schatten aus. Einer der Deckel stand offen. Niemand war zu sehen.

Poe konnte sich einer unwiderstehlichen Neugier nicht erwehren. Er trat an den Rand des offenen Kessels. Ein scharfer Geruch stieg daraus auf.

Poe atmete ganz flach und leuchtete hinein.

In der Konservierungsflüssigkeit schwammen zwei Körper.

Der vierschrötige Mann. Und der Alte.

Poe wankte zurück und unterdrückte einen aufsteigenden Brechreiz. Er schlüpfte in das Büro und stellte die Laterne auf dem Schreibtisch ab. In ihrem Schein schien das Porträt des Pharaonen bösartig zu lächeln. Poe tastete den Rahmen ab. Er ließ sich mühelos zurückklappen.

Dahinter lag eine kleine, in die Wand gemauerte Stahltür.

Poe setzte das Brecheisen an. Kurz darauf gab die kleine Tür nach.

Dahinter war eine tiefe Öffnung. Poe leuchtete hinein.

In der Höhlung lag ein flaches Päckchen aus Wachstuch.

Poe holte es heraus und riss die Umhüllung auf. Das Päckchen enthielt, säuberlich nummeriert, ein Konvolut Blätter. Er blätterte sie rasch durch. Handschriftlicher Text verschwamm mit medizinischen Zeichnungen und Skizzen. Die Zeichnungen stellten Teile des menschlichen Schädels und des Gehirnes dar. Poe hielt die Papiere in das Licht der Laterne. Auf dem obersten Blatt las er die Worte: *Veränderung des Bewusstseins durch operative Eingriffe am lebenden Gehirn. Von Dr. F. Templeton.*

Poe blätterte durch die Unterlagen. Einige Zeichnungen erregten seine Aufmerksamkeit. Der dazugehörige Text verschwamm vor seinen Augen.

... am lebenden Menschen ... Versuche sehr erfolgreich ... alles zur Legitimierung tun ...

Poe las mit einer Mischung aus Faszination und Abscheu weiter. Er hielt Dr. Templetons detaillierte Aufzeichnungen seiner geheimen Versuche in der Hand.

Es waren Versuche am Menschen.

Sofort war Poe klar, was das für ihn bedeutete. Er hatte den Doktor nun vollkommen in der Hand.

Poe schloss die Stahltür und schob das Bild wieder an seinen Platz. Das Versteck wirkte nun vollkommen unberührt. Sein Blick streifte die Signatur in der unteren rechten Ecke des Bildes.

Jimmy Farrell.

Jimmy Farrell hatte das Bild gemalt. Poe klappte es noch einmal auf. Hinten auf der Leinwand fand er das Etikett.

Rahmen-Manufaktur, 6. Bezirk, Center Street, New York.

Jimmy Farrell musste um das Geheimnis des Bildes gewusst haben.

Ein Geräusch ließ ihn zusammenfahren.

Die Tür zum Leichenkeller kratzte über den Fußboden. Jemand kam.

Poe löschte die Blendlaterne. Im Dunkeln wickelte er die Papiere hastig in das Wachstuch und schob das Päckchen in die Tasche. Das Brecheisen versteckte er unter dem Schreibtisch.

Mit angehaltenem Atem lauschte er nach dem Leichenkeller. Doch das einzige Geräusch war das Geräusch seines eigenen schlagenden Herzes. Hatte er sich getäuscht?

Dann hörte er die Schritte.

Es waren zwei Männer. Sie sprachen leise miteinander. Poe hörte nur Wortfetzen. Er schlich zum Türspalt.

»... rumgetrödelt ... schon längst hier sein sollen ...«

»Reg dich ab ... sowieso keiner hier ...«

Es waren John und Jack.

Das Licht ihrer Laternen huschte unruhig durch den Raum. Dann blieb es am Türspalt hängen.

»Bleib mal kurz hier«, sagte eine Stimme. Poe erkannte Jack.

Poe wartete, bis sich eine Hand auf den Türgriff legte. Mit einem plötzlichen Ruck zog er die Tür auf. Jemand stolperte in den Raum. Glas klirrte, als eine Laterne am Boden zerschellte und erlosch. Ein hässliches Geräusch zeigte Poe, dass Jack mit dem Kopf auf der Schreibtischkante aufgeschlagen war. Er stürzte hinaus. John sprang ihn an, aber Poe schleuderte ihm seine eigene, erloschene Laterne entgegen.

John schrie.

Aber er ließ seine Laterne nicht fallen.

Poe rannte auf die Tür zu, riss sie auf und stürzte durch den

Gang. Hinter ihm hallten die schweren Schritte von Johns Stiefeln von den engen Wänden wider. Poe lief nach draußen. Die kalte Luft griff mit Eisfingern nach ihm. Blindlings rannte er zwischen den Bäumen hindurch. Irgendwo dort musste der Zaun mit der rettenden Pforte sein. Sein Atem ging schneller. Einmal wagte er einen Blick über die Schulter. Der Schein von Johns Laterne glitt zwischen den Bäumen über den Schnee. Poe keuchte. Wenn er doch nur die Papiere würde retten können! Er glitt aus, rappelte sich wieder hoch und lief weiter. Wo war nur die Pforte? Poe blieb stehen und sah sich hektisch um.

Dann erkannte er den hohlen Baum wieder.

Hastig kramte er das Päckchen aus der Tasche. Er stopfte es so tief wie möglich in den Baum. Dann lief er weiter. Zwanzig Meter vor ihm lag der Gitterzaun.

Hinter ihm keuchte John.

Poe stolperte über eine vereiste Wurzel und fiel zu Boden. Bevor er die Hände zum Schutz hochreißen konnte, fühlte er einen stechenden Schmerz an seinem Kopf. Dann wurde es dunkel.

44

Als er wieder aufwachte, spürte Poe einen unangenehmen Druck am ganzen Körper. Er hielt die Augen geschlossen. Vorsichtig versuchte er, die Arme zu bewegen. Es war unmöglich. Sie waren fest an seinen Körper gepresst. Poe hielt sich still. Nach und nach erfasste er seine Lage. Er saß auf einem gepolsterten Stuhl oder einer Bank. Die Knie konnte er mit Mühe ein wenig strecken. Ansonsten waren seine Beine genauso unbeweglich wie seine Arme. Irgendetwas war um seinen Kopf gewickelt, sodass die Kiefer fest zusammengepresst wurden. Nur Augen und Nase schienen frei.

Die Bank schaukelte leicht.

War er auf einem Schiff?

Die Luft roch nicht nach Salzwasser. Weder das Kreischen der Hafenmöwen noch das Knarren von Tauwerk waren zu hören.

Jemand atmete. Eine oder zwei Personen waren ganz in der Nähe.

Dann schnalzte eine Peitsche. Die Hufe eines Pferdes klapperten langsam auf dem Straßenpflaster. Poe befand sich in einer Kutsche.

Plötzlich spürte er eine unangenehme Hitze, die sich langsam seinem Gesicht näherte. Gegen seinen Willen öffnete er die Augen.

Direkt vor seinem Gesicht war eine Petroleumlampe.

»Ah! Unser Freund ist wach«, sagte eine sanfte Stimme. »Wie schön!«

Poe schauderte, als er die Stimme erkannte. Sie gehörte Dr. Gumb. Die Laterne entfernte sich wieder. Gumb hängte sie an einen Haken. Poe saß in einer geschlossenen Kutsche. Die

Laterne war die einzige Lichtquelle. In beiden Türen waren die Fenster mit dickem schwarzem Stoff verhängt.

Ihm gegenüber saß Anna.

Ihr Körper war von Kopf bis Fuß mit festen Leinenbinden umwickelt, wie man sie gewöhnlich als Verbandsstoff nimmt. Sie erinnerte an eine Mumie. Auch ihre Kiefer wurden durch starke Stoffbinden zusammengepresst. Ihr Mund war zusätzlich mit einem Knebel verstopft. Gumbs Worte lenkten ihn von dem Mädchen ab.

»Ich nehme an, Sie haben arrangiert, dass ich einen Brief im Namen dieser jungen Dame erhalten habe?« Gumbs Stimme drang wie ein Messer in sein Bewusstsein. »Sie halten sich wohl für ausgesprochen intelligent.« Der Doktor lächelte. »Nun, wir werden sehen, wie Sie in ein paar Minuten darüber denken.«

Gumb schwieg, während die Kutsche langsam über Straßenpflaster fuhr. Wo waren sie nur? Noch in der Stadt? Auf dem Weg hinaus? Dr. Gumb lehnte sich bequem zurück.

»Nun, Sie haben mir schon einmal ins Handwerk gepfuscht«, fuhr er fort. Dabei beobachtete er Poe sehr genau. »Ich wüsste zu gerne, warum Sie sich als Leichendieb ausgegeben haben. Und natürlich auch, warum Sie mich aus dem Krankenhaus gelockt haben. Gut, dass meine Leute Sie gleich in Empfang genommen haben. Wer weiß, was Sie sonst angerichtet hätten.«

Poe stutzte.

In Empfang genommen haben?

Die Männer hatten ihrem Auftraggeber also nicht die Wahrheit erzählt. Die Bedeutung der Wortfetzen, die Poe gehört hatte, wurde ihm nun klar. Die Männer hatten im Leichenkeller des Hospitals aufpassen sollen und waren zu spät gekommen. Der Doktor hatte das Fehlen der Papiere also noch nicht entdeckt! Es war nicht alles umsonst gewesen. Aber würde er selber jemals Gelegenheit haben, zu dem hohlen Baum zurückzukehren? Poe blickte hinüber zu Anna. Ihre Augen waren unnatürlich geweitet.

Sie hatte Angst.

Todesangst.

Poe versuchte verzweifelt zu sprechen. Egal was Gumb vorhatte: Er sollte das Mädchen aus dem Spiel lassen. Sie sollte nicht unter seinen eigenen Plänen leiden müssen. Gumb blickte ihn nachdenklich an. Einen schrecklichen Moment schien es Poe, als könne Gumb seine Gedanken lesen. Der Doktor zog den Stoff vor dem Fenster ein klein wenig zur Seite und sah hinaus. Er nickte.

»Ich bringe Sie an einen ruhigen Ort, wo wir ganz ungestört sein werden«, bemerkte er. Sein Tonfall war so höflich, als säßen sie zusammen beim Tee. »Und bis dahin möchte ich Ihnen einen Eindruck davon vermitteln, was Leuten passiert, die mir in die Quere kommen.«

Gumb holte ein schmales Leder-Etui aus seiner Jacke und klappte es auf. Seine Finger glitten suchend über drei kleine, schlanke Griffe aus Stahl. Dann zog er mit einer ruhigen Bewegung das mittlere Instrument heraus. Poe stöhnte. Es war ein Skalpell.

»Schön, nicht?« Gumb verzog den Mund zu einem spöttischen Lächeln und hielt die schlanke Klinge gegen das Licht der Lampe. Dann brachte er sie langsam immer näher an Poes Gesicht. Schließlich hielt er sie dicht vor Poes Auge.

»Haben Sie schon einmal darüber nachgedacht, dass die größten Leiden nicht körperlicher Art sind?«, sagte er nachdenklich. »Sondern seelischer Natur? Ich kenne einen schätzenswerten Kollegen, der alles darüber weiß. Wirklich alles. Leider zum größten Teil aus eigener Erfahrung. Er hat mir viel davon erzählt.«

Dr. Gumb nahm die Klinge fort. Mit einem Lächeln beugte er sich hinüber zu Anna.

»Nun, ich werde Ihnen eine Kostprobe verschaffen«, sagte er leichthin. Mit ein paar raschen Bewegungen zog er die Klinge mehrmals durch Annas Gesicht. Poes Schreie erstickten zwischen seinen zusammengepressten Kiefern.

Dr. Gumb sprach in einem leichten Plauderton. »Schauen Sie nur genau hin.«

Das Blut rann ihr in Strömen übers Kinn und färbte die Binden, mit denen ihr ganzer Körper umwickelt war, rot. Weit hinten in ihrer Kehle wurde von dem Knebel ein furchtbarer Schrei festgehalten. Dann sank sie vornüber und fiel auf den Boden der Kutsche. Der Schmerz hatte ihr das Bewusstsein genommen. Gumb beugte sich ein wenig vor.

»Sie werden so freundlich sein, immer an diesen Moment zu denken.« Gumbs Stimme war beinah ein Flüstern. »Und Sie werden sich bitte nie mehr – hören Sie! – nie mehr in meine Angelegenheiten einmischen.«

Der Doktor lehnte sich entspannt zurück und begann, die Klinge sorgfältig mit einem Tuch zu säubern. Poes Gesicht war von Tränen überströmt.

Plötzlich blieb die Kutsche stehen. Durch einen Spalt im Vorhang drang der Lichtschein einer Straßenlaterne durch das Fenster. Dr. Gumb runzelte die Stirn. Draußen näherten sich schwere Schritte. Gumb setzte die Spitze des Skalpells auf Poes Brust, genau über dem Herzen.

»Einen Laut, und Sie sind eine Leiche«, zischte er leise. Mit der freien Hand schob er den Stoff ein wenig beiseite und öffnete das Kutschfenster einen Spalt.

»Guten Abend, Constabler«, sagte er im lauten Plauderton eines Mannes, der auf dem Weg von seinem Club nach Hause ist. »Was gibt es denn?«

»Die Straße ist versperrt«, antwortete eine kräftige Stimme. »Ein Wagen ist umgestürzt.«

Der Druck auf das Skalpell verstärkte sich unmerklich. Die Spitze des Skalpells bohrte sich durch den Stoff und ritzte Poes Haut.

Der Gesprächston des Doktors blieb vollkommen ungezwungen.

»Hm. Wie unangenehm. Wird es lange dauern?«

Draußen ertönte ein Schuss. Eine Stimme rief unverständliche Anweisungen.

»Mein Kollege hat gerade das Pferd erschossen«, erklärte der Constabler. »Es hatte sich ein Bein gebrochen.«

Die Schritte eines zweiten Mannes näherten sich der Kutsche.

»In zehn Minuten ist die Straße wieder frei«, rief er. »Ich habe gerade Anweisung gegeben, den Kadaver auszuschirren.«

Dr. Gumb wechselte im Plauderton noch ein paar belanglose Worte mit den Polizisten. Schritte entfernten sich.

»Noch einen schönen Abend, Constabler«, sagte der Doktor aus dem Fenster hinaus. Der Druck des Skalpells ließ ein wenig nach.

Dann stutzte der Doktor.

Poe zuckte zusammen, als vor der Kutsche der Pfiff einer Polizeipfeife schrillte. Die Kutschtür wurde aufgerissen. Sie standen genau unter einer Straßenlaterne. Und in ihrem Licht sah Poe, dass das Blut aus Annas Gesicht über den Boden und unter der Tür hindurchgelaufen war. Zwei kräftige Polizistenarme griffen nach Dr. Gumb. Blitzschnell stieß er mit dem Skalpell zu. Der Constabler schrie auf. Gumb trat ihn vor die Brust, sprang aus dem Wagen und rannte.

Er kam nicht weit.

Ein Polizeirevolver bellte kurz und trocken auf. Dr. Gumb schrie. Dann stürzte er aufs Pflaster, um für immer zu schweigen.

Als langsam der Morgen dämmerte, wankte Poe, noch immer benommen von den Ereignissen der Nacht, durch die menschenleeren Straßen New Yorks zurück zu seinem Hotel. Auf der Wache hatte man ihn ausführlich zu Dr. Gumb befragt. Poe hatte zur erstbesten Geschichte gegriffen, die ihm einfiel: Er sei Patient des

Doktors gewesen, der habe ihn betäubt; offensichtlich sei Gumb wahnsinnig, denn er, Poe, sei in der Kutsche so aufgewacht, wie der Constabler ihn gefunden habe. Anna konnte seiner Geschichte nicht widersprechen; man hatte die Bewusstlose ins Hospital geschafft.

In seinem Zimmer setzte Poe sich auf sein Bett. Wann würde Anna sprechen können? Würde man den Verlust der Papiere entdecken und ihn des Einbruchs anklagen? Wohl kaum – man hatte keine Beweise gegen ihn. Aber würde Anna sich an ihm rächen wollen, weil er sie in seinen wahnwitzigen Plan einbezogen hatte? Würde sie irgendeine Geschichte erfinden? Alles abstreiten? Die Wahrheit erzählen?

45

Die nächsten Stunden verbrachte Poe in einem unruhigen Dämmerschlaf. Sein Körper war müde und erschöpft, aber sein Geist konnte keine Ruhe finden. Immer wieder schreckte er hoch. Mehrmals vermeinte er, an der Zimmerdecke einen großen Blutfleck zu sehen, der sich rasch ausbreitete. Aber es waren nur Wahnvorstellungen.

Seit er nach New York gekommen war, starben die Menschen um ihn herum. Erst Farrell. Dann Moloney, der Polizist. Dann die Leichenräuber. Dr. Gumb. Viele von ihnen mochten den Tod verdient haben. Aber Poe schien es in seinen fiebrigen Traumphantasien, als sei er selber der Tod, der die Menschen durch seinen Besuch mit einem unsichtbaren Mal zeichne. Und er, Poe, hatte es nicht geschafft, das Rätsel um sein vergangenes Leben, um seine wahre Identität zu lösen.

Zum ersten Mal plagte ihn Reue. Hätte er doch mit Leonie nach England gehen sollen? Sich diese letzten Tage voller Grauen, Blut und Ungewissheit ersparen sollen?

Die Antwort war nein. Seine unbekannte Vergangenheit hätte stets wie ein Schatten zwischen ihm und Leonie gestanden.

Poe dachte an den hohlen Baum. Es war nicht alles umsonst gewesen. Er konnte den Doktor jetzt zum Reden zwingen.

Eine Kirchturmuhr schlug zwei Uhr nachmittags.

Da klopfte es an seine Tür. Poe öffnete. Draußen stand ein Junge in der Uniform eines New Yorker Botenbüros. Er hielt ihm einen versiegelten Umschlag hin.

»Bitte sehr, Sir«, sagte er. »Ich soll das hier für Sie abgeben. Man sagte mir, es sei dringend.«

Poe nahm erstaunt den Umschlag entgegen.

E. A. Poe. Washington House.

Kein Absender. Das Papier des Umschlags war von bester Qualität. Wer konnte wissen, dass er hier war?

»Wer hat den Brief abgegeben?«, fragte er.

»Ich weiß es nicht, Sir. Ich bin von einem Auftrag in die Agentur zurückgekommen. Da war der Brief schon abgegeben. Man hat mich gleich wieder losgeschickt.«

Poe gab dem Jungen eine Münze.

»Es ist gut. Danke.«

»Schönen Dank, der Herr.«

Der Junge flitzte los. Poe schloss die Tür und riss den Umschlag auf. Darin steckte ein zusammengefaltetes Blatt. Es war eine gedruckte Bekanntmachung.

Mörder oder Mensch? Die Heilungschancen von Wahnsinnigen und Kriminellen durch Operationen am Gehirn. Vortrag von Dr. Templeton, Leiter der Irrenanstalt auf Blackwell's Island. Bibliothek, Großer Saal. Vier Uhr nachmittags.

Poe stutzte, als er das Datum sah. Aber es bestand kein Zweifel. Der Vortrag fand in zwei Stunden statt. Er runzelte die Stirn und drehte das Blatt in den Händen.

Auf der Rückseite stand eine handschriftliche Notiz.

Es waren nur ein paar Worte.

Lieber Poe,

ich würde mich freuen, Sie in der Pause begrüßen zu dürfen.

Ihr T.

Woher wusste Dr. Templeton, dass Poe im Washington House abgestiegen war?

Im Schatten der großen Bücherregale wartete Poe auf die Pause. Die Veranstaltung war gut besucht. Obwohl auch einige ältliche Damen, vermutlich Vertreterinnen karitativer Einrichtungen, anwesend waren, bestand die Mehrzahl der Zuhörer doch aus gut gekleideten Herren. Einige Male hörte Poe die Anrede »Senator«. In seinem eigenen, zerknitterten Anzug kam er sich schäbig vor.

Ein Gong signalisierte den Beginn der Pause. Poe wurde unruhig. Warmer Applaus zeigte den Erfolg des Vortrages an. Poe war sich nicht sicher, ob der Doktor ihn überhaupt bemerkt hatte. Aber zu Poes Erstaunen kam Dr. Templeton, kaum dass er das Rednerpult verlassen hatte, direkt auf ihn zu.

Ein dicker, vornehm gekleideter Herr trat Templeton in den Weg.

»Dr. Templeton – wie schön, Sie endlich auch persönlich kennen zu lernen!« Die Stimme klang überschwänglich und falsch. »Meine herzlichsten Glückwünsche zu Ihrem Vortrag. Ich würde mich gerne ein wenig näher mit Ihnen über Ihre Arbeit unterhalten. Sie wissen ja, die Wahlen stehen vor der Tür. Man muss praktische Lösungen anbieten –«

Der Senator wollte ausführlicher werden, aber Templeton nickte ihm nur flüchtig zu. Seine Augen fixierten Poe.

»Sie entschuldigen, Senator – aber ich treffe da eben einen meiner Patienten.«

Der Senator erbleichte und zog sich sofort zurück. Poe schluckte seine Wut herunter, als Templeton ihn, scheinbar leutselig, am Arm fasste und in den Korridor zog. Der Doktor lächelte noch immer. Aber seine Augen waren vollkommen kalt.

»Sie haben mir da einen hübschen Ärger verursacht.« Ohne Umschweife kam er zur Sache. »Ich habe heute Morgen alles erfahren. Daraufhin habe ich gleich das Büro des verstorbenen Dr. Gumb aufgesucht. Leider musste ich bemerken, dass etwas fehlte. Etwas, das mir sehr wichtig ist.«

Poe hielt seinem Blick stand. Templeton zeigte keine Spur von Unsicherheit.

»Sie können sich denken, was der Preis ist, Dr. Templeton«, flüsterte Poe. »Meine Identität gegen Ihre Aufzeichnungen.«

Dr. Templeton schwieg.

Und lächelte.

»Sie glauben, dass ich etwas darüber weiß?«

»Ich bin sicher!« Poe spie ihm den Satz beinah entgegen.

»Und jetzt wollen Sie tauschen«, meinte Templeton amüsiert. Er steckte die rechte Hand in die Rocktasche. »Gut. Wir werden tauschen.«

Langsam schüttelte er den Kopf.

»Aber nicht so, wie Sie sich das vorstellen.«

Ganz beiläufig hatte er, während er sprach, etwas aus seiner Tasche gezogen. Es war ein flacher Gegenstand an einer dünnen Kette. Ein Anhänger aus einem blutroten Stein. Dr. Templeton ließ ihn sanft an seinem Zeigefinger schaukeln, während er Poe in die Augen sah.

Es war Leonies Kette.

»Wir tauschen«, sagte er, und seine Stimme war nur ein Flüstern. »Aber zu meinen Bedingungen.«

Templetons Gegenwart schien ihn zu lähmen. Ein oder zwei elegant gekleidete Leute sahen zu ihnen herüber; sie schienen mit dem Doktor sprechen zu wollen.

»Friedhof Second Street. Zwischen Bowery und Second Avenue«, flüsterte Dr. Templeton rasch. »Der Friedhof wird kaum noch genutzt. Die Kapelle ist nachts offen. Dort treffen wir uns. Um Mitternacht. Allein. Meine Aufzeichnungen gegen das Mädchen.«

Poe zögerte. Er hatte keine Wahl. Stumm nickte er.

»Ihnen noch einen guten Tag«, verabschiedete sich Dr. Templeton mit lauter Stimme. »Ich hoffe, mein Vortrag hat Ihnen gefallen.«

Er drehte Poe langsam den Rücken zu und ging fort.

46

Der Wind hatte im Laufe des Abends aufgefrischt und trieb die schwersten Schneeschauer dieses Winters durch die Straßen von New York. Kurz nach Einbruch der Dämmerung hatte Poe die Papiere aus dem hohlen Baum im Garten des Hospitals geholt. Jetzt lief er unruhig die menschenleeren Straßen entlang. Unter seinem Mantel trug er eine kleine Laterne mit zwei Kerzen.

Die Kirchturmuhr kündigte die letzte Stunde vor Mitternacht an. Poe bog in die Second Street ein. Nirgendwo war ein Friedhof zu sehen. Der Schnee sammelte sich auf den Fensterbrettern der alter Ziegelhäuser, die die Straße auf beiden Seiten säumten. Poe lief vor bis zur Second Avenue. Wo war nur der Friedhof? Er rief sich Dr. Templetons Worte ins Gedächtnis zurück. Doch, die Straße stimmte. Er musste den Friedhof übersehen haben. Aber wie konnte das sein? Poe wechselte die Straßenseite und hastete zurück, so schnell es bei dem Schnee eben ging.

Beinah wäre er an dem Gitter vorbeigelaufen.

Auf den ersten Blick schien es eine schmale, vielleicht 30 Meter lange Gasse zu versperren. Aber darüber stand in eisernen Buchstaben *New York Marble Cemetery. Incorporated 1831*.

Das Gitter war nicht verschlossen und ließ sich mühelos öffnen. Es verursachte kein Geräusch. Jemand musste es vor kurzem geölt haben. Poe zog es sorgfältig hinter sich zu. Die Gasse zog sich zwischen zwei Hauswänden ohne Fenster und Türen hin. An ihrem Ende durchschritt Poe ein zweites Tor.

Dahinter lag der Friedhof.

Poe konnte im Schneegestöber die Umrisse von Büschen und Bäumen ausmachen. Nirgendwo war Licht. Der Friedhof wurde auf allen Seiten von fensterlosen Hausmauern begrenzt. In regelmäßigen Abständen waren Grabplatten aus schwarzem Marmor in die Mauern eingelassen. Poe versuchte eine der Kerzen anzuzünden, aber der scharfe Wind wehte das Licht sofort wieder aus. Um den Friedhof herum lief ein schmaler Pfad. Poe folgte ihm bis zu einer Ecke des Friedhofs, in der ein steinernes, viereckiges Gebäude aufgemauert war. Mit seinen beiden kleinen, vergitterten Fenstern wirkte es fast wie ein Gefängnis. Über der mit einem einfachen Riegel verschlossenen Tür war ein Kreuz in den Stein gemeißelt.

Poe schob den Riegel zurück und trat ein.

Etwas raschelte in der Dunkelheit. Poe entzündete seine Laterne.

Er stand in der Friedhofskapelle.

Sie schien seit langer Zeit nicht mehr benutzt worden zu sein. An der Stirnseite war ein schlichter Altar aufgemauert. Darauf stand ein kleines, rostiges Kreuz in einem hölzernen Fuß. Die Enden der Balken waren in Blattform geschmiedet und liefen spitz aus. In einer Ecke des Raumes lagen zwei verrottete Holzböcke; sie mochten in früheren Jahren dazu gedient haben, die Särge aufzubocken. Stühle oder Bänke fehlten. In der hintersten Ecke, gegenüber der Tür, gähnte ein Loch von vielleicht einem Meter Durchmesser im Boden. Daneben lag ein hölzerner Deckel.

Das Rascheln kam aus dem Brunnen. Poe leuchtete hinein.

Der Schacht war vielleicht drei Meter tief. Er war schon lange ausgetrocknet. Knapp über dem Boden waren mehrere handbreite Löcher in die Wand gebrochen; dies waren die alten Wasserleitungen. Jetzt war der Brunnen voller Ratten.

Poe stellte seine Laterne auf den Altar und sah aus dem Fenster. Noch immer tanzten die Schneeflocken im Mondlicht über den Gräbern.

Eine Kirchenglocke schlug Mitternacht.

Dann sah er draußen den Schatten.

Ein einzelner Mann schob auf einem zweirädrigen Leichenkarren einen leichten Brettersarg vor sich her. Poe stutzte. Wer brachte mitten in der Nacht einen Sarg? Plötzlich begriff er. Poe riss die Türflügel auf, gerade, als Dr. Templeton die Kapelle erreichte. Der Doktor schob den Leichenkarren über die Türschwelle bis zum Altar. Im Licht der Kerzen bemerkte Poe die großen Luftlöcher im Deckel.

»Was haben Sie mir ihr gemacht?«, flüsterte er. In seiner Stimme war das Grauen nur allzu deutlich zu hören.

Templeton ließ sich nicht aus der Ruhe bringen.

»Beruhigen Sie sich«, antwortete er. »Ihr ist nichts geschehen. Ich habe sie nur betäubt.«

Er zog eine Taschenuhr hervor.

»In ... hm ... ungefähr einer Stunde beginnt die Wirkung des Mittels nachzulassen. Kommen Sie – helfen Sie mir mit dem Deckel.«

Poe zögerte. Dann tat er, wie ihm geheißen worden war. Gemeinsam lösten sie den Deckel und legten ihn auf die Erde. Leonie sah aus, als ob sie schliefe. Ihr Brustkorb hob und senkte sich regelmäßig, und ihre Wangen waren leicht gerötet.

»Meine Unterlagen«, forderte Templeton und streckte die Hand aus.

Poe zog das Wachstuch-Päckchen aus der Tasche. Templetons Augen blitzten auf. Während Poe Leonie über die Stirn strich, öffnete er das Paket und sah die Papiere rasch, aber konzentriert durch. Nichts fehlte.

»Sehr gut«, sagte Dr. Templeton. Er steckte die Papiere sorgfältig in die Tasche.

Dann ging er ein paar Schritte zurück und zog eine Pistole.

Poe wurde blass.

»Was soll das?«

Der Doktor zielte direkt auf Poes Herz.

»Hier rüber«, befahl er. »Vor den Brunnenschacht.«

Poe hatte keine Wahl. Langsam ging er hinüber zu dem Schacht. Neben dem Deckel blieb er stehen.

»Man wird Ihren Leichnam erst in ein paar Jahrzehnten finden«, meinte Dr. Templeton gleichmütig. »Wenn überhaupt. Die Ratten werden Ihre Knochen so sauber abnagen, dass nicht mal Fleisch zum Verfaulen übrigbleibt.«

Poe erschauerte. »Aber ... aber warum? Warum?«

Das Lachen des Doktors war freudlos und voller Bitternis.

»Ihr Name ist Edgar Allan Poe.«

47

»Ich weiß.« Für einen Moment vergaß Poe sogar seinen bevorstehenden Tod. »Aber wer bin ich wirklich?«

»Edgar Allan Poe.«

»Ich verstehe nicht ...«

Templeton lächelte wieder.

»Sie sind der Schriftsteller Edgar Allan Poe. Den alle Welt für tot hält. Aber in Ihrem Grab liegt ein namenloser Landstreicher.«

Poe konnte es nicht glauben. Das war absurd. Der Doktor wollte ihn zum Narren halten.

»Aber was ... wie ...«

»Sie glauben mir nicht? Ich werde Ihnen alles erzählen.« Der Doktor warf einen kurzen Blick auf die reglose Leonie. »Ich habe dafür gesorgt, dass Sie auf Ihrer letzten Reise scheinbar von Wahlhelfern betrunken gemacht wurden. In Wirklichkeit hat man Ihnen ein Mittel eingeflößt, das Sie für die letzten Tage Ihres alten Lebens in den Wahnsinn getrieben hat. Danach habe ich mich Ihrer angenommen. Unter dem Namen Moran konnte ich mir als Arzt Zutritt zu Ihnen verschaffen. Es war eine Kleinigkeit. Ich habe Sie mesmerisiert.«

»Mesmerisiert?«

»Sie wurden scheintot. Dann ließ ich in der Nacht einen Namenlosen in Ihr Bett legen, der Ihnen zum Verwechseln ähnlich sah. Sie selber brachte ich in mein Haus in New Orleans.«

Poes Stimme war nur noch ein Flüstern.

»Was haben Sie mit mir gemacht?«

Dr. Templetons Ton ähnelte, je mehr er sprach, dem eines Professors, der einen Vortrag vor besonders aufmerksamen Studenten hält.

»Ich nahm Ihnen Ihr Gedächtnis. Dann ließ ich Sie, noch immer unter dem Einfluss von Drogen, nach Blackwell's Island bringen.«

»Sie sind wahnsinnig!«

Templetons Antwort kam für Poe völlig überraschend.

»Ja. Das weiß ich.«

Templeton lachte.

»Schauen Sie mich nicht so dumm an! Was meinen Sie, weshalb ich all meine Experimente durchgeführt habe? Ich muss einen Weg finden, um mich selber zu heilen.« Er sah Poe direkt ins Gesicht. »Und ich habe ihn beinah gefunden. All die Opfer waren nicht umsonst.«

Poe machte unwillkürlich eine kleine Bewegung. Sofort richtete Dr. Templeton den Lauf der Pistole direkt auf sein Herz.

»Ich bin ein Mörder und Verbrecher. Das können Sie nicht wissen.«

Wieder lächelte er.

»Nicht mehr, zumindest.«

Er zögerte einen Moment, bevor er nachdenklich weitersprach.

»Es liegt in der Familie. Viele meiner Vorfahren wiesen ähnliche Veranlagungen auf wie ich. Sie nutzten sie auf unterschiedliche Weise. Mit dem Ergebnis, dass einige durch die Hand des Henkers starben – und andere von eigener Hand.«

Poe erinnerte sich an den Garten in Dr. Templetons Villa. »Deshalb das Mausoleum? Ihre Vorfahren sind nicht auf dem Friedhof begraben worden? Leonie hatte also recht.«

»Eine kluge Frau. Ja, Selbstmörder dürfen nicht in geweihter Erde bestattet werden.«

Poes Hände zuckten, ohne dass er sie kontrollieren konnte.

»Aber warum ich?«, sagte er mit verzweifelter Stimme. »Warum ich? Was habe ich Ihnen getan?«

Dr. Templeton senkte die Pistole ein wenig.

»Sie ...«, meinte er nachdenklich. »Sie sind ein ganz besonderer Fall. Aber da Sie sich an nichts erinnern können, werde ich es Ihnen erzählen. Sie befanden sich auf einer Lesereise. Sie kamen dabei auch nach New Orleans. Es war gerade die Zeit des Karnevals. Und an einem unglückseligen Abend trafen Sie meine Schwester. Meine Halbschwester, um genau zu sein.«

»Lucy«, flüsterte Poe. »Lucy Monaghan.«

Dr. Templeton nickte.

»Ja. Durch einen unglücklichen Zufall hatte das dumme Ding die wahre Natur meiner medizinischen Studien herausgefunden. Sie war durch ihre Entdeckung völlig verstört.«

»Aber was hatte ich mit ihr zu tun?«

»Sie erschienen ihr wie der rettende Engel. Gebildet, aus New York ...«

Templetons Gesicht verzog sich in schmerzlicher Erinnerung.

»Um es kurz zu machen, Lucy versprach Ihnen Geld zur Gründung einer literarischen Zeitschrift. Ich habe im Nachhinein ein paar Erkundigungen über Sie eingezogen. Es scheint, dass Sie die Angewohnheit hatten, alle paar Jahre mit großem Aufwand eine solche Zeitschrift zu gründen. Leider sind Ihre Neugründungen nach ein paar Ausgaben regelmäßig wieder zugrunde gegangen.« Templeton machte eine wegwerfende Handbewegung. »Nun, wie dem auch sei: Lucy versprach Ihnen nicht nur Geld, sie gab es Ihnen auch. Oder wenigstens einen großen Teil. Und Sie machten Lucy zu Ihrer Geliebten.«

Alles Blut war längst aus Poes Gesicht gewichen. War das die Wahrheit? Konnte es denn wahr sein? Dr. Templeton sprach unerbittlich weiter.

»Sie nahmen ihr Geld. Und dann ließen Sie das arme Mädchen sitzen. Sie reisten ab, ohne ihr eine Nachricht zu hinterlassen. Lucy war verzweifelt. Und ich wusste noch nicht, wo ich Sie würde finden können. Ich hatte nur ein Bild. Sie hatten es Lucy geschenkt.«

»Das Bild, das Jimmy Farrell gemalt hat, nicht wahr?«

Templeton nickte.

»Ja, so hieß der Maler. Er war damals gerade in New Orleans, um von Lucy ein Porträt zu malen. Er hätte nicht sterben müssen. Aber als Sie ihn aufsuchen wollten – ich gab Moloney den Auftrag, ihn zu beseitigen.«

Poes Stimme war nur ein Flüstern.

»Warum hat Lucy sich ...« Er brachte den Satz nicht zu Ende.

»Sie war schwanger.« Templetons Stimme war schneidend. »Das Geld war weg. Sie, Poe, waren weg, und Lucy erwartete ein Kind. Aus Verzweiflung hat sie sich aus dem Fenster gestürzt. Ihretwegen ist Lucys Leben zu Ende gegangen. Ihr eigener Tod, Poe, schien mir eine zu geringe Strafe zu sein. Ich entschloss mich, Sie in einem neuen Leben lebendig zu begraben. Ohne Erinnerung an Ihre Vergangenheit und Identität.«

Dr. Templeton hob die Pistole.

»Und heute geht Ihr neues Leben zu Ende, Poe.«

Die Vision kam aus dem Nichts.

Zuerst hörte Poe die Melodie. Dann sah er das Mädchen. Zum ersten Mal konnte er ihre Gesichtszüge erkennen. Es war Lucy. Hinter ihr stand der Mann mit der Totenkopf-Maske. Er hatte einen silbernen Dolch in der Hand.

Lucy schrie.

Dann riss sie sich von Poe los und rannte fort. Zwei rote Seidenbänder flatterten im Wind. Und diesmal löste sich die Maske. Hinter dem Totenschädel erschien das kreideweiße Gesicht Dr. Templetons. Er sah Poe einen langen Moment aus hasserfüllten Augen an. Dann wanderte sein Blick die Klinge des Dolchs entlang. Erst jetzt kam Templeton zu Bewusstsein, dass er im Begriff gewesen war, den Liebhaber seiner Schwester auf offener Straße niederzustechen. Er warf Poe den Dolch vor die Füße. Dann eilte er die Straße entlang und verschwand in der Menge.

Die Vision war fort.

Poe trat einen Schritt zurück. Sein Gesicht war schweißüberströmt.

»Warum wollen Sie mich noch töten?« Seine Stimme war beinah ein Wimmern. »Sie haben Ihre Rache gehabt. Lassen Sie mich am Leben!«

Templeton schüttelte den Kopf.

»Nein. Es ging alles gut, solange Sie in der Anstalt eingesperrt waren. Aber dann musste ich Sie in die Freiheit entlassen. Man hatte mir kurzfristig eine Revision angekündigt. Sie mussten verschwinden. Unglücklicherweise begaben Sie sich auf die Suche nach Ihrer Vergangenheit. Nun, heute Nacht war Ihre Suche erfolgreich. Sie wissen jetzt alles.«

Dr. Templeton lächelte. Aber wieder war es ein Lächeln ohne Freude.

»Ist es nicht tröstlich, zu sterben, nachdem Sie Ihr Ziel erreicht haben?«, fragte er. »Ich habe meines noch vor mir. Die letzten Schritte bleiben noch zu tun. Aber es dauert nicht mehr lang.«

Er hob wieder die Pistole.

»Adieu, Poe.«

Ein klapperndes Geräusch ließ ihn herumfahren. Bevor Templeton Zeit hatte zu reagieren, flog etwas durch die Luft.

Er schrie auf. Die Pistole fiel zu Boden.

Das kleine Altarkreuz hatte sich wie eine Wurfaxt in seine Wange gebohrt. Leonie saß aufrecht in ihrem Sarg. Ihre Augen funkelten vor Zorn.

»Leonie?«

»Vorsicht!«

Templeton taumelte auf Poe zu. Mit der einen Hand hielt er sich das aufgerissene Gesicht. Er versuchte, sich nach der Pistole zu bücken.

Poe trat ihn vor die Brust.

Templeton strauchelte und stolperte rückwärts.

Er fiel.

Sein Schrei hallte von den Wänden des Brunnens wider. Templeton schlug auf dem Boden des Schachtes auf. Leonie stieg von ihrer Totenbahre herunter. Poe sah sie an wie einen Geist. Sie schien seine Gedanken zu erraten.

»Ich kann ziemlich lange die Luft anhalten«, sagte sie lächelnd. »Schon vergessen? Denk an den Untergang des Wracks. Deshalb habe ich nicht sehr viel von diesem Betäubungsmittel eingeatmet.«

Aus dem Brunnen drangen die unverständlichen, flehentlichen Rufe des Doktors. Die Ratten hatten Blut geleckt. Templeton versuchte, sie in seiner Not mit bloßen Händen zu zerquetschen. Aber es waren zu viele. Sein Rufen wurde zu einem lang anhaltenden Schreien.

Poe nahm die Laterne und ging langsam zu dem Schacht. Er hielt sie über die Öffnung. Leonie sah ihn mit großen Augen an.

Minutenlang sah Poe unbeweglich und mit starren Augen in den Schacht hinab.

Er lächelte.

Leonie hielt sich die Ohren zu.

»Aufhören!«, schrie sie. »Aufhören!«

Poe stellte die Laterne auf den Boden und schob den schweren Holzdeckel über die Öffnung. Die Schreie waren nicht mehr zu hören. Er nahm Leonie bei der Hand. Sie verließen den Friedhof, ohne einen einzigen Blick zurückzuwerfen.

48

Poe sah durch die Gitterstäbe des Fensters in seiner Zellentür. Nichts hatte sich verändert. Es war dieselbe Zelle in der Irrenanstalt auf Blackwell's Island, die er vor Monaten schon einmal bewohnt hatte. Die Luft draußen war mild und warm. Aber Poe roch nur den Angstschweiß der Patienten, der im Laufe der Jahrzehnte in die Wände eingedrungen war.

Poe drückte Leonies Hand und wandte sich zur Seite. Neben ihm stand ein würdiger, älterer Herr.

»Erkennen Sie den Patienten wieder?«, fragte er mitfühlend. »Auch wenn sein Gesicht ... wie soll ich es ausdrücken ...«

Poe schüttelte den Kopf.

»Leider nicht, Herr Direktor«, sagte er. »Ich habe diesen Mann noch nie gesehen. Ich bin mir ganz sicher. Aber ich danke Ihnen, dass ich kommen durfte.«

»Aber ich bitte Sie!« Der Direktor hob lächelnd die Hände. »Wir müssen jede noch so kleine Chance zur Identifizierung dieses armen Menschen nutzen. Ich freue mich ja, dass sich auf unsere Zeitungsanzeige hin überhaupt jemand gemeldet hat. Außer Ihnen hat sich noch niemand nach diesem armen Teufel erkundigt.«

»Ist das nicht seltsam?«, fragte Leonie.

»Leider nicht, junge Frau.« Der Direktor lächelte traurig. »In vielen Fällen weigern sich die Angehörigen, für ein hilfloses Familienmitglied zu sorgen. Sehen Sie, ich habe lange Jahre in Baltimore gearbeitet, bevor ich vor wenigen Tagen die Nachfolge meines verschwundenen Vorgängers angetreten habe. Nicht ein Mal wurde ein Insasse des dortigen Irrenhauses von seinen Angehörigen zu Hause gepflegt. Nicht einer!«

Der Direktor unterbrach sich; ohne es zu wollen, hatte er die Stimme erhoben.

»Verzeihen Sie, ich wollte Ihnen keinen Vortrag halten«, entschuldigte er sich.

Leonie lächelte ihn an. »Ich freue mich, dass Sie Ihren Beruf mit Leidenschaft ausüben«, sagte sie freundlich. »Und mit Menschlichkeit.«

»Ich bemühe mich darum«, seufzte der Direktor.

Poe warf noch einmal einen kurzen Blick in die Zelle.

»Ist der Patient immer so reglos, Herr Direktor?«

Der Direktor nickte. »Seit er eingeliefert wurde. Er spricht nicht. Starrt nur mit weit aufgerissenen Augen vor sich hin.« Er schüttelte den Kopf. »Nun, kein Wunder, wenn man bedenkt, was er durchgemacht hat. Wir können nicht sagen, wie lange er in diesem rattenverseuchten Brunnen zugebracht hat.«

Poe nickte.

»Wer hat ihn gefunden?«, fragte er.

»Die Totengräber«, antwortete der Direktor.

»Hat man ihn bereits identifiziert?«, erkundigte sich Poe.

»Noch nicht. Er war bisher nicht ansprechbar. Und wo Sie gerade davon reden –« Der Doktor kratzte sich am Kopf. »Wir haben ihn natürlich sorgfältig untersucht. Sein Knochenbau lässt auf einen Mann nicht über 50 Jahren schließen. Aber Gesicht und Haare sehen aus wie von einem Greis.« Der Direktor machte eine Pause. »Vielmehr das, was von seinem Gesicht noch übrig ist. Deshalb fällt uns die Identifizierung ja auch so schwer. Dennoch: Diese widersprüchlichen Körpermerkmale sind höchst ungewöhnlich.«

»Sie meinen ...« Poe ließ die Frage in der Luft hängen.

Der Doktor nickte. »Wir wissen nicht, ob der Aufenthalt in jenem Brunnenschacht ihn so hat altern lassen. Allerdings, in diesem Maße ...« Seine Worte verloren sich in abwesendem Gemurmel. »Das wäre höchst ungewöhnlich ...«

Sie wechselten noch ein paar freundliche Worte. Poe wollte sich schon verabschieden, als er merkte, dass der Direktor noch zögerte.

»Es ist schon seltsam«, sagte er. »Ich habe beim Antritt meiner Stelle die alten Fälle studiert und mich vom Personal über jeden einzelnen Insassen unterrichten lassen. Es scheint so, dass bis zum letzten Winter ebenfalls ein Mann ohne Identität in dieser Zelle saß.«

Poe versuchte, sich nichts anmerken zu lassen.

»Wissen Sie etwas über ihn?«, fragte er und versuchte, die Frage möglichst beiläufig klingen zu lassen.

Der Direktor schüttelte den Kopf.

»Merkwürdigerweise existieren keine Akten über ihn. Nicht ein einziges Blatt. Von den Wärtern hat ihn kaum einer zu Gesicht bekommen. Ein gewisser Barney Deibler scheint für die Pflege jenes Patienten zuständig gewesen zu sein; aber Deibler hat vor ein paar Tagen seine Stelle aufgegeben.« Der Direktor schüttelte den Kopf. »Anscheinend wurde der Patient in ziemlicher Isolation gehalten. Ich habe nur gehört, dass er unter den Wärtern allgemein *Edgar Allan Poe* genannt wurde. Nach dem toten Dichter, wissen Sie. Aber das kommt ja hin und wieder vor.«

»Entschuldigen Sie, Doktor«, fragte Leonie. »Was genau meinen Sie damit?«

Der Doktor lächelte sie an.

»Nun, es kommt immer mal wieder vor, dass völlig unbedeutende Leute sich für eine tote Berühmtheit ausgeben«, erklärte er. »Ich selber habe in meiner Berufspraxis einige derartige Fälle erlebt.«

Er zuckte die Schultern.

»Und was passiert mit solchen Leuten?«, fragte Poe. Er versuchte, seine Frage beiläufig klingen zu lassen. Aber er konnte das Zittern nicht vollständig aus seiner Stimme verbannen.

»Meistens handelt es sich um harmlose Irre«, erklärte der

Direktor. »Gewöhnlich sperrt man sie ein und lässt sie in dem Glauben, man würde ihren Behauptungen Gehör schenken. Natürlich tut man nichts dergleichen. Manche Kollegen versuchen eine Heilung mit Elektroschock-Therapie. Soweit ich weiß, allerdings ohne nennenswerte Erfolge.«

Der Direktor blickte Poe scharf an.

»Aber was haben Sie denn? Sie sind ja ganz blass.«

Poe schwieg.

»Die Luft«, sagte Leonie rasch. »Sie ist so ... so ungewohnt. Mir selber ist auch nicht wohl.«

»Oh, verzeihen Sie!«, bat der Direktor. »Kommen Sie, ich führe Sie hinaus.«

Draußen vor dem Tor verabschiedeten sie sich. Die Sonne wärmte das Gras, und die ersten Blumen hatten ihre Blüten geöffnet.

»Gut, dass ich ihn noch einmal gesehen habe«, sagte Poe. »Jetzt gehört er für immer der Vergangenheit an.«

Leonie lächelte.

»Ich weiß«, meinte sie. »Man braucht diesen Moment im Leben, in dem man sich von einem Menschen verabschieden kann. Egal, ob man trauert oder sich freut.«

Poe nickte. Er wusste, dass sie an Lucy dachte.

»Danke, dass du mitgekommen bist«, sagte er leise. »Es war leichter für mich.«

»Auch ich wollte mich von ihm verabschieden«, antwortete sie.

Poe tastete stumm nach ihrer Hand und umfasste vorsichtig ihre Finger. Leonie erwiderte den sanften Druck.

Hand in Hand gingen Poe und Leonie zur Anlegestelle. Die kleine Fähre lag schon unter Dampf. Poe sah auf seine Uhr.

»Wir haben viel Zeit«, sagte Leonie mit einem Lächeln. »Unser Schiff geht doch erst morgen früh.«

Die Fähre legte ab, suchte das Fahrwasser in der Mitte des East Rivers und nahm Kurs auf die Südspitze von Manhattan.

Poe und Leonie standen am Heck und sahen zur Insel zurück. Er legte stumm den Arm um sie. Gerade ging die Sonne unter und vergoldete mit ihren Strahlen die Wellen. Blackwell's Island war nur noch ein schwarzer Streifen im Kielwasser der Fähre.

»Nun beginnt mein drittes Leben«, sagte Poe.

Sie drehten sich um und gingen nach vorne. Hinter ihnen versank Blackwell's Island in den Wellen. Leonie blickte ihn fragend an.

»Mein zweites Leben ist jetzt vorbei«, erklärte Poe. »Templeton gehört nun endgültig meiner Vergangenheit an. Und ich weiß endlich, wer ich bin.« Poe lächelte und blickte für einen Moment auf den Fluss hinaus. »Aber in mein erstes Leben kann ich nicht zurück.«

Leonie verstand noch immer nicht.

»Wer würde mir glauben, dass ich Edgar Allan Poe bin? Poe ist tot und begraben. Man würde mich in eine Zelle sperren. Es gibt nur eines: Ich muss ein neues Leben anfangen.«

Bei seinen Worten wurde ihr das Herz leicht. Sie lächelte still vor sich hin.

»*Wir* müssen ein neues Leben anfangen«, sagte sie.

Vor ihnen tauchten die Masten der *Ariel* im Hafen von New York City auf.

Früh am nächsten Morgen, die Sonne war noch nicht aufgegangen, dröhnte die Schiffsglocke der *Ariel* über das Deck. Poe und Leonie drehten sich in ihren Kojen auf die andere Seite und versuchten, bis zum Morgenkaffee noch ein wenig Schlaf zu bekommen. Die Matrosen warfen die Leinen los; dann schleppte ein Ruderboot das Schiff vom Kai frei. Langsam glitt der Segler den East River hinab. Der Tag versprach gutes Wetter. In der Lower

Bay von New York blähte eine stetige Brise die Segel. Die *Ariel* nahm Fahrt auf. Dann segelte sie vorbei an Sandy Hook, der aufgehenden Sonne entgegen, nach England.

– ENDE –

Nachwort

Diesem Buch liegt die Hörspiel-Serie *Edgar Allan Poe* zu Grunde, die ich seit dem Jahr 2003 für Lübbe Audio schreibe. In dieser Serie wird eine große Auswahl von Poes besten Erzählungen zu einer einzigen, großen Geschichte verbunden. So wie Poes Originalgeschichten durch nichts anderes als das Leben des Schriftstellers miteinander verknüpft sind, ist in der Hörspiel-Serie das Leben der Hauptfigur Edgar Allan Poe die Verbindung der original Poeschen Motive.

Der vorliegende Roman, der die Rahmenhandlung der Serie erzählt, greift die beiden großen Thematiken Poes auf – die Horrorgeschichte und die Kriminalerzählung – und führt sie in einem von Poes klassischen Motiven zusammen: das Lebendig-begraben-sein. So ist die hier erzählte Geschichte weit mehr als eine einfache Rahmenhandlung, um die Poeschen Originalerzählungen miteinander zu verbinden. Sie ist eine Hommage an Edgar Allan Poe, an das Leben dieses großen Schriftstellers und an seinen geheimnisvollen Tod.

Die Handlung dieses Romans ist inhaltsidentisch mit dem großen Erzählbogen der Hörspiel-Folgen 1 bis 25. Allerdings erfordert eine zusammenhängende Reihe von 25 Hörspielen, die in einem Zeitraum von mehreren Jahren geschrieben und veröffentlicht werden, eine andere Erzählweise als ein Buch. Dementsprechend sind Einzelheiten und Figuren verändert – vieles ist gestrichen, einiges hinzugekommen. Die eigentliche Geschichte aber, die Frage nach der eigenen Identität, ist natürlich dieselbe. Das gilt in gleichem Maße auch für die Hauptfiguren und die Beziehungen der Figuren untereinander.

Die wundervolle Arbeit, die Ulrich Pleitgen und Iris Berben für die Hörspiel-Serie geleistet haben, war für mich eine ständige Quelle der Inspiration, um die Figuren des Edgar Allan Poe und der Leonie Goron weiterzuentwickeln. Somit haben auch diese beiden großartigen Schauspieler ihren Anteil am Zustandekommen dieser Geschichte.

Ohne die höchst effektive Zusammenarbeit an den Hörspiel-Drehbüchern mit der Dramaturgin Zazou Röver hätte das Buch nicht seine jetzige Form bekommen. Iris Thalhammer hat wunderbare Arbeit u. a. in der Recherche geleistet und mich in der Zeit unserer Zusammenarbeit bestmöglich unterstützt. Bettina Lange danke ich für ein genaues, kritisches und ermutigendes Erstlektorat. Dörte Brunotte danke ich für ihr Verständnis für meine Arbeit, für ihre Geduld und ihre langjährige fachliche Unterstützung. Mein Lektor, Jan Wielpütz, hat das Buch auf hervorragende Weise betreut.

Schließlich möchte ich noch zwei Damen danken, die, ohne dass sie es wussten, einen besonderen Einfluss auf einen Teil dieser Geschichte gehabt haben: Leonie und Maja. Viel Glück, ihr zwei, wo immer ihr auch seid!

Melchior Hala

Der weltbeste Detektiv trifft den Meister der Magie: den unglaublichen Harry Houdini

Daniel Stashower
SHERLOCK HOLMES
UND DER FALL HOUDINI
Roman
224 Seiten
ISBN 3-404-15422-3

Ein Roman, an dem Sir Arthur Conan Doyle seine Freude gehabt hätte: Harry Houdini wird der Spionage bezichtigt, und Sherlock Holmes will Houdinis guten Ruf wieder herstellen. Dazu müssen sie gemeinsam gegen die Schurken ermitteln, die den Prinz von Wales erpressen wollen. Ein Fall, bei dem sie ihre ganz besonderen Fähigkeiten brauchen – und bei dem Holmes ein Geheimnis Houdinis durchschaut.
Dieses schillernde, spannende und amüsante Abenteuer ist ein Muss für Sherlock-Holmes-Fans und alle Liebhaber von Abenteuern großen Stils.

Bastei Lübbe Taschenbuch

Sie selbst ist ohne Sünde, doch viele sind bereit, für sie die größten aller Sünden zu begehen!

Peter Millar
DIE SCHWARZE MADONNA
Thriller
464 Seiten
ISBN 978-3-404-15656-6

Mord, Verrat, Betrug. Als in Gaza eine wertvolle schwarze Madonnenstatue gestohlen wird, beginnt eine abenteuerliche und gnadenlose Jagd quer durch ganz Europa. Welches Geheimnis birgt die Statue? Sie ist vermutlich das älteste bekannte Bildnis der Madonna mit Kind, angeblich von einem der Evangelisten selbst angefertigt. Die junge Archäologin Nazrim glaubt jedoch, die Ikone stamme gar aus vorchristlicher Zeit, und sieht in ihr einen Beweis dafür, dass die ganze Madonnen-Legende auf einen heidnischen Mythos zurückgeht. Ging es bei dem Diebstahl tatsächlich nur um materielle Werte? Oder wollen bestimmte Gruppen verhindern, dass unangenehme Wahrheiten ans Licht kommen?

Bastei Lübbe Taschenbuch